Luxúria

Eve Berlin

Luxúria

Tradução:
Inês Pimentel

lua de papel

Esta edição foi publicada de acordo com Berkley Publishing Group, membro do Grupo Penguin (USA) Inc.

Título original: *Pleasure's Edge*

Diretor editorial: Pascoal Soto
Produção Editorial: Renata Alves
Preparação: Joaci Pereira Furtado
Revisão: Camila Lins
Diagramação: S4 Editorial
Capa: Osmane Garcia Filho
Imagem da capa: Arcangel/©Marcus Appelt
Tradução: Inês Pimentel

DADOS INTERNACIONAIS DE CATALOGAÇÃO NA PUBLICAÇÃO (CIP)
(Câmara Brasileira do Livro, SP, Brasil)

Berlin, Eve
Luxúria/Eve Berlin; [tradução Inês Pimentel]. – São Paulo: Lua de Papel, 2012.

Título original: *Pleasure's edge.*
ISBN 978-85-8178-027-6

1. Ficção norte-americana I. Título.

12-10819 CDD-813

ÍNDICE PARA CATÁLOGO SISTEMÁTICO
1. Ficção : Literatura norte-americana 813

2012
Texto Editores Ltda.
[Uma editora do grupo LeYa]
Rua Desembargador Paulo Passaláqua, 86
01248-010 – Pacaembu – São Paulo – SP
www.leya.com

Agradecimentos

Um imenso agradecimento a meu parceiro crítico e querido amigo, R.G. Alexander, por me amparar em alguns momentos difíceis e por ler tudo que escrevo. E obrigada à extraordinária Lauren Murphy por ler o manuscrito em poucos dias, por amar o meu herói tanto quanto eu e pela mescla de entusiasmo e honestidade que me ajudou a tornar o livro melhor.

Devo também agradecer à minha editora, Kate Seaver, por querer que eu trabalhe para ela e por me inspirar a criar esta história.

UM

*D*YLAN *I*VORY SOUBE QUE ERA ELE NO EXATO MOMENTO EM QUE viu a corpulenta figura irromper no estacionamento em frente ao Museu de Arte Asiática em uma clássica Ducati, a motocicleta impecável, preta e cromada. Alec Walker, o homem que ela viera entrevistar. Famoso por seus talentos e bem conhecido como dominante sexual no ambiente de submissão e sadomasoquismo da cidade de Seattle, nos Estados Unidos.

Não era a jaqueta de couro negro que lhe conferia aquele ar de distanciamento. Nem seu tamanho. Mas a atitude corajosa e de absoluta confiança que ostentou ao parar a moto, acelerando o motor antes de desligá-lo. E a forma como ele, tirando o capacete, passou a perna sobre o replandescente tanque, como se fosse um *cowboy* desmontando de um garanhão. Tinha uma aura de poder absoluto, que ela conseguia sentir mesmo a vários metros de distância, como uma brisa suave soprando em seu corpo.

Sem o capacete, Alec Walker era melhor ainda. Cabelos escuros – quase negros – e ligeiramente encaracolados, pairando um pouco acima da gola da jaqueta. Um forte perfil, que poderia ter sido talhado em mármore.

Dylan permaneceu ao lado de seu carro, a porta ainda aberta, as chaves esquecidas na mão. Por que seu coração estava disparando? Era incapaz de afastar os olhos dos encantadores movimentos das grandes mãos dele enquanto descançava as luvas de couro e afivelava o capacete no assento da moto.

Ela ainda estava observando-o quando seus olhares se cruzaram. Penetrantes olhos azuis de um brilho intenso e que *a conheciam*. E sabiam que estava atenta a seus movimentos. Pela primeira vez depois de adulta, Dylan se sentiu completamente atrapalhada.

Se ao menos sua pulsação se acalmasse, maldição!

Este é um encontro profissional.

Sim, mas o fato não parecia impedir nem um pouco sua reação diante daquele homem. Ela teria de se recompor antes de falar com ele. Estava ali para aprender. Para fazer pesquisa. Jennifer, a mulher submissa com quem conversara via internet na semana anterior, disse-lhe para falar com Alec Walker, mas esqueceu de mencionar tanta beleza.

Alec Walker era um homem que deveria vir acompanhado de um alerta de perigo.

Ele sorriu – um surpreendente raio de cintilantes dentes muito alvos, com a exuberante linha da boca se destacando no rosto totalmente másculo, enquadrada por um cavanhaque preto que o deixava com cara de mau. Ela gostava daquele ar malévolo. Um calor se espalhou por seu abdome como fogo líquido.

Agora ele se movimentava em sua direção. Seus joelhos tremeram.

Ele se aproximou mais, até que parou do outro lado do sedã Audi branco.

– Pressinto que você é a mulher que eu vim conhecer.

Voz profunda, modulada e surpreendentemente suave. Sensual.

Ela só conseguiu assentir com a cabeça.

Os lábios dele se contorceram diante do persistente silêncio.

– Dylan Ivory? Autora de livros eróticos?

– Sim...

O que estava errado com ela? Por que será que não conseguia dizer uma frase sensata?

– Sou Alec. Podemos entrar?

– O quê? Sim, com certeza.

Ela bateu a porta do carro e acionou a fechadura automática. E tentou ignorar o calor que se espalhava por sua pele. Subitamente, seu casaco de lã parecia pesado demais, mesmo no outono úmido tão característico de Seattle. Ela estava muito sensível ao homem que caminhava a seu lado enquanto se aproximavam da imponente entrada do museu, ladeada por dois camelos esculpidos em pedra. Ela sempre gostara daquele prédio e das exposições que havia ali. Quando Alec sugeriu que fossem até o café, ela ficou agradavelmente surpresa. Apreciadora de arte, particularmente a asiática, estivera ali muitas vezes.

Subiram os largos degraus de pedra, e Alec, gentilmente, colocou a mão em suas costas. Um arrepio a percorreu. Olhou para ele, descobrindo que lhe oferecia um sorriso. Mas ambos permaneceram em silêncio ao se movimentarem pelo saguão, seus passos ecoando pelo chão de mármore e depois pelo pequeno lance de escada que conduzia ao Tate Café, no pátio central.

Ao entrar, Alec indicou uma das pequenas mesas sob o teto abobadado. Lá fora, havia estátuas: Buda, Vishnu, Kali. Dylan jurava que podia sentir o cheiro das pedras ancestrais além do aroma do café e do chá, disperso no ambiente. Luzes difusas atravessavam os vidros foscos das janelas do átrio, acentuadas pelas arandelas de âmbar com seu sutil brilho dourado. Era um lugar tranquilo, onde Dylan ia com frequência para tomar uma xícara de chá, mas hoje ela estava uma pilha de nervos.

Por que se sentia tão excitada? Ele era só um homem. E aquela era apenas uma nova entrevista.

Ele a ajudou a tirar o casaco e afastou a cadeira para que ela se acomodasse. Gentil, com maneiras à moda antiga. Tudo muito raro naquela cidade cosmopolita.

Ele tirou sua jaqueta de couro e colocou-a no encosto da cadeira, sentando-se relaxadamente, seguro de si. Usava uma malha cinza que destacava seus ombros largos. Um homem enorme, com uma constituição física de jogador de futebol americano. Suas feições eram absolutamente masculinas, das linhas angulosas do queixo às maçãs do rosto salientes. Somente sua boca era suave, em total contraste com o resto da face. Sensual também.

Dylan se virou na cadeira, pegou o cardápio e examinou a seleção de chás.

– O que você vai querer? –, Alec perguntou.

– Geralmente, misturo chá de jasmim e chá-verde.

Alec fez um sinal ao garçom e, antes que ela pudesse dizer algo mais, fez o pedido para ambos.

– Espero que você goste de torradinhas de amêndoa –, disse, sorrindo para ela. – As daqui são tão boas como as de Roma. Lá existe um pequeno café, bem perto da praça de Espanha. Você não imaginaria algo tão espetacular em uma área turística. Mas aquele lugar faz os melhores *biscotti* da Itália.

– Faz anos que não vou a Roma. Mas lembro desses *biscotti* e do lugar.

– Estive lá no ano passado, quando voltava para casa depois de um mochilão na Espanha.

– Você viaja com frequência?

– O máximo possível. Não gosto de ficar em um lugar por muito tempo, embora meus prazos de escritor estejam me prendendo em casa atualmente. Isso me deixa inquieto. Há muito o que fazer no mundo.

Dylan se inclinou, deslizando as pontas dos dedos na colher que repousava no guardanapo de papel sobre a mesinha.

– Como o quê?

Deus do céu, ela estava flertando com ele?

– Tudo. – Ele sorriu. – Qualquer coisa. Escalei montanhas no Brasil, fiz mergulho em área de tubarões na costa de Fiji. Fiz caminhadas no Nepal carregando mochila.

– Então, você é um viciado em emoção.

– Sim, acho que sou. Mas não quero me gabar. São apenas coisas que gosto de fazer. Para desafiar as probabilidades. – Ele deu de ombros, arqueando ligeiramente o canto da boca, em um breve sorriso. – Velocidade. Gosto de minhas motos e de dirigir velozmente, até para testar como controlo a máquina em manobras radicais. Ela estremeceu.

– Eu nunca poderia andar em uma motocicleta. Nem em um milhão de anos.

– Você iria gostar.

– Não, acho que não. Então... Suas viagens são em busca de emoções?

– Até certo ponto. Mas muitas têm sido também jornadas espirituais.

– E você escreve ficção de horror, Jennifer me contou. Ela mencionou o fato de que, por ser um autor... dominante..., talvez seja útil para mim nas pesquisas que faço para meu livro.

Ele balançou a cabeça.

– Sim, acho que sim. Você parece se sentir desconfortável com o termo "dominante".

– É mesmo. Talvez seja verdade. Embora seja uma autora dedicada ao gênero erótico, este não é o tipo de conversa que eu costumo ter.

– Tudo bem.

O garçom serviu o chá, e Dylan tomou bastante cuidado ao passá-lo do lindo bule japonês para sua xícara, evitando o olhar azul de Alec. O aroma de jasmim imediatamente a envolveu, acentuado pelo toque terroso do chá-verde. A fragrância era familiar, básica.

Alec pegou um dos *biscotti* e lhe ofereceu.

– Aqui está. Você tem de provar.

Era uma ordem, não uma sugestão. Ela se surpreendeu, obedecendo.

– Na verdade, escrevo *thrillers* psicológicos –, Alec continuou. – Será que já leu algum deles?

– Não. Sinto muito.

– Talvez devesse.

Dylan estava ficando irritada. A linha entre a autoconfiança e a arrogância estava se desfazendo.

– Quem sabe você deva ler algo de minha obra.

– Já fiz isso. Assim que Jennifer me falou a seu respeito, li seu último livro.

– E? – ela o desafiou.

– Acho que você é uma ótima escritora. Inteligente. Instigante. Desenvolve muito bem os personagens. O aspecto romântico não tira o brilho da história, como acontece com muitos outros autores. E você sabe como abordar o tema sexo de uma forma bem realista. Com uma crueza admirável.

– Oh! – Não era o que ela esperava que ele dissesse. Ficou momentaneamente perturbada. De novo. – Obrigada.

– Então, fale-me sobre este último projeto. Por que razão você precisava falar comigo?

Aqueles olhos azuis estavam fixos nela. Pareceu-lhe, de repente, que eram muito parecidos com os de Quinn, embora Quinn fosse inocente de uma forma que, ela achou, Alec jamais deveria ter sido, mesmo quando jovem. Tinham, porém, aquele tom de azul-turquesa que a remetia ao Caribe.

Havia sinceridade naqueles olhos, apesar da arrogância. Ela fugiu de seu olhar, mirando o ponto exato em que os dedos dele acariciavam a xícara de chá. Parecia minúscula na mão dele. Frágil. Como se ele fosse capaz de quebrá-la com uma leve pressão. E os dedos deslizando suavemente pela superfície lisa...

Ela se esforçou para afastar os olhos daquelas mãos, voltando ao rosto.

Não está ajudando nada...

– Estou escrevendo sobre um casal que explora o sadomasoquismo. A mudança de poder, alguma submissão... temas sobre os quais já escrevi antes. Mas dessa vez gostaria de me aprofundar mais. Possivelmente explorar o papel da dor. E quero que tenha alguma autenticidade. Não vou fazer isso de qualquer jeito. Sabia que teria de começar por uma boa pesquisa, conversando com pessoas que vivenciaram essas coisas. Recentemente, encontrei Jennifer em uma comunidade virtual de sadomasoquismo que existe aqui, enviei-lhe um *e-mail* e perguntei se poderíamos conversar. Entrevistei-a e ela foi muito gentil e aberta comigo. Mas, como submissa, não achou que estava qualificada para me oferecer o quadro completo. É por isso que me indicou você.

Ele assentiu, com um movimento de cabeça.

– É difícil ter uma boa ideia de como é o ambiente de sadomasoquismo e de qual é sua dinâmica e psicologia falando só com uma pessoa. As experiências individuais são distintas e particulares. Se ela é puramente submissa, não pode saber muito bem como funciona uma mente dominante e detalhes de nosso processo.

– Sim, foi essa a ideia que ela me passou. E faz sentido.

– Você nunca escreveu sobre submissão e sadomasoquismo?

– Não. Apenas sobre fetiches menores, um pouco de escravidão na cama, entre as quatro paredes de um quarto, mas nada realmente sério.

– Você acha que o tema submissão e sadomasoquismo é sério?

– Não é?

Ele não respondeu.

– Você nunca experimentou essas coisas?

– Eu... não.

– Ah... Você gostaria de manter essa discussão no terreno profissional. Estritamente com propósitos de pesquisa.

– Sim. Com certeza.

Ele se inclinou para frente, apoiando os cotovelos na mesa; chegou um pouco mais perto até que ela pudesse sentir o cheiro de seu perfume, uma coisa ao mesmo tempo limpa e escura. Como o oceano e a madeira. Ele abaixou o tom de voz, subitamente fazendo com que a conversa parecesse mais íntima. Talvez com mais intimidade do que ela poderia suportar confortavelmente.

– Vou lhe dizer uma coisa, Dylan, e é a pura verdade. Não há como retratar um estilo de vida de forma acurada se você não entrar nele. Tem de experimentá-lo, mergulhar nele. Há muitos componentes – físicos, psicológicos, emocionais –, e todos sobrepostos. É complexo. Por isso é que nós que praticamos gostamos dessas coisas. A complexidade. A intensidade.

Ele acariciou as costas da mão dela, deslizando os dedos pela superfície. A pele dele era quente. A dela ficou mais ainda.

– Tem a ver com sensação. E com o que se passa em sua cabeça. Pode ser sensual ou sexual. Ou ambos. Você não pode começar a descrever as dinâmicas envolvidas sem ter estado lá.

Dylan ficou com a garganta seca. A ideia não era chocante para ela. Não tanto quanto o toque dele. Pegou a xícara, bebeu um gole de chá, limpou a garganta.

– Imagino que você esteja certo. E esse é um tema interessante. Mas eu não sei. . .

– Pare de fingir que isso não passa de um tema interessante, Dylan. – Ele deslizou a ponta dos dedos no interior de seu pulso, sob a manga do suéter de cashimira. – Eu posso sentir seu pulso acelerado.

– Alec...

– Vamos lá, Dylan. Você não precisa repreender essa vontade para mim. Faz parte do contexto da escravidão sexual e do sadomasoquismo. Aquela honestidade fundamental que nos caracteriza.

– Eu ia dizer que você... está certo.

Será mesmo que ela havia admitido? Mas talvez ele tivesse *razão* a respeito de tudo aquilo – o fato de ela ter de ser honesta com ele para aprender alguma coisa. Teria de mergulhar profundamente, como ele disse.

Não tinha nada a ver com aquela atração ridícula que estava sentindo por ele, não é mesmo?

Dylan puxou a mão, repousando-a em segurança sobre seu colo.

– Você e Jennifer devem conhecer alguns homens submissos. Existem alguns em quem confiem e que possam me indicar? E eles aceitariam se relacionar com uma mulher que não tem nenhuma experiência como dominante?

Alec riu, recostando-se na cadeira.

– Você está se referindo a ficar por cima, dominando esses homens?

– Sim.

– Ah, Dylan. Não percebe que você é o contrário, a base?

– O quê?

– Notei no exato momento em que a conheci. Podia sentir lá fora, no estacionamento, mesmo antes de conversarmos.

– Não entendi.

Por que suas maçãs do rosto estavam esquentando? Por que ela estava tão confusa? Odiava que aquele homem surtisse tal efeito sobre ela.

– Acho que você entende o suficiente sobre esse tema para saber exatamente do que estou falando.

Ela suspirou.

– Claro que tenho uma vaga ideia do que seja a base. Uma pessoa submissa. Mas isso não tem nada a ver comigo. O que realmente faz sentido, para mim, é estar por cima, dominar. Não tenho receio de admitir que sou uma pessoa controladora.

– E é exatamente por isso que precisa mudar de perspectiva. Tem de se abrir. Renunciar a essa necessidade de controle em favor de outra pessoa capaz de assumir esse papel.

Ela estava ficando brava, mas tentava manter a linha.

– Você é muito arrogante.

– Sim, sou mesmo. Mas tenho razão. Sempre acerto em relação a esse assunto. Você tem problemas de autocontrole; posso notar pela maneira como se controla. Vejo a raiva em seus olhos. Na forma como aperta as mandíbulas. E, uma vez ou outra, provavelmente poderia administrar com sucesso ficar por cima de um homem. Ou de uma mulher. Mas isso não a faria chegar a seu anseio mais profundo, que é o da servidão. Não lhe daria o que você realmente precisa.

Ela balançou a cabeça, cerrando os dentes.

Alec novamente se inclinou por cima da mesa, segurando a mão dela. A mão dele era grande e envolvia a dela com calor e força.

– Dylan, deixe-me fazer uma proposta a você. Submeta-se a mim.

Ela tentou desvencilhar a mão, mas ele a segurou firme.

Seu olhar estava mergulhado no dela, incrivelmente convincente, de um azul cintilante.

– Tente –, ele continuou. – Sinta sua reação. Se lhe parecer que estou certo, você terá aprendido algo a seu respeito e conseguirá uma pesquisa bastante pessoal e exclusiva para seu livro. E, se eu estiver errado, bem... mesmo assim terá feito alguma investigação.

– Posso fazer essa pesquisa como alguém que domina.

– Não, não pode. É extremamente difícil para alguém submisso ensinar a um dominante inexperiente. Uma vez que as endorfinas começam a bombear pelo corpo de um submisso, ele entra no subespaço, aquele na mente, em que tudo é silêncio e só o que se pode sentir é a interação entre o superior e o inferior; as sensações e os cheiros não serão suficientes para funcionar como professores, no seu caso. Talvez não aprenda tanto. Mas pode aprender de mim. Sou muito competente. – Fez um gesto com a mão livre. – Sei que estou sendo arrogante de novo. Desconsidere. O que importa é que essa é a verdade.

– Talvez.

Quem sabe fosse verdade mesmo e essa fosse a melhor maneira de aprender? O fato de sentir que tudo estava esquentando a seu redor poderia não ter nada a ver com a proximidade de Alec, que ainda segurava sua mão. Aquilo fazia com que ficasse molhada, por Deus do céu! Mas não passava de pura química. Não significava nada nem conferia credibilidade à argumentação dele. Estava certa de que poderia provar quanto ele se enganara.

Mordeu o lábio.

Ele estava totalmente enganado a seu respeito.

– Por quanto tempo deveríamos tentar? –, ela perguntou.

Ele deu de ombros.

– Pelo tempo necessário. Até que você descubra o que precisa saber. Para seu livro. Para si mesma.

– Será que poderíamos tentar algo como tocar as orelhas um do outro? Só para ver como as coisas se desenrolam?

– Ah... eu sei o que vai acontecer.

– Mesmo? E o que é?

Ela estava irritada, de novo. E ele ainda segurava sua mão. Com o polegar, acariciava os nós de seus dedos, enviando uma fagulha de desejo diretamente a seu íntimo. Mas ela não lhe daria a satisfação de tentar se esquivar outra vez.

– Primeiro, você vai lutar. Terei de trabalhar muito. Conquistar sua confiança. – A voz dele era baixa, um grave murmúrio. Ela era obrigada a se inclinar para frente na tentativa de ouvi-lo. – Mas pouco a pouco vai se voltar para mim. Ficará em minhas mãos. Serei duro com você. E gentil.

Ele ergueu a mão dela, roçando os lábios por toda a sua extensão, ampliando o calor que a escaldava, chocando-a. Ela não conseguia articular as palavras. Sua mente estava em ligeiro caos.

Alec liberou sua mão sobre o tampo frio da mesa, olhando-a fixamente.

– É assim que vai ser, Dylan.

Ela odiava o fato de estar meio tonta, confusa. Não conseguia entender o que se passava. E não queria se entregar àquilo. Ou a Alec Walker.

Pegou sua xícara de chá, tomou um gole. Respirando fundo, fez um esforço para se acalmar e colocou a xícara na mesa com a mão firme.

– Pense o que quiser, Alec. Mas obviamente você não me conhece, ainda.

Ele pegou seu chá, sorveu um longo gole e fez uma pausa. Continuou olhando para ela, de maneira penetrante.

– Não tão bem como certamente conhecerei. Quer dizer, se você concordar com minha proposta.

– Estou concordando.

– Você gosta de um desafio.

– Sim.

– Eu também.

Aquele insistente olhar azul a perfurava, mas ela aguentou firme, não estava disposta a recuar. Ele estava certo sobre uma coisa: ela iria lutar, desistir não fazia parte de sua natureza. Nem mesmo diante de Alec Walker e seus olhos extraordinários, suas mãos quentes, sua boca macia e lasciva...

Ela precisava manter as coisas sob controle, como de hábito. E ignorar a aparência dele, o jeito como falava, a maneira como a tocava. Em breve, ele realmente iria lhe tocar.

Silenciosamente, mais uma vez, ela se obrigou a ficar calma; respirou longa e profundamente. A chave era o controle, e ela não seria ninguém se não se sentisse a rainha do controle. A vida ditara que ela deveria ser exatamente assim, desde criança. Tinha de ser, com aquela mãe desequilibrada que teve. Alguém tinha de fazer esse papel, e ela era a mais velha. Tinha de tomar conta de Quinn.

Você fez um péssimo trabalho.

Por que estava pensando naquilo agora? Afastou o passado para o fundo da mente, que era onde tinha de estar. Concentrou-se no homem sentado à sua frente, observando-a com cuidado.

Sim, podia lidar com Alec Walker sem se importar com a opinião dele a seu respeito.

– Alec.

– Sim?

– Tenho minha proposta.

– É mesmo? – Uma sobrancelha escura se levantou.

– Se você não conseguir me dobrar, como pensa pensa que pode...

– Ah... eu vou mesmo. Embora prefira pensar nisso como domar.

– Entenda como quiser. Mas, se não funcionar, você vai me deixar dominá-lo. Ficar por cima.

Ele a surpreendeu ao abrir um sorriso.

– Tudo bem.

Uma imagem passou pela sua mente: Alec nu, ajoelhado. Mas, mesmo nessa breve fantasia, ele não parecia nada submisso. Não, ao contrário! Aparentava força, desafio e estava confiante como sempre.

Ela não acreditava que ele poderia ser diferente. Não havia nada suave e fácil naquele homem.

Exceto aquela boca...

– Temos um acordo, então?

Ele assentiu com a cabeça.

– Sem dúvida. Temos um acordo.

Alec pegou a mão dela outra vez, curvando os dedos sobre os dela. E, antes que Dylan percebesse o que estava acontecendo, ele a puxou em sua direção, inclinado sobre a pequena mesa de café, e sussurrou contra sua boca:

– Os melhores acordos são selados com um beijo.

Sua boca estava muito perto, lasciva, deliciosa. Ela sentiu o corpo fraquejar e se inclinou para ele, sentindo seu hálito suave e com aroma de chá. À espera do beijo.

Ele se afastou, afundando-se na cadeira.

– Mas teremos de esperar até que esteja pronta para mim, Dylan. Terá de implorar por isso.

Jesus! Estava quase prestes a implorar agora mesmo!

Ela balançou a cabeça. Queria passar suas mãos frias na própria pele ruborizada. Afastar o cacho de cabelos ruivos que pairava sobre seu rosto. Mas não queria que ele notasse a sua inquietação. Estava cheia de desejo. Um desejo que chegava a doer. Por ele.

Tinha de sair dali em busca de ar fresco e úmido. Precisava respirar.

– Preciso ir – mentiu. – Tenho outro compromisso.

– Obviamente. Eu a acompanho. – Ele se levantou.

– Não há necessidade.

Ele inclinou a cabeça, todo galante, daquele jeito à moda antiga, mais uma vez. – Se insiste...

Ela se ergueu, pegou o casaco, a bolsa.

– Eu... nós nem chegamos a começar a entrevista.

– Acho que começamos, sim.

– Ah... bem, concordo. Suponho que falaremos mais quando... depois...

– Sim, conversaremos. Embora eu creia que, se você se dispuser a experimentar, não precisaremos de uma entrevista formal. Vou lhe mandar um *e-mail* dizendo quando podemos nos encontrar de novo.

Não era uma pergunta. Mas ela não sabia como murmurar algum tipo de protesto.

Maldição!

– Sim, conversaremos. – Ela ia vestir o casaco e lá estava ele, bem ali, colocando-o em seus ombros. Podia sentir seu aroma de novo, aquele perfume profundo de oceano e madeira.

– Grata por vir a meu encontro hoje.

– O prazer foi meu.

Ele estava olhando para baixo, em sua direção. Sorria. Ela aspirou sutilmente, como se estivesse trazendo aquele homem para dentro de si.

Deus do céu, Dylan realmente tinha de controlar seus impulsos. Voltar a seu estado normal. Mas tudo parecia diferente, com ele. Era perigoso. Ela jamais recuara diante de um desafio antes e não ia fazê-lo agora. Mesmo que aquele desafio, em particular, a fizesse duvidar de si mesma, imaginando qual deles dois acabaria, de fato, por cima.

Tinha de ser ela.

Tinha, sim.

DOIS

ALEC FECHOU A PORTA LATERAL DA GARAGEM E SUBIU AS ESCADAS da frente de sua casa cinzenta, construída no estilo Craftsman, em Beacon Hill. Enfiou a chave na fechadura da pesada porta de madeira, empurrando-a com a bota e fechando-a atrás de si com um forte empurrão. Arrancou a jaqueta de couro, pendurando-a no cabide que, em seguida, deixou cair. Murmurou uma reclamação.

Por que diabos ele estava tão alterado?

Não havia nenhuma possibilidade de perder no acordo feito com Dylan Ivory. Podia pressentir tendências submissas em uma mulher a uma boa distância e ficara sentado bem perto dela. Suficientemente próximo para sentir o aroma de baunilha de seus cabelos ruivos, misturado com algo mais. Algo picante, puro sexo.

Suas botas ecoaram pelo chão de madeira até chegarem ao espesso tapete persa, que abafou momentaneamente o barulho de seus passos, novamente audíveis quando alcançaram outra vez o piso de madeira, no lado oposto da sala. Pegou um copo no pesado aparador espanhol e se serviu de duas doses de uísque escocês, puro.

Dylan seria um desafio, ele logo percebeu. Mas gostava de um desafio. Não era isso que o deixava tão inquieto. Não. Era o fato de ter de possuí-la. Tinha de ter essa mulher, de uma forma que era impelido a tocá-la muito além daquela mão. Sem dúvida nenhuma.

Precisava colocar as mãos naquela pele nua. Tinha de dominá-la, sentir seus músculos se relaxarem quando se entregasse a ele... *tinha de...*

Não gostava disso. Não gostava nada de se sentir tão comandado pelo desejo que sentia por ela.

Qual tinha sido a última vez que passara por algo assim? Houve alguma?

Não era o tipo de homem que *necessitava* de alguém. De nada. Aprendera bem com seu pai. A chave era a independência. Conhecimento, experiências: essas coisas, sim, importavam. E eram uma das razões pelas quais passara a maior parte da vida procurando respostas: lendo, viajando pelo mundo. Nada ainda bastante conclusivo.

Mas ele não tinha de pensar em seu pai nesse momento. Era uma dor que parecia jamais desaparecer. Amortecida, depois de tantos anos, mas ainda presente. Como uma ferida eterna.

Engoliu boa parte da bebida, sentindo-a queimar enquanto descia garganta abaixo. Mas não ajudou a acalmá-lo. Pegou o copo e foi até a ampla janela, com vista para a cidade.

Seattle estava cinza como sempre, mas havia manchas claras no céu escuro do final da tarde e ele podia ver a silhueta distante da ilha Bainbridge, além de Puget Soud. Tomou seu uísque, refletindo sobre o cenário à sua frente.

Pensando com certa melancolia em Dylan, cacete!

Deveria ter alguma coisa a ver com a maneira como ela se conduzia, tão controlada. Ele sabia o que acontecia quando uma mulher assim abria a guarda. Era forçada a fazer isso.

Ele jamais tentara forçar uma mulher, de fato. Vivia sob o credo "seguro, sadio e consensual", como a maioria das pessoas que participavam de seu círculo de clubes e grupos dedicados à escravidão sexual e ao sadomasoquismo. Mesmo assim, isso não ia alterar o fato de que, se ele fosse capaz de levar Dylan ao subespaço, se ele conseguisse que ela se abrisse e relaxasse, ela se entregaria. Iria se revelar inteiramente.

Onde diabos estava sua autonconfiaça hoje?

Talvez isso estivesse acontecendo porque ele a desejava muito. Demais.

Ele quase teve uma ereção apenas de pensar nela, lembrando-se das sardas pálidas de seu rosto, da pele semelhante à mais fina porcelana. Daqueles olhos cinza como duas peças de quartzo fumê. Brilhante, cheia de arestas, intensa, sua inteligência refulgia. E aquela boca de veludo vermelho, como o próprio sexo.

O corpo dela era esguio, atlético, sem curvas. Ele gostava disso. E também da delicadeza de suas clavículas, seus pulsos, suas mãos. Seios pequenos, mas firmes e marcados sob a malha macia. Ele não precisava que uma mulher tivesse seios grandes. Isso nunca o preocupou. Mas uma bunda bem feita era digna de olhar.

Algo para tocar... para bater...

Ele engoliu o resto do uísque, deixou o copo em uma mesa de canto ao lado das largas janelas e despencou sobre o sofá macio de couro marrom.

Ela era inteligente demais, para seu próprio bem. E, talvez, até para o dele. Não que tivessem conversado bastante. Mas o suficiente para ele saber que estaria em maus lençóis se não se mantivesse íntegro com essa mulher.

Seu telefone tocou, e ele atendeu sem pensar, a mente ainda em Dylan.

– Alô.

– Alô, é Dante.

– Olá.

Ele e Dante De Matteo tinham feito uma palestra sobre a psicologia da escravidão sexual e do sadomasoquismo e das culturas fetichistas no Pleasure Dome, um clube local dedicado ao tema, três anos atrás. Depois de descobrirem que compartilhavam o gosto por motocicletas, eles se tornaram grandes amigos e frequentemente faziam passeios pelas florestas dos parques nacionais de Washington.

Voltaram ao clube muitas vezes, cada um explorando suas tendências dominantes com um número indeterminado de mulheres que frequentavam o local. Até viajaram juntos, levando suas motos pelo Arizona e o Novo México, na última primavera. Embora Dante fosse advogado e Alec, escritor, eles tinham muito em comum. E se entendiam.

– Então, vai àquele passeio no sábado? –, Dante perguntou.

– O quê? Sim... sábado. – Alec deslizou os dedos pela borda de seu copo vazio. Talvez precisasse de outro drinque.

– O que é que há com você, Alec?

– O que quer dizer com isso?

– Parece distraído.

– Sim, estou mesmo distraído –, ele murmurou mais para si próprio do que para Dante.

– E então?

– Então... eu conheci uma mulher...

Dante riu.

– É sempre uma mulher. Ou uma motocicleta.

– Estou farto de motocicletas no momento.

– Mas não de mulheres?

– Não que isso sempre seja um problema, mas essa mulher...

– Alec, você não está concluindo as frases. Caso não tenha percebido.

– Merda.

– Tão mal assim? Ou tão bem?

– Não sei. Digo... sim... é bom. – Ele se levantou e foi se servir de outra dose, sabendo que Dante esperaria, pacientemente, até que ele completasse seus pensamentos.

– Essa mulher é Dylan Ivory. Eu lhe disse que iria conhecê-la esta tarde. Ela não era o que eu esperava. Não há fotografias dela em seu *site* na *web*, e acho que pensei... bem, jamais imaginei que fosse tão maravilhosa, realmente linda.

– E?

– Fiz um trato com ela.

– Um trato?

– Ela nunca explorou escravidão sexual e sadomasoquismo; certamente, não em nosso nível. Nem foi submissa. Mas posso ver isso nela. Posso *sentir o cheiro*. E nunca me engano a esse respeito.

– E qual é o trato?

– Ela pensa que é dominante.

– Tenho certeza de que, em breve, você vai mostrar a ela como está errada. – Alec podia ouvir o tom gozador na voz de Dante.

– Se não conseguir, concordei em me submeter a ela.

Dante deu uma risadinha.

– Não é provável que isso aconteça.

– Não. Não é.

– Então qual é o problema?

Alec se viu suspirando e parou.

– Não tenho certeza ainda. Talvez eu saiba melhor quando puser minhas mãos nela, para que possa entendê-la. – Fez uma pausa, tomou outro gole. – É... não sei... droga! Qual é o problema? Ela simplesmente... me impressionou muito.

– Então o grande Alec está caído... –, Dante falou com suavidade.

– Eu nunca disse que estava caído, Dante. – Ele apertou o copo, as finas bordas do vidro lapidado encostando na palma de sua mão.

– Não, você não está caído.

– Estou bem. Muito bem.

– Está bem. – Ele podia pressentir que Dante estava encolhendo os ombros. – Então estamos combinados para sábado?

– Sim.

– Você vai levá-la ao clube sábado à noite?

– Jesus Cristo, Dante! – Coçou o cavanhaque. Suspirou. – Pensei em esperar uma ou duas semanas.

Como é que ele pode pensar em esperar tanto tempo para vê-la de novo?

Ah, sim... de fato, estava bem encrencado.

– Alec, não que eu pretenda lhe dizer o que deve fazer, especialmente com uma mulher que esteja se introduzindo nesse estilo de vida, mas me parece que deveria vê-la bem antes disso.

– Por quê?

– Porque acho que você ficará doente se não fizer isso.

– Imagine, Dante! Não é assim tão grave.

– Não mesmo?

Ele coçou a barbicha um pouco mais. Queria suspirar de novo, mas refreou o ímpeto.

– Vejo você sábado.

– Está bem. Até lá.

Cristo! Será que a coisa era assim óbvia? Ele estava mesmo tão interessado nessa mulher?

Trate de se recompor, cara.

Ele conseguiria. Sempre conseguira, não é mesmo?

Bem... não é?

Dylan reduziu a velocidade quando saiu da Rua Cinco e seguiu para oeste, em direção a Rua Sound. O céu foi ficando mais pesado e cinzento, com neblina, conforme ela se aproximava da chuva e de sua vizinhança. Não se importava. Amava o nevoeiro com seu mau humor etéreo. O para-brisas ficou úmido e ela acionou os limpadores, feliz por estar sobre os cálidos assentos de seu Audi. Embora gostasse do nevoeiro, detestava o frio.

Entrou na Avenida Western e embicou na garagem que alugara perto de seu prédio. Belltown era uma área antiga de Seattle. De bela arquitetura, mas o antigo armazém reformado onde ela vivia não tinha estacionamento próprio.

Nas áreas limítrofes, a região era um pouco violenta, mas isso começava a mudar. Ainda assim, como estava escurecendo, ela permaneceu atenta ao caminhar até a frente do edifício. Era uma imensa estrutura de tijolo aparente, com grandes janelas abertas para a vista de Puget Sound, a poucos quarteirões de distância.

Teve sorte ao conseguir o *loft* e não tinha pagado muito caro se comparado aos *flats* negociados poucos meses depois, quando uma multidão de jovens se mudou para a vizinhança, renovando o ambiente. Havia cafés e restaurantes de moda surgindo por toda parte, algumas butiques e galerias e ótimos bares, bem melhores que os antigos, frequentados por mergulhadores que moravam ali há anos. Havia até alguns serviços diferenciados, como a pequena mercearia *gourmet* inaugurada do outro lado da rua no mês passado.

Ela entrou no elevador, seguiu para o 4º andar e entrou em seu *loft*. Era um espaço aberto, com pisos que ela mesma pintara quando comprou o apartamento, dois anos antes. A maioria das paredes era de tijolos aparentes. As poucas que ela mandara erguer, para dividir os ambientes, eram pintadas com as belas cores que ela achava mais aconchegantes: âmbar, terracota-escuro, dourado, verde-musgo. Todas decoradas com sua coleção de gravuras em branco e preto – a maior parte, fotografias de arquitetura.

Ela ainda estava mobiliando o lugar. Seu gosto se inclinava para as linhas puras das peças contemporâneas, como o sofá em L de camurça cor de olivina. O ambiente era aquecido por luminárias ornamentais, uma para cada área; pilhas de almofadas das mesmas cores brilhantes que iluminavam as paredes; plantas em vasos nos vários cantos.

Ao se dirigir à cozinha, em um dos extremos do *loft*, os saltos de suas botas pretas ecoavam suavemente no piso de madeira. Ela tirou o casaco de lã e o deixou cair sobre o encosto de um banco, diante do balcão de granito.

Precisava de uma xícara de chá para amenizar a umidade dos ossos. E talvez para clarear a mente.

Tinha feito muito bem ao fingir que ignorava sua reação a Alec Walker durante todo o trajeto, ouvindo sua ópera favorita no som estéreo. Mas agora que estava em casa, mergulhada em silêncio, não havia nada para distraí-la.

Encheu a chaleira com água e a colocou no fogão para esquentar, pegou um sachê de chá – seu jasmim importado favorito, da caixa que sempre deixava sobre o balcão – e o depositou em uma caneca de cerâmica.

Inquieta, esperava a água ferver. Ficou olhando pela janela enquanto a chuva batia contra o vidro, transformando a vista em uma paisagem de aquarela no fim de tarde, ao mesmo tempo que esfregava os braços, tentando se aquecer. Tratando de não pensar em Alec.

Mas, claro, só pensava nele.

Era um homem incrível. Havia algo sobre o seu lado oculto que, de certa forma, acabava sendo surpreendente. E mais... alguma coisa nela reagia de um jeito pouco habitual. Um detalhe que tornava possível levar em consideração a possibilidade de se submeter a ele, por mais bizarra que a ideia parecesse a princípio.

Não tinha certeza de que poderia fazer isso, fixada somente nas imagens que passaram por sua cabeça quando ele sugeriu a proposta: as mãos dele sobre ela, segurando-a. Nada além disso, nada mais explícito, nada claro. Exceto pelo quase toque de seus lábios nos dela.

Estremeceu; era o desejo, como uma pequena e quente faísca que ela tentou apagar mentalmente.

Mas o desejo não significava criar uma fantasia sexual capaz de funcionar no âmbito da realidade. Provavelmente não aconteceria isso.

Algumas coisas são melhores se relegadas ao terreno da fantasia, afinal de contas.

Não, Alec Walker.

Mas ela concordara com aquela pequena experiência. E sua atração por ele provavelmente poderia pesar um pouco, mesmo que ela não estivesse realmente disposta a se submeter.

Seus pensamentos foram invadidos pelo apito da chaleira. Ela verteu a água, sentindo o vapor flutuar em torno do rosto, junto com o suave aroma do chá. Voltou para a sala, dando uma olhada ao acaso na pilha de correspondências empilhadas no aparador junto da entrada, esperando seu chá esfriar. Passaram-se alguns instantes até que ela se desse conta de que não tinha ideia do que estava olhando. Em vez disso, o rosto de Alec tomou conta de sua mente: os cintilantes olhos azuis, a maneira como os brilhantes e ondulados cabelos roçavam sua gola contra a pele do pescoço. Emoldurando a boca, seu cavanhaque era ainda mais escuro do que os cabelos. E os lábios, muito bem delineados para um rosto tão masculino.

Ele era todo feito de contrastes. A maneira como olhava, seu comportamento. O jeito como falava sobre a coisa da escravidão sexual e do sadomasoquismo – a vivência da submissão e da dor – naquele tom suave, como se se tratasse de uma conversa perfeitamente natural.

Ela não queria admitir para si mesma quanto estava excitada. Sua natureza lutava contra a ideia. Era viciada demais em controle, algo que de fato podia assumir. Mas seu corpo sabia, ardia com a possibilidade. Especialmente de Alec estar no controle.

Fechou os olhos, a caneca de chá nas mãos, e imaginou que ele estivesse em cima dela. Bastou essa simples imagem e seu corpo clamou, com ansiedade.

Alec...

– Maldição!

Ela enveredou pelo quarto, sentou-se na elegante cama de quatro colunas de madeira escura, coberta por um edredom branco e pilhas de alvas almofadas, e descalçou as botas. Em pé, abriu o zíper da saia, vestiu a malha de caxemira, esquecendo o chá sobre a mesa de cabeceira.

Deu uma olhada em sua própria imagem no enorme espelho com moldura de madeira situado do lado oposto do quarto. Pálida, com sua roupa íntima preta. Magra demais, provavelmente, mas gosta de fazer exercícios físicos. Em especial, da sensação que tem ao treinar. Mas agora precisava de um tipo diferente de sensação.

Apenas uma fantasia. Inofensiva.

Ainda se olhando no espelho, ela tirou o sutiã, segurou os seios pequenos nas mãos. Os mamilos já estavam crescendo, dois pontos vermelhos, duros, carentes. Delicadamente, ela os beliscou e gemeu.

Como é que seriam as mãos dele passando sobre seu corpo?

Deslizando a mão sob a calcinha biquíni, ela foi descendo mais, até que seus dedos roçaram o monte de vênus. O prazer se expandindo, fazendo com que a respiração se acelerasse.

Alec...

As mãos dele em seu corpo, tocando-a. Abrindo os lábios de seu sexo para enveredar por seu úmido interior. E ela estava molhada por ele, ansiosa...

Abriu as pernas um pouco mais e olhou sua própria mão se movimentando entre as coxas. Mas logo chegou ao auge. Frustrada, deslizou a pequena peça de tecido negro pelas pernas e a lançou longe. A visão de seu próprio sexo, os lábios cheios, o clitóris rosa espreitando entre eles, fazendo-a tremer.

Alec...

Ela se abriu mais, deixando os dedos percorrerem seus fluidos, e introduziu um dentro de si. Suspirou, mordeu o lábio. Estava tão quente lá, suas partes íntimas apertando imediatamente aquele dedo. Ela introduziu um segundo e um terceiro, ansiando por ser penetrada.

Será que o pênis dele seria tão grande quando o resto?

– Hum...

Gemeu, usando a palma da mão para pressionar o clitóris. Ela esfregou aquele pequeno círculo, fazendo com que os dedos fizessem movimentos de vaivém lá dentro. Imaginou os penetrantes olhos azuis de Alec olhando para ela através do espelho, observando o que fazia.

Com a outra mão, procurou o mamilo, que apertou mais uma vez. O prazer, quente e agudo, se espalhou.

Alec...

Sim, sim... suas grandes mãos nela, dentro dela. Esfregando, beliscando. O prazer como líquido derretido em suas veias, se alastrando em seu interior sedosamente.

Ela movimentou os dedos para dentro e para fora, ao mesmo tempo movendo a palma da mão contra seu clitóris. E seu corpo se arqueou, tremeu quando ela gozou ao chamar o nome dele no quarto vazio.

– Alec!

Suas pernas fraquejaram, ela quase caiu, mas estendeu a mão e se segurou na borda da penteadeira. Ofegante, tentava recuperar o fôlego. Sua imagem no espelho era avermelhada: seios, bochechas. Os olhos, enormes; a íris cinza quase obscurecida por suas brilhantes pupilas.

Alec...

Seu corpo ainda pulsava de ânsia, apesar do orgasmo.

Alec...

Ela olhou para a cesta de ratã, perto da cama, onde estava sua coleção de vibradores.

Sim, preciso gozar outra vez. E outra...

Como é que aquele homem tomou conta dela? E como é que ela iria fazer para tirá-lo de seu pensamento?

Ela andou pelo quarto, sentou na cama e pegou um de seus brinquedos favoritos da cesta, um pesado massageador turbo, que a fez gritar quando gozou. Talvez fosse suficiente.

Mas, quando ela se recostou de novo nos travesseiros e o religou, introduzindo o poderoso instrumento entre suas coxas abertas, soube que nenhum consolo jamais seria suficiente.

O que diabos Alec Walker havia feito com ela?

O alarme disparou, e Alec, cegamente, deu-lhe um tapa, virando-se para cima. Havia dormido de bruços e acordou com uma dolorosa ereção porque estava pressionado contra o colchão. E o rosto de Dylan em sua mente.

E em seu corpo.

Dormira excitado e despertou pior.

Tentou se acalmar, porém seu pênis latejava de desejo.

Em sua mente, via longos cachos ruivos e âmbar brilhando à luz do sol, caindo sobre aqueles ombros estreitos. Um par de frios olhos cinzentos que pareciam guardar algum mistério, algo que ela mantinha em segredo para ele, que não só queria, mas precisava saber. Aquela pele pálida como marfim polido. A delicada linha da clavícula, no limite de seu suéter e, um pouco mais embaixo, a curva dos seios, perfeitos. Na noite anterior, pegara no sono bem tarde imaginando como eles seriam e que tal seria tê-los em suas mãos. O gosto daquela mulher sob sua língua. E sentir suas longas pernas enroscadas na cintura quando ele estivesse transando com ela, sua vagina quente e receptiva...

Gemeu.

– Caralho.

Livrando-se dos cobertores, do lençol, ele se masturbou; os dedos curvados deslizando sobre seu pênis rígido.

Como seria ter aqueles lascivos lábios vermelhos envolvendo-o inteiramente, a língua dela serpenteando sobre a cabeça de seu pênis?

Arfando, ele esfregou com mais força, seus quadris em vaivém, indo e voltando na direção de seu punho.

A boca daquela mulher devia ser úmida, quente, mas não tanto como sua vagina. Ele ia abrir suas coxas magras, entrar nela, forte, sem parar.

Dylan...

Os olhos dela iriam revirar; seus lábios se abrindo, o corpo tremendo quando ela gozasse, a vagina pressionando, tremendamente apertada.

Ele se arqueou, dando estocadas, passando a ponta dos dedos sobre a cabeça do pênis inchada. Podia sentir o prazer crescendo em seu corpo, o pênis pulsando.

Dylan...

Sim, bastaria dar uns tapas em seu lindo traseiro, depois enfiar nela. Para fazê-la gozar.

Dylan!

O orgasmo veio, forte, o prazer correndo quente em suas veias, fazendo-o tremer. Ele continuou a esfregar, a ordenhar seu pênis até a última gota de sêmen. A cada gemido de prazer, tentava fazer com que seu desejo por Dylan se esvaísse.

Não funcionou. Ele sabia que não ia adiantar.

Nada ia funcionar, exceto vê-la, tocá-la. Dominá-la. E dominar aquela mulher não seria nada fácil. Mas ele talvez pudesse dominar-se, recuperar algum autocontrole.

Olhou para baixo, balançando a cabeça ao ver a gosma pegajosa sobre a barriga. Tinha de fazer de novo. Ainda estava tentando respirar normalmente, certo de que teria de esperar um pouco para ficar duro novamente. Mas ele a tinha bem ali, sob seu corpo, arranhava sua pele, fazia com que gozasse com suas mãos, sua língua...

Seu pênis se contorceu e ele ficou surpreso ao sentir que se enchia de sangue e crescia mais uma vez.

Levantou-se, andou pelo chão aconchegante de madeira do quarto. O dia estava amanhecendo, lá fora uma luminosidade cinzenta filtrada pelas janelas. O ar estava frio ao tocar sua pele, mas por dentro ele estava ardendo. Cheio de desejo. Querendo mais.

No banheiro, entrou no grande chuveiro, azulejado em tons de cobre, marrom e bronze, e abriu o jato de água quente. Em pé sob o chuveiro, ele limpou o sêmen de sua barriga. Mas o fluxo da água aquecida sobre sua pele fez com que ficasse ainda mais excitado.

Pegou o chuveirinho do gancho e o apontou para seu pênis enrijecido, apoiando as costas nos frios azulejos atrás dele e fechando os olhos.

Ali estava ela de novo, seus cabelos molhados se emaranhando no dorso, sua boca lasciva em um adorável O, quando ele se ajoelhou entre suas coxas, a língua lambendo a fenda úmida, as mãos dela em seus cabelos, pressionando-o contra si mesma enquanto gemia.

Respirava com dificuldade. Ia gozar de novo. Só com a água esguichando em seu pênis e a imagem das coxas de Dylan Ivory na cabeça.

– Minha nossa!

Fez um movimento de quadril em direção à água, abaixou-se e segurou seus testículos; estavam apertados de tesão. Foi o bastante. Seu corpo tremeu, os quadris sacudindo quando gozou.

Dylan... maldição!

Apoiou-se na parede atrás dele, as pernas fracas.

O prazer o percorreu como um rastilho de eletricidade sobre sua pele, vindo das profundezas de seu corpo, o pênis ainda latejante. Foi recuperando o fôlego, respirando aos poucos, enquanto a água lavava seu sêmen.

Era bem ruim masturbar-se duas vezes seguidas, como um adolescente. *Tive de fazer isso.* Mas essa foi uma das únicas vezes, em anos, em que ele gozou apenas com... sexo. Nenhum jogo de poder. Nenhuma escravidão. Nenhum instrumento para bater, nem couro, cordas ou algemas. Apenas Dylan em sua mente.

Que diabos significava aquilo? Será que ele queria mesmo saber?

Sexo era a única coisa a respeito da qual ele sempre se sentia totalmente sob controle. Mas alguma coisa naquela mulher o mantinha preso. E ele pressentia que todas as apostas estavam perdidas.

Não que ele acabaria se submetendo a ela. Mas, mesmo quando ele a tivesse de joelhos – e ia conseguir, não tinha dúvidas –, achava que seria uma transa mental, para ambos. Que alguma coisa nele o faria entregar-se a... Dylan.

Suas entranhas se apertavam, em parte por aborrecimento, em parte pelo pânico que ele não queria admitir e em parte pelo sempre presente desejo resplandecendo em suas veias.

As coisas eram diferentes com Dylan Ivory. E, por mais que ele não quisesse admitir quanto ela o afetava, iria descobrir do que se tratava. Afinal, o que é que *ela* significava?

E nesse meio-tempo ele manteria as coisas sob controle, como sempre.

Maldição!

TRÊS

DYLAN SENTOU-SE NO SOFÁ DIANTE DE UMA PILHA DE LIVROS espalhados sobre a mesa de café, com o bloco de notas no colo. Ela estava pesquisando sobre escravidão sexual, fetiches envolvendo dor, jogo de poder e as razões *por que* essas coisas excitavam as pessoas. Ao ler detalhes, ela mesma sentiu isso. E se imaginou em vários ambientes: sendo amarrada, levando uns tapas e até mesmo sendo açoitada com chicote. Ela poderia pôr a culpa na pulsação que sentia entre as coxas. Se quisesse mentir para si mesma.

A verdade era que os parceiros que imaginara fazendo isso não eram destituídos de rosto. Alec estivera em cada um daqueles cenários com ela, as mãos dele, suas ordens.

Suspirou, pegou o chá e tomou um gole. Sentiu vontade, de novo. A bebida quente acalmava sua garganta, mas o resto do corpo estava tão tenso quanto um fio estendido.

Fazia três dias que falara com Alec e ele ainda não havia dado notícias. Ela ficava imaginando se isso fazia parte da demonstração de que ele estava no comando ou se, simplesmente, andava ocupado demais. De qualquer forma, não estava gostando. Não lhe agradava que estivesse alimentando o comportamento dominante.

Ela sabia que estava gastando muito tempo para dissecar a questão. Mas não conseguia evitar isso. Afinal, não era uma garota passiva submissa qualquer, que ia se derreter aos pés dele, disposta a fazer tudo que aquele homem pedisse. Que ficaria sentada ao lado do telefone, como uma cadelinha, esperando que ele ligasse.

Então por que estava fazendo exatamente isso?

Saíra com muitos homens e nunca estivera nesse grupo de moças. Não precisava esperar por ninguém. Uma mulher de mente aberta, como ela sempre fora, tinha sexo em abundância. E não tardava a dar claros sinais a um homem por quem se interessasse. Eles não pareciam sentir nenhuma necessidade de fazer aqueles jogos que eram comuns com outras mulheres. Ela se mantinha suficientemente distante para que seus eventuais parceiros jamais achassem que *realmente* a possuíam. E, de fato, nenhum deles jamais a teve mesmo. Ela também não jogava aquele tipo de jogo. Mas Alec havia conseguido prendê-la de um jeito tão estranho que ela não conseguia entender...

Deixando de lado sua caneca de chá, pegou um dos livros e começou a folheá-lo, tentando se concentrar em sua tarefa. Estava procurando uma explicação mais profunda sobre a psicologia e a química do subespaço: aquele estado semelhante ao transe em que muitos submissos entram durante o jogo da escravidão sexual e do sadomasoquismo. Entendia o processo químico, como as endorfinas eram liberadas no corpo em resposta à dor ou à estimulação sexual, mas não tinha clareza sobre a parte mental e emocional do processo.

Por que algumas pessoas reagiam a certas coisas e outras não? Leu diversas vezes que alguns submissos podiam começar a descer para o subespaço simplesmente por serem obrigados, comandados. Mesmo sem que houvesse nada além da voz do dominante.

O suave e consistente tom de voz de Alec ecoava em sua mente, percorrendo sua pele como uma débil corrente elétrica. Era como se ela pudesse sentir a sutil vibração do tom. Apertou as coxas ao sentir uma dor súbita ali.

Tudo bem. Talvez ela pudesse compreender aquela parte.

Voltou ao livro, pousando o olhar sobre a fotografia de uma mulher presa com cordas, algo semelhante a um complexo arreio. Mas não foram as cordas que chamaram sua atenção ou a carne fresca da fêmea ajoelhada e nua, sem nada além das cordas. Foram a mão de um homem que estava fora do alcance da câmera e a maneira como ele acariciava o rosto da moça. O gesto parecia terno. Ela gostou do contraste, da possibilidade de ter sido a mão daquele homem que a amarrara e agora tinha total controle sobre ela.

Sentiu seu corpo arder de desejo.

Uma pequena parte dela queria ser aquela mulher. Se o homem fosse Alec Walker.

Fechou o livro abruptamente e saltou do sofá.

Ridículo! Era uma mulher forte. Independente. Tinha mesmo sentido um desejo profundo por Alec, mas só porque estava receptiva à estimulação. E isso se devia simplesmente ao fato de sentar-se ali e deixá-lo *fazer* coisas para ela.

Gemeu. Essa linha de pensamento não estava ajudando nada.

O telefone tocou e ela atendeu, aliviada por ter alguma razão para redirecionar seus pensamentos.

– Alô?

– Alô. É a Mischa.

– Olá, Mischa.

Mischa Kennon, tatuadora que também escrevia contos eróticos, era uma de suas melhores amigas. Elas haviam se conhecido há alguns anos, quando Dylan foi a São Francisco para um congresso de escritores. Quando Dylan voltou àquela cidade, para que Mischa a tatuasse, passaram um bom tempo juntas, a ponto de iniciar uma amizade. Agora, embora estivessem a quilômetros de distância, conversavam por telefone todas as semanas e se encontravam sempre que possível.

– O que está fazendo, Dylan?

– Basicamente, pensando.

Mischa riu.

– Por quê?

Dylan foi até a parede das janelas abertas para o cenário chuvoso lá embaixo. O céu do final da manhã estava encoberto por nuvens, uma pesada cortina de um cinza profundo prometendo chuva.

– Gostaria de saber a razão.

– Precisa quebrar a cabeça para elaborar um novo livro?

– Ainda estou na fase de pesquisa para meu próximo romance. É uma história erótica sobre escravidão sexual e sadomasoquismo. O que me leva de volta à razão pela qual ando refletindo tanto. Mais ou menos isso.

– Tudo bem... Você vai me contar sobre o que está falando ou o quê?

– Desculpe, não queria ser tão vaga. – Ela fez uma pausa, respirou fundo e deixou sair. – Eu conheci um homem.

– Parece algo promissor.

– Talvez. Não. Por Deus, Mischa, não sei... Esse homem, Alec, ele é... diferente de qualquer outro que já conheci.

– De que maneira?

– De todas. – Fez outra pausa, colocou a palma da mão contra a janela, sentindo o frio na pele. – Alec faz parte de minha pesquisa. Bem, até agora ela se resume a ele. Quem o indicou foi uma mulher submissa, Jennifer, para que ele falasse a respeito do tema. Eu simplesmente achava que não sabia o suficiente para escrever com precisão sobre esse intenso jogo de poder.

– Não vejo porque não poderia escrever. Você já escreveu sobre quase tudo. Não é nenhuma puritana. Você é a pessoa que nós procuramos para ter respostas em relação a tudo sobre sexo. Você é nossa rainha, Dylan. – Mischa brincou.

– Ah... estou longe de ser a rainha do erotismo. Ter alguma experiência com sexo não é a mesma coisa. Isso aqui é uma questão muito específica. E dessa vez percebi que estava fora de meu alcance. Porém, quanto mais eu descubro sobre as dinâmicas envolvidas, mais noto que preciso de informação verdadeira. Tenho de me basear em algo mais concreto do que a leitura de alguns livros.

– Então decidiu falar com gente envolvida nisso?

– Sim.

– E? Posso afirmar, ouvindo sua voz e por causa da maneira como está fazendo rodeios, que existe um "e"!

Dylan retirou a palma da mão da vidraça, dobrou os dedos e se afastou.

– O "e" é bem grande, Mischa.

– Ei, lembre-se, sou eu! É muito difícil que eu fique chocada. Do mesmo jeito que você. Por isso é que estou tão curiosa para saber como alguém conseguiu deixar você assim.

– Alec é um dominador sexual.

– Imaginei.

– E pediu, propôs um desafio: que me submetesse a ele. Não posso acreditar que fiz isso, mas aceitei. Tenho certeza de que não vai dar certo. A ideia é ridícula. É que... simplesmente ele é tão... carismático. Não... é mais do que isso. Incrivelmente bonito, mas teria poder mesmo sem essa característica. – Ela viu o rosto dele em sua mente. Aquele misterioso cavanhaque negro, aquele sorriso deslumbrante. Seus olhos perfurando-a com seu fogo azul...

– Dylan?

– O quê? Desculpe. Estava pensando... nele. Não posso evitar. Não sei qual foi a última vez que algo assim aconteceu comigo, que eu me senti tão fora de controle.

– Talvez seja esse o ponto principal nessa situação.

– Então você acha que é apenas uma espécie de sexo mental que ele usa com as mulheres com quem interage?

– Não. Bem... talvez ele faça isso. Mas quero dizer que é possível que esse seja o ponto fundamental para *você*. Em um nível universal. Quem sabe seja o que você precisa, Dylan.

– O que você quer dizer?

– Você é sempre tão controlada. E não há nada errado com o fato de querer controlar sua vida, especialmente depois do que você teve de enfrentar, crescendo ao lado de sua mãe. Mas poderia ser bom para você abrir mão disso entregando-se a alguém uma vez, mesmo que seja apenas por pouco tempo.

– Duvido que o universo tenha colocado Alec Walker em meu caminho só para que ele pudesse me amarrar.

– Acho que pode ser exatamente isso.

– Mischa!

– Dylan, você sabe que a amo o suficiente para lhe dizer que pode relaxar um pouco.

– Estive com muitos homens e experimentei bastante em se tratando de sexo.

– Sim, mas não se trata da mesma coisa, não é? Você mesma acabou de dizer. Se o que acho que sei sobre escravidão sexual e sadomasoquismo for correto, tem a ver com o papel representado pelas pessoas. O jogo do poder, certo?

– Sim, essa é a base, até onde consigo compreender.

– Então me parece que você tem de abrir mão desse poder, ao menos um vez.

– Essa é a parte de que não gosto.

– Provavelmente é por isso que precisa tentar.

– Não sei. Talvez. – Ela enrolou um cacho dos cabelos no dedo, apertando forte. – É possível que você esteja certa. E acho que alguma parte de mim sabe disso, e é por isso que aceitei. Bem, é parte da razão pela qual concordei, de qualquer forma.

– Você vai ter de me contar o resto depois que fizer a coisa. Vai fazer, não é mesmo? Vai vê-lo, vai encontrar com ele?

Ela iria mesmo?

Será que em algum momento passou por sua cabeça que daria para trás?

Suspirou.

– Sim. Mas vai ser difícil para mim.

– Às vezes as coisas mais duras são as que mais nos ensinam como somos.

– Sei que você tem razão. É que estou apenas... lutando com isso.

– Faça, Dylan. Dê esse salto. Contanto que esse homem seja de confiança. Mas você mencionou que conhecia alguém que o recomendou. Realmente acho que deve fazer isso.

– Eu também acho. – E, como os olhos azuis de Alec, sua voz, seu perfume faziam com que ela se derretesse, isso tudo tornaria o movimento um pouco mais fácil. Tornava a coisa, ele, irresistível. – Não sei o que vai acontecer exatamente e não me sinto inteiramente à vontade a respeito. Que inferno, não me sinto à vontade com tudo isso! Mas, para ser honesta, estou muito excitada... com aquele raro sentido de antecipação, talvez simplesmente porque não saiba.

– Nossa! Nunca ouvi você falar desse jeito. Está insegura.

– É porque se trata de algo não usual para mim. Mas esse homem...

Sua mente rodava diante das possibilidades. O que será que Alec faria, exigiria dela?

Seu estômago saltou e ela sentiu um calor difuso entre as coxas. Ela estava prestes a descobrir. A única coisa de que tinha certeza, entretanto, é que Alec Walker iria transformá-la. Irrevogavelmente.

Horas depois o telefone tocou, de novo. Dylan largou o livro e o bloco de anotações e deu uma olhada no identificador de chamadas.

Alec.

Seu coração disparou, chacoalhando desordenadamente no peito.

– É só um homem –, disse para o quarto vazio; depois deu um tapinha na própria cabeça. Já sabia que era um pouco mais que isso.

– Alô.

– Alô, Dylan.

Deus do céu, a voz dele era como uma corrente elétrica correndo em suas veias, pulsando entre suas coxas.

– Olá, Alec.

– Como você está esta noite?

– Bem, muito bem.

Será que ele ligou para uma conversa fiada? Ela achava que não poderia aguentar isso. Colocando uma almofada bordada no colo, enrolou as bordas nos dedos.

– Não quer saber como estou? –, ele perguntou com uma voz bem-humorada.

– Sim, claro. Desculpe. Eu estava... muito concentrada em uma pesquisa quando você ligou. Minha mente estava divagando.

– Terei de me esforçar muito para chamar sua total atenção.

– Não pense...

– Fique tranquila. Sei muito bem como lidar com isso.

Ela fez uma pausa, gaguejando, mas ele prosseguiu.

– Essa é a razão pela qual estou ligando. Temos de começar a nos preparar para nossa primeira vez juntos.

– Ah...

Quando é que ela ficara assim, sem palavras, diante de um homem? Mas só conseguia pensar nas grandes mãos dele sobre ela, amarrando-a.

Tocando-a. Sequer conseguia pensar além disso, embora soubesse que haveria mais. E estava lutando contra sua reação a ele, centímetro por centímetro.

Trate de se recompor.

– Pensei que você fosse me mandar um *e-mail*.

– Eu também.

Ela esperou, mas Alec não parecia querer se explicar, o que a perturbava mais ainda.

– O... qu... que eu preciso saber? –, ela perguntou.

– Ambos precisamos saber quais são nossos limites. Ou desejos. Muita gente costuma escrever questionários, mas eu prefiro conversar. Posso avaliar melhor se ouvir suas respostas ao que quero saber.

– Então você agora virou psicólogo?

Ela ouviu quando ele suspirou.

– Dylan, se vamos fazer isso, ser sarcástica comigo só vai atrapalhar.

– Tem razão. Desculpe. É que isso não é natural para mim. – Ela sentou-se no sofá, ainda agarrada à pequena almofada.

– Estamos apenas conversando, tudo bem? – O tom dele mudou; agora era mais suave do que de comando, como se ele pudesse ler seu estado de espírito, suas necessidades pelo telefone.

– Sim. Tudo bem.

Ela ia fazer isso. Mas seu coração parecia um pequeno martelo no peito.

– Primeiro, preciso saber se você tem algum conhecimento do que significa escravidão sexual e sadomasoquismo. Sei que andou lendo muito, reuniu informação. Mas me diga qual é sua definição. O que ficou sintetizado em sua mente.

Ela pensou um pouco sobre tudo o que lera a respeito, suas breves conversas com Jennifer, as pesquisas feitas *on-line*.

– Bem, sei que tem a ver com escravidão e disciplina, dominação e submissão, sadismo e masoquismo.

– Agora me diga como interpretou isso, não o que achou nos livros ou na internet.

– Eu acho... A definição parece abranger uma ampla gama de comportamentos sexuais e sensuais. Desejos. Fetiches. Cada um parece ter uma definição pessoal, diferente a respeito do assunto, ou seja, é algo bem individual. E nem todos praticam tudo. Algumas pessoas talvez se limitem aos aspectos mais leves, como tapas ou simples submissão. Mas mesmo assim é escravidão e sadomasoquismo, embora os praticantes não usem essas palavras quando se referem a si mesmos. E na raiz está a troca de energia entre os participantes.

– Sim. Mas existem mais coisas além de uma definição livresca. Como é que você se sente a respeito? O que quer disso, além da informação para seu romance?

– Quero ter a experiência, tentar antes de simplesmente rejeitar. Ainda penso que, por natureza, sou alguém que fica por cima, não por baixo, então talvez em parte isso seja para que eu prove, para mim mesma, essa condição, a despeito de sua opinião de "especialista".

– E para mim?

– Sim. Talvez. Sim.

– O que mais?

– Ainda não sei o que mais. Penso que devo chegar lá antes de saber exatamente o que me atrai ou não.

– Você está certa. Descobriremos alguma coisa à medida que formos adiante. Mas por que você não se faz algumas perguntas? Quero que tente responder instintivamente. Não pense muito a respeito. – Ele lhe disse. – E não fique inibida. Se deixar de me dizer algo, isso não será tão eficaz. Tudo bem?

Era mais uma ordem do que propriamente uma pergunta. Sua reação inicial era de argumentar. Mas ele estava certo, isso iria apenas atrasar o processo.

– Sim. Com certeza, vá em frente.

– Você já havia pensado em experimentar escravidão sexual?

– Sim.

– Alguma vez concretizou?

– Eu... uma vez amarrei um namorado com lenços de seda.

– E isso provocou alguma coisa em você?

– Foi divertido. Diferente.

– E o que não funcionou?

– Não sei ao certo. Foi legal. Mas a realidade não foi tão excitante quanto a ideia.

– Poderia ser porque os lenços de seda eram leves demais, como símbolo, para você?

– Sim, talvez. Parecia delicado demais. Quase bobo. Não dava para levar a sério.

– E poderia também ser porque você queria ser a pessoa amarrada? Para se sentir desamparada?

Ela tremeu, sua mente deu um branco.

– Eu... eu não sei. Não creio que tenha pensado nisso naquela época e nunca parei para refletir a respeito depois. Em minha mente, se eu fosse experimentar alguma coisa desse tipo, eu é que ficaria por cima.

– E agora?

Uma breve pausa na respiração, um aperto no peito. Ela estava irritada, subitamente. Defensiva.

– Eu concordei em tentar a servidão, não foi?

Alec ficou quieto por um instante. Ela podia ouvi-lo respirando devagar, do outro lado do telefone. Não sabia por que aquilo fez com que ela prendesse a própria respiração.

– Dylan, não vamos conseguir chegar a lugar nenhum se você não admitir ao menos que alguma parte de você deseja isso.

Suas maçãs do rosto começaram a arder, suas mãos esfregavam a almofada no colo.

– Tudo bem, posso admitir isso. Suponho que seja natural para qualquer pessoa cogitar essa possibilidade, uma vez ou outra, sendo alguém sexualmente aberto. O que eu sou. Caso contrário não seria uma escritora erótica.

Pare de falar bobagens.

– Bom. É um começo.

– É uma resposta suficiente para você?

– No momento, sim. Eu quero que você leve essas coisas em consideração. Você não tem de sair dessa conversa inteiramente convencida. É um processo.

– Tudo bem.

Ela relaxou um pouco o aperto na almofada.

– Onde estávamos? Ah, sim. Você já teve vontade de ser espancada?

– Eu... Sim.

Ela havia dito aquilo em voz alta mesmo?

– Ah... muito bem. – Ele abaixou a voz, de maneira que ela teve de se esforçar para ouvir. – E você está, neste momento, um pouco corada de prazer, sabendo que estou satisfeito com sua resposta?

Sua respiração ficou irregular. Deus do céu, será que ela estava mesmo? Levantou as mãos até o rosto, sentiu um ligeiro sorriso em seus lábios com a ponta dos dedos.

– Você ainda está aí, Dylan? –, ele perguntou tranquilamente, a voz com aquele tom de voz suave e diluído que chegava a ela como seda em sua pele.

– Ainda estou aqui.

– Vai me responder?

Ela balançou a cabeça, mordeu o lábio. – Eu... preferia não responder.

– Mas?

Ela pressentiu que ele poderia esperar um dia inteiro para ouvir aquela resposta, se necessário.

– Mas... Sim, isso me dá prazer.

Ele ficou quieto, de novo, por alguns momentos.

– Isso é encantador, Dylan. Realmente. Posso ouvir em sua voz. Posso também perceber como é difícil para você dizer isso para mim.

– Sim.

– Quero que você passe algum tempo pensando sobre essas coisas. Vamos conversar de novo antes de nos vermos. Prepare-se para me encontrar no Pleasure Dome, sábado à noite. Às nove horas. Vou lhe mandar o endereço por *e-mail*. Vá de táxi. Não quero que você dirija nessa noite.

Sua cabeça girava. Com certeza estava irritada. *Maldito*. Ela não deveria discutir? Mas tudo que saiu de sua boca foi um "tudo bem".

– Quero que esteja em casa amanhã, às oito da noite. Vamos conversar mais.

– Eu... Está certo. Posso estar aqui amanhã à noite.

– Não foi um pedido, Dylan.

– Não pensei que fosse.

– Você parece furiosa.

– Talvez esteja.

Ela rangeu os dentes, a mandíbula apertada. Afinal, o que era aquele monte de ordens? Eles ainda não estavam no Pleasure Dome e nem haviam assumido os papéis de dominante e submissa. Será?

– Não tem problema ficar irritada –, ele disse. – Com frequência, faz parte do processo mental. É difícil abrir mão, entregar seu poder a outra pessoa. Lembre-se apenas de que há poder nesse ato. Em fazer essa escolha. Você entende?

– Eu... Talvez. Preciso pensar a respeito.

– Faça isso. Vou ligar amanhã à noite. Durma bem.

Desligou. E ela também, com as mãos trêmulas. Naquele exato momento, não estava certa de que conseguiria dormir de novo.

Como ele sabia aquelas coisas sobre sua pessoa, se ela mesma mal se conhecia? E como ela, que se considerava tão sofisticada sexualmente, falhava ao ver esse lado de sua personalidade?

Não tinha ideia. Tudo que sabia é que a raiva e o desejo degladiavam em seu corpo de tal maneira que ela não conseguia mais ficar sentada. Levantou-se, andou de um lado ao outro do *loft*, olhando a vista externa obscurecida pelo nevoeiro.

Lá embaixo, a Avenida Western estava iluminada: os bares, os cafés e os faróis dos carros em trânsito. Não estava chovendo, a noite era uma espécie de preto brilhante sob a camada de névoa. Sob o brilho âmbar da luminária pública, um casal se acariciava, os braços entrelaçados. Ela ficou olhando enquanto eles se beijavam, se apalpavam e ficavam cada vez mais excitados.

Arfando, ela se virou, pensando em ir até a cozinha e se servir de um copo de vinho. Mas não era vinho o que ela queria.

Em vez disso, atravessou a sala de estar e entrou no quarto, no extremo final do apartamento. O branco-neve de sua cama refulgia delicadamente sob a luminária acesa lá fora, em total contraste com a sombra da parede verde-musgo atrás dela. Mas tampouco era o conforto relaxado de sua cama que ela estava procurando.

Rapidamente, tirou as roupas, sentindo a fria temperatura da noite esbarrar em sua pele nua. Ela gostava disso, ficar nua. E naquela noite ela apreciou ainda mais.

Subiu na cama e pegou a cesta de vime que estava no chão, abrindo a tampa. Lá dentro estava sua coleção de vibradores e outros brinquedinhos. Alcançou o turbo que estava usando todas as noites desde que conhecera Alec, mas o deixou de lado. Queria algo mais suave, para gozar devagar, luxuriosamente. Escolheu um dildo cor de carne que parecia mesmo um pênis em si, a cabeça gorda e brilhante. Ela o segurou por um momento, a falsa textura de pele tentadora em sua mão, e então, mordendo o lábio, também pegou um pequeno ovo de cromo. Deitando-se sobre os travesseiros, abriu as coxas, o ar frio acariciando seu sexo nu.

Acionando o falo artificial, colocou-o entre as pernas, fazendo com que tocasse a ponta de seu clitóris. Gemia baixinho. O prazer estremecia seu corpo numa pequena onda trêmula. Fechou os olhos, viu o rosto de Alec e apertou o vibrador, delizando-o sobre o clitóris enrijecido.

Hum....

Ela brincou com ele, deixando a sensação crescer lentamente, até que estava se contorcendo na cama. Sua vagina, encharcada. Abriu-se mais, enfiando o falo.

Nossa... Alec...

Como é que seria deixar que ele a penetrasse? Permitir que ele levantasse suas mãos acima da cabeça, aprisionando-a. Ele era tão grande. Ela ficaria indefesa, sob seu corpo imenso. Os músculos dele deveriam ser duros e poderosos. Ela podia imaginar seu pênis entrando nela...

Sim...

Ela inclinou o vibrador, atingindo o ponto G.

– Ah... sim... sim.Agora suas pernas estavam tremendo, o prazer como um silencioso rumor em seu corpo, crescendo, crescendo. Ela enfiou o vibrador mais fundo, fez com que deslizasse, seus quadris arqueados em movimentos, mais e mais rápidos.

Será que ele iria transar devagar? Ou seria um sexo duro, rápido, animal?

Alec.

Ela precisava de mais.

Com a mão ela espalhou seus fluidos no orifício apertado entre as nádegas, usando-os como lubrificante, depois introduziu o pequeno ovo na entrada do ânus. Respirando fundo, ligou o ovo antes de fazer com que passasse por aquele anel de músculos. Ela estava tão excitada que não houve dificuldade. Seu corpo se abriu, o sexo se estreitou, os quadris resistiram.

Hum, sim, vou gozar... Alec...

As fortes mãos dele iam segurá-la, seu pênis entrando nela, estocando.

Ela enfiou o grande e rígido vibrador, enterrando-o em seu sexo, a vibração mandando o prazer para as profundezas de seu corpo. Aquilo e o ovo tremendo em seu ânus eram sensações que se misturavam.

Alec, transe comigo...

Mais uma enfiada poderosa, e seu corpo todo se retesou quando ela gozou, um prazer imenso percorrendo-a: vagina, ânus, barriga e seios. Ela cavalgou a onda, subiu com ela, seus quadris indo e vindo.

Alec! Oh, nossa...

Ela continuou com o vaivém, gozando, o clímax em uma infinita espiral de prazer. Finalmente, exausta, ficou ali, tremendo na cama. Em sua mente estava o rosto de Alec, suas grandes mãos. O pensamento em sua carne nua contra a dela. E ele dominando-a. E ela desejando isso.

Ah, sim, o sexo mental já havia começado. Seria muito pior? Ou muito melhor?

QUATRO

Sentado à ampla mesa de carvalho, Alec olhava a tela do computador. Desde as primeiras horas da manhã tentava organizar de forma coerente o trabalho a que se dedicava, mas sua mente não fazia outra coisa senão divagar. Inclinou-se para ler a página recém-digitada, mas as palavras se misturavam diante de seus olhos.

Mal dormira. Acordou às cinco da manhã, com os olhos lacrimejantes. *Que inferno!* Há dias mal pegava no sono! Tentou voltar a dormir naquela manhã, mas depois de uma hora deitado na cama, pensando em Dylan, acabou se levantando para entrar no chuveiro e ter outro orgasmo, sob o jato de água quente.

O pênis, enrijecido, pulsava.

Aquilo estava ficando ridículo. Ele se masturbava muitas vezes, todos os dias, desde que a conhecera. E a coisa piorou bastante depois de conversar com ela ao telefone, na noite anterior. Tinha sido muito excitante falar com ela sobre seus desejos. E ficava cada vez mais, ao ouvir a raiva na voz dela, imaginando como fazer para extrair dela aquela sensação. Durante quase a noite inteira permaneceu com uma tremenda ereção, a própria imagem de um anúncio de Viagra®.

Deus do céu, a mulher parecia uma espécie de demônio, invadindo seus sonhos e também cada despertar. Mal podia esperar para pôr as mãos nela. Para tirar dela toda aquela agressividade e fúria.

Para prendê-la.

Bater nela.

Sim... isso.

Seu sexo cresceu de desejo, reagindo àquele pensamento.

Realmente tinha que dar um jeito de se controlar.

Precisava *mantê-la* sob seu controle.

Gemeu.

Tenho de vê-la.

Por que lutava contra isso? Quando queria algo, simplesmente fazia acontecer. Por que agora seria diferente?

Provavelmente, porque vê-la antes do encontro marcado era contra seu protocolo usual. Perturbava o padrão do relacionamento dominante/submissa, não importava quão casual fosse telefonar-lhe.

Isso não parecia casual.

Foda-se! Ele ia ligar. De qualquer forma, não seria ruim surpreendê-la. Para deixá-la agitada.

Sentindo-se mais no controle da situação, pegou o celular e discou, sentindo sua respiração do outro lado, quando ela atendeu.

– Alec?

Ah, sim. Adorável tom velado na voz.

– Dylan, como está nesta manhã?

– São oito horas.

– De fato.

– Você sempre liga para as pessoas assim tão cedo?

– Estava dormindo?

– Não, mas... deixa pra lá.

– Quero ver você, Dylan. – Ele não se importava com o ríspido tom de voz dela. Pegou uma caneta, tamborilou na beirada da mesa e, ao perceber o que estava fazendo, parou.

– Você quer me ver agora?

Sim.

– Hoje à noite.

Ele apertou a ponta da caneta, abrindo e fechando a pecinha de metal com seu polegar, à espera da resposta.

– Por que esta noite?

A caneta escorregou e ele se inclinou tentando alcançá-la, mas ela acabou caindo no chão, fazendo um ruído.

– Você tem de questionar isso, Dylan?

Tinha mesmo? Ele não queria pensar com muito cuidado sobre o que quer que estivesse acontecendo com ele. Simplesmente queria vê-la, droga!

– Eu... Não, acho que não.

– Encontre-me às sete, na Wild Ginger, que fica ali na Terceira. Conhece o lugar?

– Sim, conheço.

– Não se atrase.

– Nunca me atraso.

Havia uma ponta de teimosia na voz dela, mas sua intenção não era realmente lutar contra ele agora. Alec se recostou na cadeira, os músculos relaxados.

– E, Dylan, você tem de estar toda vestida de preto. Tem uma roupa assim?

– Que mulher não tem?

– Meias pretas? Botas?

– Com certeza.

Ele não conseguia perceber, pelo tom, como ela estava reagindo ao receber ordens. Mas lidaria com isso depois. Não tinha nenhuma importância para ele agora... não tanta como deveria.

– Vejo você à noite, então.

Ela soltou um suspiro.

– Tudo bem. Ótimo.

Sim, uma fagulha nela, mas ele esperava por isso. Gostou.

– Então até a noite.

Desligou sem dar a ela oportunidade de responder. Sentiu a inquietação chegando, a luta. Ele iria deixar que ela ficasse se remoendo hoje. Fazer com que destilasse o que havia em seu interior. Ou mesmo fazer com que crescesse como raiva de verdade, no momento em que a visse. De qualquer forma ia funcionar. Parte de seu trabalho como dominante era suscitar algum tipo de reação nela. E, se ela ia se insurgir contra esse processo – e isso era natural em Dylan –, seria melhor lidar com essas questões quanto antes.

Ele gostou daquele embate. De ver como ela lutava. E, mais ainda, daquele momento em que ela finalmente cedeu. Demais, talvez. Mas ele saberia lidar com isso também. Fazer com que essa estranha *necessidade* saísse de seu íntimo. Com Dylan. Ou com outra mulher. Pouco importava, não é mesmo?

Mesmo?

Nunca havia importado antes. E não iria permitir que ficasse, agora, perturbado com uma mulher. Essa atração insana por Dylan Ivory era apenas isso, nada mais.

Bastaria fazer com que saísse de suas entranhas. Simplesmente atuando sobre ela.

Aquela noite seria dedicada a conhecê-la, porque, quanto mais entrasse em sua mente, mais fácil seria fazer com que, de fato, se submetesse. Ela era complicada. O jogo de poder seria mais eficaz quando ele tivesse uma noção mais nítida de como a mente dela funcionava. Era assim tão simples e claro.

Ele balançou a cabeça e retornou à tela do computador. Sabia muito bem que estava mentindo para si mesmo.

Dylan desceu do táxi em frente ao Wild Ginger, batendo a porta. Tinha passado o dia inteiro excitada.

Passou as mãos em suas calças compridas marrom-escuras, ajeitou a jaqueta de couro cor de caramelo.

De jeito nenhum ela vestiria aquele maldito vestido preto.

Escancarou a porta do restaurante um pouco mais forte do que o necessário. No interior, tudo transpirava a despojada elegância asiática, as paredes vermelhas como fundo dramático para as mesas laqueadas de preto, os delicados ramos de orquídeas brancas em vasos altos.

Ela o viu imediatamente. Estava recostado no bar, um drinque na mão. Grande e bonito – não, bonito não era uma palavra suficientemente poderosa para ele – em suas calças escuras e uma camisa que se ajustava a seu corpo musculoso como se tivesse sido feita para ele. E provavelmente tinha sido mesmo. Não havia outra forma de uma roupa se moldar tão perfeitamente àqueles ombros tão musculosos e deslizar tão suavemente em torno de sua cintura estreita. Não importa quão bonito ele pudesse ser, sua aparência não ia fazer com que ela conseguisse se desfazer da latente irritação que a dominava.

Ele sorriu quando a viu. Havia algo petulante nele e que fazia com que o sangue dela fervesse de fúria. E seu corpo ardesse de desejo. Ela engoliu o desejo, balançou a cabeça e foi na direção dele.

– Olá, Alec.

– Então você apareceu, mas quis deixar bem claro para mim que não quer ser pressionada, não é?

Ela ergueu o queixo.

– Sim. É exatamente isso.

Ele sorriu para ela.

– Você está linda, Dylan.

Ela não esperava por isso. Mas não ia ser derrubada e queria que isso ficasse bem claro.

– Talvez isso faça parte de seu ritual com as garotas com quem brinca no clube, mas eu não sou uma escrava. E minha incursão nesse ramo não significa que houve uma mudança. Não é algo em que eu esteja interessada.

Ele continuou a sorrir, o que ela achou um pouco perturbador.

– É justamente o que estamos fazendo aqui esta noite. Entendendo melhor em que você *está* interessada. Podemos ir para a nossa mesa?

– Eu... Sim.

Ela não sabia o que mais poderia dizer e se sentiu tola pelo que falara antes. Por que não conseguia se acalmar?

Alec fez um movimento imperativo com o queixo e a recepcionista apareceu do nada, uma moça esbelta e atraente, com brilhantes cabelos negros. Sorriu para Alec, piscando seus longos cílios. Dylan não ficou surpresa nem podia censurar a garota. Provavelmente Alec era o homem mais bonito do lugar com aquele sorriso charmoso, libertino.

Bom Deus, será que a palavra *libertino* havia mesmo passado por sua mente?

Balançou a cabeça para si mesma enquanto seguia a recepcionista até a mesa, Alec um passo atrás dela. Jurou que podia sentir o calor de seu corpo imenso.

Ele se inclinou e murmurou em seu ouvido:

– Eu realmente não esperava que você usasse o vestido preto, Dylan. Não você.

Ela se virou para fitá-lo, piscando, mas ele apenas sorriu enquanto a ajudava a tirar o casaco e colocá-lo no encosto da cadeira, antes de ajeitá-la para ela e em seguida se acomodar no assento do lado oposto.

– Queremos um bule de chá-verde e de jasmim –, ele pediu à atendente, sem tirar os olhos de Dylan. De um azul profundo, cintilavam à luz fraca do ambiente.

– Você me surpreende –, ela se ouviu dizendo.

– É mesmo? De que forma?

– Todas essas maneiras gentis. Segurou minha cadeira. Lembrou o tipo de chá que prefiro.

– Ser dominante não significa ser imbecil, ao contrário da crença popular. E eu nunca me encaixo em crenças populares.

– Não, tenho certeza de que não.

– Nem você.

– O que você quer dizer com isso? – Ela passou a ponta dos dedos na gola de seu suéter de lã angorá creme.

Alec encolheu os ombros.

– Você é uma escritora erótica. Há quem talvez tenha certas ideias preconceituosas sobre o tipo de pessoa que você é.

– Provavelmente. O que você acha que isso me torna?

Ele se inclinou, olhando para ela. *Através* dela. Ela se movimentou na cadeira. Ansiava um pouco demais por ouvir aquela resposta.

– Acho que isso faz de você uma mulher com a cabeça mais aberta quando se trata de sexo em relação à maioria das mulheres. Mais cabeça aberta de maneira geral, talvez. Embora eu acredite que você não aplica isso a si mesma.

– Não entendo o que quer dizer.

– Acredito que você se julga mais severamente do que aos outros.

– Com certeza, sim. Mas não é assim com todo mundo?

– Sim, você está certa quanto a isso.

– Mesmo você?

Ele sorriu, os dentes de um branco intenso, mas com aquele ar malvado por causa do cavanhaque, mesmo quando a boca se abria em um sorriso. E ela estava, como sempre, encantada por ele.

Droga.

– Mesmo eu – ele disse. – Ah... aí está o chá.

Para sua surpresa – uma vez mais –, ele pegou o bule e serviu, estendendo para ela a pequena xícara de cerâmica vermelha. Ela pegou, envolvendo-a com os dedos.

– Obrigada.

– De nada.

Não conseguia entender aquele homem. E ele tinha razão. Ela acalentava noções preconceituosas sobre o que era um ser sexualmente dominante. Ideias que aparentemente teria de descartar, começando tudo de novo.

Se ao menos ele não tivesse de estar o tempo todo no controle absoluto... Ou talvez se *ela* não procurasse estar...

Riu, suavemente.

– O que é? –, ele perguntou.

– Olhe... estou só considerando algumas coisas – ela admitiu. – Readequando meu pensamento. Não que eu goste disso.

Ele se recostou na cadeira, tomando o chá.

– Ah, exatamente o que eu esperava conseguir.

Ela suspirou.

– Lá vem você de novo –, murmurou.

Ele ficou quieto por um instante, estudando-a, e ela sentiu as maçãs do rosto começarem a esquentar diante daquela observação atenta.

Ele ergueu sua xícara de chá fumegante, soprou um pouco, bebeu e em seguida a devolveu à mesa. Mesmo o menor movimento parecia calculado. Ou talvez ela simplesmente esperasse que ele deveria dizer alguma coisa, ansiosa pelo fato de ele a estar estudando.

– Você pretende ser um grande desafio para mim, não é, Dylan?

– Não *pretendo* nada.

– Não mesmo?

– Estou sendo apenas eu mesma.

– E quem é você, Dylan?

– Está sendo condescendente.

– De jeito nenhum. Espero conhecê-la. É parte de meu trabalho, por assim dizer. Mas eu também *quero* simplesmente conhecê-la. Tudo bem?

Ele se inclinou outra vez, cobriu a mão dela com a sua. A dele era grande, quente, e aquele calor penetrou em sua pele do mesmo jeito que o da xícara de chá. Seu corpo relaxou.

– Sim. Com certeza. Não sei por que estou sendo tão severa com você. Ou talvez saiba. Lamento.

– Tudo bem. Vamos começar de novo. Apenas relaxe, converse. Por que você não me conta algo a seu respeito?

– O que gostaria de saber?

– Comece do início.

– Bem...

Ela se deu conta de que a mão dele ainda cobria a dela, tornando difícil relacionar as ideias. Dylan levantou os olhos das mãos para o rosto dele. Alec deu um breve sorriso e retirou sua mão, como se compreendesse o que se passava.

– Comece com sua obra, Dylan. Gostaria de saber a respeito de seu trabalho.

Ela descansou as mãos no colo, os dedos apertados, sentindo o calor que ele deixou ali.

– Tenho escrito em tempo integral durante os últimos quatro anos.

– E sempre literatura erótica?

– Sim, sempre. Desde meus vinte e poucos anos, mas não achava que iria publicar, senão há uns quatro anos. As coisas aconteceram muito depressa em seguida. Consegui uma agente, vendi meu primeiro livro, depois mais três e algumas novelas. Tive muita sorte. Antes trabalhava no sistema bancário. Fiz muito bem em sair de lá.

– Banco? Não consigo imaginá-la em um banco. Acho que seus verdadeiros talentos estavam sendo desperdiçados ali, em um duro ambiente corporativo. Você é muito... exótica.

Ela se mexeu na cadeira, entrelaçando os dedos com força. Jamais pensara em si mesma assim.

Aquele homem podia desequilibrá-la como ninguém mais.

Ela suspirou e continuou.

– Eu odiava aquilo. Mas o dinheiro que consegui ganhar me deu oportunidade para parar de trabalhar e me dedicar apenas à escrita, então sou grata a ele. Felizmente, consegui os primeiros contratos antes que minhas economias acabassem. E você? O que fazia antes de se tornar um escritor profissional?

– Ensinava inglês na universidade local.

– Mas desistiu para escrever?

– Não imediatamente. Parei de trabalhar há três anos. Muitos prazos de entrega de livros eram curtos, era impossível manter as duas atividades. Senti que não podia continuar com ambas, dedicando a energia necessária a cada uma. Realmente gosto de ensinar. Algumas pessoas consideram isso como algo banal. Mas eu aprecio.

– Tenho certeza que sim. E também que você encontrou emoções em outro lugar.

Ele riu.

– Claro. Não me importo de afirmar quem sou. – Tomou outro gole de chá. – Ao contrário de certas pessoas.

– Hum... uma farpa. Devo me sentir ofendida?

Ele sorriu com um brilho malvado nos olhos.

– Não ainda. Vamos chegar lá mais tarde.

As maçãs do rosto de Dylan esquentaram mais uma vez, o sexo estava começando a arder. Pressentiu, em seguida, que aquele homem realmente logo iria tocar nela. E o que mais?

Cruzou as pernas embaixo da mesa, lutando contra o ardor entre elas.

Foco. Simplesmente continue falando.

A conversa fazia com que parecesse quase um encontro normal. Ela podia lidar com isso.

– Alec, conte mais a respeito daquele vício por aventuras que mencionou outro dia. As atividades arriscadas.

Alec sorriu.

– Gosto de qualquer coisa que provoque uma descarga de adrenalina. Pratico *snowboard*. Já fiz paraquedismo. E acho que já mencionei os mergulhos em áreas de tubarões. E minhas motocicletas. Já corri, mas não profissionalmente.

Ela estremeceu. Odiava pensar naquilo. Tinha feito isso quase toda a sua vida.

– Dylan? O que houve?

Ela acenou com a mão. Mas podia sentir que estava empalidecendo. E Quinn era uma grande parte do que a tornara a pessoa que era.

Diga para ele. Acabe com isso.

– Eu... perdi meu irmão caçula, Quinn, em um acidente de moto. O simples pensamento de alguém dirigindo uma motocicleta me deixa... desconfortável.

– Sinto muito. Aconteceu recentemente?

– Não, não. Podemos mudar de assunto? Parece que você tem viajado muito.

– Sim. Gosto particularmente do sudeste asiático, de todo o hemisfério oeste. A Tailândia é linda. Bali. E o Tibete foi uma aventura, embora nada confortável. Fui tatuado lá por um homem idoso, usando métodos antigos. Eles pegam uma longa haste de bambu e a forçam para injetar a tinta na pele. É preciso que duas pessoas segurem você para esticar bem a pele. Leva horas, mas você entra em um tipo de transe depois de algum tempo. Está na parte de trás de meu ombro, uma região ossuda, e doeu infernalmente, mas é minha tatuagem favorita. Esses desenhos são feitos sob medida e têm um significado espiritual que o artista descobre para cada pessoa. Uma mensagem única. Foi uma experiência extraordinária.

– Já vi isso em documentários. Parece doloroso, mas os desenhos são lindos.

– Vou lhe mostrar o meu, uma hora dessas. Gosta de tatuagens?

– Sim. Trata-se de algo bem pessoal e interessante, uma declaração sobre nós mesmos. Tenho uma.

– Tem?

– Você parece surpreso.

– Talvez não. O que é?

– Um ramo de flores de ameixeira em arco sobre meu quadril direito.

– As flores de ameixeira são um sinal de perseverança.

– Sim. Flores de ameixeira podem sobreviver ao congelamento do inverno.

– Talvez algum dia me diga o que significam para você.

Ela sorriu.

– Talvez. Você tem outras tatuagens além daquela que fez no Tibete?

Ele balançou a cabeça.

– Um par de dragões em meus braços. Ambos feitos em Hong Kong. Eu arregaçaria as mangas para mostrá-los, mas uma visão parcial não faria justiça ao trabalho. Eu teria de tirar a camisa.

Deus do céu, como é que esse homem ficaria sem camisa? Ela estremeceu.

– E o que eles significam para você?

– Dragões são um símbolo do poder. Força. E proteção.

– Do que você precisa ser protegido, Alec?

Uma sombra passou pelo rosto dele, mas desapareceu tão depressa que ela não tinha certeza de tê-la visto.

– Todo mundo tem suas vulnerabilidades. Não seríamos humanos de outra forma, não é mesmo?

– Suponho que não vai dizer quais são suas vulnerabilidades... –, ela sugeriu.

– Não agora. Mas gostaria de saber algo sobre as suas. Isso é parte da minha tarefa também.

– É necessário?

Ele simplesmente disse:

– Sim.

– Por quê?

– Com o poder, vem a responsabilidade. Preciso ter alguma ideia de como você vai reagir quando estivermos jogando e por quê. Para que eu possa cuidar de você adequadamente.

– Ah...

A pequena lembrança do que eles planejavam fazer juntos fez seu corpo doer de desejo e sua mente rebobinar. Eles estavam mesmo tendo aquela conversa com sutis referências eróticas no meio de um restaurante lotado?

– Por que você não me conta sobre sua família, Dylan?

– Minha família?

– Geralmente esse é um bom assunto para começar.

– Tudo bem, tudo bem.

Ela fez uma pausa, refletiu por um momento.

– O que dizer a ele? – Nasci em Portland.

Parou. Realmente não queria dar detalhes a ele. Era muito difícil. Ela havia feito muito bem quando afastou a maior parte de sua família da mente. Em especial, sua mãe. Como explicar esse tipo de coisa?

Descruzou as pernas, pegou a xícara de chá, mas descobriu que estava vazia. Alec a pegou, encheu e lhe devolveu.

– Continue –, ele indicou. – Sua família ainda permanece lá?

– Não. Agora a maioria está em Ashland, no Oregon. Minha tia Deirdre e minha mãe. E minha vó Delilah, de quem sou muito próxima.

– Mas não é próxima de sua tia e de sua mãe?

– Com minha mãe as coisas são... difíceis.

– Fale sobre ela.

– Não.

Ela parou de fitá-lo. Ele não recuou.

– Talvez em outro momento, então.

Ela assentiu com a cabeça, olhando em outra direção.

– Quer falar sobre seu irmão? –, ele perguntou em voz baixa.

– Não especialmente.

– Mas falaria, de qualquer forma?

Ele estava sendo tão gentil com ela. Fazia com que ela *quisesse* contar. Para deixar que ele a conhecesse. Um pouco que fosse.

– Quinn era... bem... três anos mais novo que eu. Um garoto legal, basicamente. Um bom aluno. Tinha senso de humor, o que acho que devo ter perdido. Sempre me fazia rir. Éramos bem próximos. Nós não brigávamos, como acontece com a maioria dos irmãos. Precisávamos um do outro, penso...

Parou de falar.

Realmente, não quero ir por aí.

– Perdê-lo deve ter sido bem difícil.

– Foi.

O garçom chegou, interrompendo-os, e ela se sentiu grata.

Alec fez o pedido por ambos, sem consultar Dylan nem o cardápio. Quando o rapaz foi embora, ela perguntou:

– Você sempre faz isso?

– Assumir o controle? Sim. – Ele se inclinou para ela, o olhar bem-humorado. – Você realmente esperava outra coisa de mim?

Ela sorriu.

– Suponho que não. – Pegou o chá de novo. – Sua vez. Fale de sua família.

– Não somos próximos. Minha mãe vive com seu marido em Scottsdale. Meus meios-irmãos, Gavin e Marianne, moram lá também. Éramos adultos quando nossos pais se casaram e não nos conhecemos muito bem.

– Nenhum outro irmão?

– Não.

– E seu pai?

– Meu pai...

Alec fez uma pausa, tomou seu chá frio, mexeu-se no assento de madeira.

Era difícil falar sobre seu pai, e ele geralmente evitava o assunto. Mas sentia-se à vontade com Dylan, apesar da tensão sexual, do puro e doloroso desejo por ela que não podia deixar de admitir nem por um instante. Tratou de se concentrar.

– Meu pai era físico. Professor. Um sujeito brilhante. De fato. E não se trata apenas de adorar o herói. Ele me ensinou muito. Tem muito a ver com quem eu sou.

– Você disse "era". O que aconteceu a ele?

– Morreu quando eu tinha vinte e dois anos.

– Lamento, Alec.

Havia solidariedade em seu tom de voz, em seu rosto. Aqueles olhos de um cinza cristalino. Não era piedade, era pura condolência.

– Ele estava andando na rua e foi atropelado por um carro. Um fato aleatório. Mas, sendo físico, ele sempre acreditou na aleatoriedade do universo. Eu também, por muito tempo. Ainda creio, em certa medida, embora tenha investido muito tempo procurando uma resposta melhor. Acho que, em parte, isso tem a ver com minhas viagens.

Ele parou e passou a mão nos cabelos. Tinha falado demais.

– Isso deve ter sido terrível para você. Parece que ele era o membro da família de quem você era mais próximo.

– Sim.

Ele sentiu que estava se fechando para ela. Não queria fazer isso. Mas não podia mais falar daquilo.

A comida chegou. Sincronicidade perfeita.

Ele mudou o rumo da conversa, e passaram a falar menos de assuntos pessoais durante a refeição: filmes de que gostavam, política local, arte, música. Ele se surpreendeu ao constatar como tinham muito em comum. Talvez não devesse admitir. Aquela poderosa química estava destinada a ser algo mais do que o simples fato de o cheiro dela ser melhor que o de qualquer outra mulher que ele conhecera.

Quando terminaram, o garçom retirou os pratos e ele pediu mais chá. Tratou de observá-la o tempo todo. Estava fascinado. Pelo jeito como sua linda boca se movia quando ela falava, quando introduzia um bocado de alimento entre os lábios. Sua pele muito branca era absolutamente impecável, com apenas um leve toque rosado nas bochechas e aquelas delicadas e suaves sardas. Linda.

Ele mal podia esperar para fazer com que aquele rosa aflorasse à superfície. Por todo o corpo esbelto dela. A onda de desejo. A coloração de uma bunda que levou uns bons tapas. Seu pênis cresceu ao simples pensamento.

Controle-se.

– Gostou do jantar, Dylan?

– Sim, muito. Obrigada.

– Não vou segurá-la até tarde. Quero que esteja bem descansada esta semana. Vamos discutir o que vai acontecer no Pleasure Dome, sábado à noite.

– Ah...

Aquele rosa pálido ficou mais forte, suas pupilas se ampliaram. Ela olhou ao redor, provavelmente imaginando se alguém podia ouvir o que ele estava dizendo. Ele não se importava com isso, mas baixou o tom de voz.

– Você compreende o significado de "palavras seguras", Dylan?

– Acho que sim.

– Sua palavra segura é *amarelo*, se quer que eu vá mais devagar, se algo verdadeiramente parece demais para você. Se precisar de uma pausa. Se quiser água. Se você se sentir em pânico. Se estiver acontecendo algo em seu corpo que vai além do desconforto. Vou prestar atenção em sua circulação, caso a amarre. Provavelmente farei isso.

Agora ela estava ficando um pouco pálida. Tudo bem. Na realidade, ele não se incomodava que ela ficasse chocada pelo que iriam fazer. De fato, isso o agradava. Seu pênis fez um ligeiro movimento.

Ele continuou.

– *Vermelho* significa que você quer parar. E o episódio acaba. Se você estiver atada, vou libertá-la imediatamente. Se for preciso, cortarei as amarras. Jamais argumentarei sobre isso com você. Dessa forma, você tem o poder final e sempre estará segura comigo. Entende?

Ele viu que ela engolia seco, pelo movimento em seu delgado pescoço.

– Sim.

– Você também precisa saber que eu não faço esse tipo de jogo sem algum contato sexual. Você não tem de dormir comigo, com certeza. Mas se se opuser a que eu a toque ou não quiser ficar nua, avise e vamos parar aqui mesmo. Algumas pessoas conseguem ir adiante sem isso. Eu não.

Ele a observou cuidadosamente, viu seus olhos brilhando, a respiração acelerada. Até os lábios dela estavam de um tom vermelho-escuro, como se alguém os tivesse mordido. Havia desejo ali. Mas será que ela se recusaria?

Ele não tinha a menor ideia do que faria se ela recuasse agora. Desejava-a imensamente.

Mas ela simplesmente assentiu com a cabeça, dizendo:

– Tudo bem.

Uma frase tão pequena e ele estava excitado como jamais estivera na vida.

Controle.

– Tem perguntas para mim? – questionou.

– Eu... eu não sei.

– Se tiver, pode me mandar por *e-mail* entre hoje e sábado.

Ela balançou a cabeça afirmativamente, mais uma vez tentando parecer corajosa, mas ainda oscilava entre a palidez e o rubor.

Ele se inclinou para ela, tomou seu pulso na mão, introduziu a ponta dos dedos por baixo da bainha da manga. O pulso dela estava acelerado, quente. Sua pele tinha o toque do cetim.

– Dylan, me escute. Se a qualquer momento você mudar de ideia, está bem. É como a coisa funciona. Não haverá rancor de minha parte. Nenhum ressentimento. Nenhum julgamento.

Ele sabia com que desespero desejava que ela não desistisse.

– Tudo bem. Sim. Eu entendo.

– Você mantém o trato?

Ela ficou quieta, e os batimentos cardíacos dele aumentaram um pouco mais.

– Sim, mantenho. Quero fazer isso. Você está certo. Esse é o único jeito de eu realmente saber. E... eu *preciso* saber. Não apenas para o livro. Tenho de saber isso sobre mim mesma.

Ele assentiu, tentando parecer calmo. Mas, por dentro, estava puro caos, o coração martelando, seu pênis pulsando de desejo por ela.

Dylan Ivory *não* era apenas outra mulher. O que ela seria para ele ainda era uma incógnita. E, pela primeira vez em sua vida, desde a morte de seu pai, ele sentiu medo.

CINCO

*D*YLAN TINHA SEGUIDO EXATAMENTE AS INSTRUÇÕES QUE *A*LEC enviara por *e-mail*. Estava em um táxi, a caminho do Pleasure Dome, toda vestida de preto, como ele pediu, com uma saia curta, botas longas de couro, um *top* sem mangas bem decotado nas costas. Embaixo, sutiã e calcinha de tecido transparente. Não que ele tivesse dito que deveria ser transparente. Mas ela queria que ele a desejasse. E que ficasse tão interessado quanto ela.

Não estava a fim de tentar negar isso. Qual era a questão então? Não era contra a luxúria que ela estava lutando, pois isso nunca havia sido um problema para ela. Gostava de sexo e sempre tinha sido aberta a explorar seus desejos. Era a ideia de abrir mão de todo o controle para outra pessoa. Ela simplesmente não estava certa de que fosse capaz de fazer isso.

Sentia até um pequeno acesso de pânico só de imaginar aquilo.

Estava chovendo, como de hábito na cidade. Os pneus do táxi se desgastavam nas ruas encharcadas enquanto o carro se deslocava no meio da noite. As luzes dos postes se refletiam na água com um tom pálido e tremulante de prata. Fachadas de lojas estavam acesas, lançando cores no escuro.

Seu coração era um pequeno martelo batendo no peito.

Não acreditava que estava realmente fazendo aquilo.

A corrida foi bem rápida, e ela pegou algumas notas da pequena bolsa e as estendeu ao motorista. O Pleasure Dome ficava em um antigo armazém, muito parecido com seu prédio: quatro andares de tijolos pintados de cinza-carvão, as altas paredes escurecidas. Imponente, como ela notou através da janela do táxi; seus olhos percorrendo toda a estrutura, enquanto a lua tentava brilhar entre as nuvens.

Quando ela saiu do carro, Alec já a esperava sob um guarda-chuva, todo vestido de preto, a mão estendida para ajudá-la.

– Você está linda, como sempre –, falou sorrindo.

Ela tentou retribuir o sorriso, mas não conseguiu.

Ele a puxou para perto enquanto a conduzia até a imensa porta do clube, pintada de vermelho. Parecia confortável no território. Alec era protetor, e ela gostou.

– Tudo bem. Não fique nervosa, Dylan. Vou cuidar de tudo.

– Essa é a parte que me deixa nervosa.

Ele deu uma breve e malvada risada, algo que não a confortou de jeito nenhum.

Um porteiro franqueou a entrada deles, que seguiram por um corredor escuro. Alec fez uma breve parada, suficiente para se livrar de seu casaco e do guarda-chuva, entregando-os à chapeleira, que estava atrás de um estreito balcão. Dylan nem pensou em usar um sobretudo, apesar do tempo. Limitou-se ao que ele pedira.

Estranho pensar naquilo àquele momento. Ela afastou para o fundo da mente a ideia e tudo o que pudesse significar.

Quando seus olhos se ajustaram à luz fraca, notou que as mangas da camisa dele estavam arregaçadas, revelando os dragões chineses tatuados na parte interna dos antebraços: preto e vermelho no direito; preto e dourado no esquerdo. O trabalho era sofisticado, detalhado, as longas caudas se enroscando em seus braços, as cabeças com línguas vermelhas de serpente na parte de dentro dos pulsos. Ela queria olhar mais de perto. Desejava tocá-las. Mas estar naquele lugar era inusitado, muito perturbador.

Ela podia ouvir a pulsação difusa da música de fundo, vinda de algum lugar. Sentia isso reverberar em sua barriga.

– Está pronta, Dylan? –, Alec perguntou.

Ela assentiu.

– Sim, estou.

Não tinha absoluta certeza de que era verdade. Mas Alec estava com a mão em suas costas, guiando-a até passarem por outra porta.

O espaço era grande. Paredes pintadas de uma cor escura, com luzes de várias cores profundas: âmbar, púrpura, vermelho. Os cantos eram cheios de sombra e havia gente ali, mas ela não conseguia ver direito o que as pessoas faziam. Tudo que podia perceber eram pares e grupos reduzidos. Olhando com mais atenção, distinguiu calças de couro e coletes pretos, cintos de segurança, espartilhos vermelhos, pretos, brancos. Coleiras ao redor do pescoço de homens e mulheres – algumas feitas de couro, outras de metal brilhante. A carne nua.

Em todo lugar, contra as paredes, havia equipamentos. Ela reconheceu os bancos de couro próprios para espancamento, feitos para que a pessoa a levar as pancadas pudesse se inclinar, apoiando os joelhos sobre trilhos acolchoados. Adiante, um par de grandes peças de madeira usadas para atar gente com cordas, um X de sete metros de altura, que ela sabia ter o nome de Cruz de Santo André. E, embora observasse a cena que estava diante de seus olhos, ela permanecia muito consciente da proximidade de Alec, o calor de seu corpo imenso, tão maior que ela, que estava usando seus saltos mais altos. O perfume dele, aquela divina mistura de floresta e mar. Alec e os cheiros de couro, um aroma difuso de perfume e sensualidade no ambiente.

Ela estava tremendo. De ansiosa antecipação. Com desejo. E algo mais...

– Você está bem, Dylan? –, ele quis saber.

– Sim. Estou bem.

Ele parou, colocou a mão sob seu queixo, forçando-a a encará-lo.

– Está?

Ela engoliu seco.

– Sim, estou. Garanto. É que tudo isso é apenas... novo para mim. Estou tentando absorver tudo. É diferente de qualquer outro lugar onde já estive.

– Sim, é. – Sorriu para ela, soltando sua mão.

– Para onde estamos indo?

– Shhhh... Apenas venha comigo.

Ela assentiu, calou a boca, não obstante todas as perguntas que giravam em sua mente, e o seguiu. Não podia acreditar que estava fazendo isso. Deixar que outra pessoa assumisse tudo, tomasse as decisões. Exceto aquele homem, ela lembrou para si mesma. E, entretanto, ainda estava de acordo.

Chegaram ao lado oposto do salão e pararam diante de um sofá forrado de couro vermelho.

– Sente-se, Dylan –, Alec disse em voz baixa, mas cheia de autoridade.

Ela obedeceu, tentando não questionar. Era por isto que estava ali: para abrir mão pela primeira vez. Para explorar aquilo.

Alec sentou perto dela, estendendo o braço ao longo das costas do sofá. Podia senti-lo roçar em seus cabelos. Ele cheirava tão bem naquela noite, só aquele perfume fazia seu corpo arder, deixando-a zonza.

– Vamos apenas olhar por um tempo –, ele disse, o rosto bem próximo ao dela. – Quero que você relaxe para absorver tudo, como comentou. E, enquanto olha, controle sua respiração, mantendo-a baixa e contínua. Entendeu, Dylan?

Ela balançou a cabeça, fitando o ambiente, as pessoas se contorcendo. Conseguia enxergar melhor agora que seus olhos haviam se ajustado.

– Dylan, olhe para mim.

O tom de absoluto comando na voz dele a surpreendeu, e ela virou a cabeça. Seu pulso disparou como uma baixa vibração em suas veias. Ela queria discutir, mas a expressão dele indicou que não deveria.

Ela nunca havia sido intimidada daquele jeito por ninguém ao longo de sua vida. Mas não era disso que se tratava. Algo estava acontecendo com ela, de maneira que as engrenagens de sua mente estavam mudando. Não conseguia entender.

– Sei que é difícil para você –, ele disse. – Mas tem de fazer um esforço para se entregar a mim.

– Sim –, ela sussurrou, a garganta apertada. Não conseguia respirar o suficiente para falar normalmente.

– Vamos ter regras aqui. Uma vez que começarmos, você não falará, a menos que eu lhe faça uma pergunta ou que você precise dizer algo completamente inadiável. E quero dizer com isso que deve ser algo urgente: apenas se seu bem-estar físico ou mental estiver sendo comprometido. Se sentir que está em perigo, de fato. Estar um pouco assustada não é razão suficiente. Eu até espero que você sinta um pouco de medo. Francamente, se isso não acontecer, de alguma forma eu não estarei fazendo direito meu trabalho.

Dylan olhou para ele, sua mente se esvaziando com uma velocidade alarmante. Ela não gostava dessa sensação difusa em seus braços e pernas. Uma sensação de fraqueza.

– Você me ouve, Dylan?

– Sim, escuto.

– Mas?

– Mas... não sei se posso fazer isso.

– Você pode. Sinto que pode, Dylan. Notei desde o momento em que nos conhecemos. E não estou sendo arrogante. Levei muitos anos para aprender a ver essas coisas.

– Eu sei. Não é de suas habilidades que estou duvidando.

Ele pôs a mão em sua coxa e ela sentiu aquela faísca elétrica, como um formigamento, espalhando-se no interior de seus ossos.

– Por que você duvida de si mesma? –, ele perguntou.

Seu olhar era penetrante. Sólido. Os olhos azuis mais escuros ainda, profundos, as pupilas dilatadas sob a luz baça.

– Sempre me considerei sexualmente sofisticada. Com muita experiência. Não que esteja me gabando, mas... pensei que pudesse encarar isso. Que seria fácil. No entanto, agora que estou aqui... Deus do céu, mal posso admitir para você... para mim mesma. Eu me sinto como se fosse uma idiota. E não gosto disso.

Agora ela estava mesmo tremendo.

– Não há razão para achar que não deve admitir seu medo ou insegurança.

– Mas é o que sinto. Mesmo que essa seja uma reação normal para outras pessoas que vêm aqui. – Ao falar, seu coração disparou, e ela teve vontade de fugir. *Precisava* escapar. – Realmente, tenho de ir embora, Alec. Não posso fazer isso.

Ela se levantou, mas com os joelhos tão frágeis que mal podia parar em pé.

Alec se ergueu, amparando-a. Seu braço a enlaçou, e ele aproximou seu rosto do dela. Dylan tentou se afastar, mas ele a segurava firme.

– Dylan, acalme-se. Você pode fazer isso. Você está bem.

– Não, não estou.

Sentiu que iria chorar. Mas não deveria. *Não* ia cair no choro.

– Está, sim. Está comigo. Vou cuidar de tudo.

Quando é que outro homem tinha dito uma coisa dessas para ela? E será que ela teria aceitado se tivesse acontecido? Mas ela confiava em Alec, embora mal o conhecesse. A despeito de si mesma. De sua necessidade de estar no controle. Não conseguia entender.

Talvez não precisasse.

– Vamos lá, Dylan. Você está bem –, ele disse, a voz limitada a um murmúrio baixinho.

Ela deixou que ele a ajudasse a voltar para o sofá. Dessa vez, ele manteve o braço em volta de sua cintura, segurando-a junto de si. E, depois de alguns momentos, seu cheiro e a sensação de estar com ele começaram a funcionar. Seus sentidos se moldaram a ele, e o resto – seus medos, sua necessidade de estar no comando de tudo – foi desaparecendo, enquanto o desejo passava a falar mais alto.

– Observe o que os outros estão fazendo –, ele disse em seu ouvido, a respiração como um sussuro quente na pele. – Veja como são lindos, todos eles. Aqui, a aparência não conta. O que importa são os presentes de confiança e energia que trocam. Essa é a parte bonita. É disso que se trata, Dylan.

Ela olhou diretamente para o lado oposto do salão, onde uma mulher nua estava inclinada sobre um dos bancos de espancamento. Seus cabelos louros pendiam ao redor da face, e o homem que estava em pé perto dela afastou uma mecha suavemente de seu rosto, abaixando-se para beijá-la, antes de se afastar e passar as mãos sobre a curva de sua bunda. Havia ternura na maneira como ele a tocava, mesmo quando começou a bater.

O desejo se agitou entre as coxas de Dylan.

Era isso que ela queria?

Voltou-se, olhando para Alec. Os olhos dele cintilavam. Havia fome ali. Mas também absoluto controle.

Sim, ela podia confiar nele.

Ainda não tinha certeza de que pudesse confiar em si mesma. Mas ia, sim, fazer aquilo.

– Tudo bem. Tudo bem, podemos... começar de uma vez?

O rosto de Alec estava perfeitamente sério.

– Você sempre pode decidir parar, Dylan. Aí está a beleza, a extrema segurança. Depende de você.

Ela balançou a cabeça, concordando.

Ele sorriu.

– Então vamos começar.

Alec pegou a mão dela e sentiu que estava tremendo. Ele, de fato, não queria que ela tivesse medo. Mas um pouco de receio, alguma antecipação nervosa era um desafio de que ele sempre gostara. E ela era incrivelmente linda, com aquela massa selvagem de cabelos ao redor do rosto pálido, os olhos imensos, brilhantes.

Ele a levou a um canto mais escuro do salão, para uma grande cadeira de couro vermelho de amplo assento e sem braços. Colocou ali perto sua maleta negra, cheia de instrumentos de escravidão e sadomasoquismo – palmatórias, chicotes, varas, abraçadeiras.

– O que é isso? –, Dylan perguntou, olhando para a cadeira.

– Quer alguma coisa mais contundente para sua primeira experiência? –, ele lhe perguntou, brincando um pouco com ela. Já sabia a resposta.

– Não sei.

A expressão dele continuava totalmente séria. Podia perceber os músculos funcionando na mandíbula da jovem. Ela estava tentando arduamente intelectualizar sua incursão naquilo. Teria de aprender que tal atitude não funcionava naquele ambiente. Ele iria conduzi-la para além das reviravoltas de sua mente. Precisava desarmá-la.

– Não se preocupe. Eu sei. Agora, tire suas roupas.

– O quê?

Ela deu um passo atrás, afastando-se, o que o fez sorrir. Não podia evitar.

– Vamos lá, Dylan. Na certa, não pensou em entrar nesse jogo totalmente vestida, pensou?

O rosto dela não denotava verdadeira surpresa. Estava só um pouco chocada com o fato de aquilo estar acontecendo com *ela*. Ficou em silêncio por um instante e, depois, sem dizer uma só palavra, começou a se livrar da blusa, tirando-a pela cabeça. Mantinha os olhos fixos nos dele, que já não conservavam o tom cinza habitual. Uma tempestade estava se propagando ali, não obstante a linha firme de sua boca, seus ombros altivos e seu silêncio. Mas isso fazia parte do processo. É o que ele esperava de uma mulher que se mantinha em estreito controle. E fez com que se tornasse mais atraente para ele: a batalha que ele sabia estar sendo travada em seu interior. O anseio que tinha por fazer isso, de qualquer forma.

Alec cruzou os braços e esperou enquanto ela abaixava o zíper da saia e se desfazia dela. Ela não disse nada quando entregou as roupas a ele. Atento demais, Alec a observava com o sutiã e a calcinha transparentes, a longa linha de suas pernas sobre os imensos saltos altos. O gracioso ramo de flores de ameixeira tatuado em seu quadril direito. Um desenho delicado, sinuoso como ela. As flores, brancas, com as bordas em rosa profundo. Uma aparência tão inocente em um corpo com o qual ele queria fazer coisas bem sujas.

Linda pra cacete!

Ela ergueu o queixo, numa pequena demonstração de desafio, enquanto, com os dedos, ele apalpava o tecido das roupas. Cheiravam como ela, pura fêmea. Ainda fitando-a, ele ergueu o *top* até seu rosto, inalando profundamente. Sorriu quando ela corou.

Aquela mulher não tinha a menor ideia de como era totalmente receptiva. Mas ele viu isso. E sabia que seria bom.

– Dylan –, disse com suavidade, – fique exatamente onde está. Apenas aguarde.

Ele pendurou as roupas dela em uma fileira de ganchos que pendiam da parede e se inclinou para abrir sua maleta de instrumentos. Não que já planejasse usar algum deles. Era a primeira vez que ela frequentava o clube, e qualquer novata no gênero escravidão e sadomasoquismo tinha de ser iniciada devagar. A lentidão do ritmo dependia da pessoa, e as coisas estavam indo depressa demais com Dylan. Mas ele não se importava em ver como ela se contorcia ao observá-lo retirar cada um dos instrumentos, colocando-os na mesa de madeira baixa que havia perto da cadeira: uma empunhadeira comprida de couro, feita de duas tiras finas; uma palmatória de madeira; um chicote pequeno e outro bem comprido, de uma só tira tecida de couro em branco e preto; luvas de couro; uma bengala transparente. Algumas de suas peças de aparência mais perversa.

Os olhos dela estavam arregalados, as pupilas, imensas, mas permaneceu obstinadamente silenciosa. Ele deslizou o olhar para os seios dela. Eram pequenos e firmes, a carne arredondada transbordando pela parte superior do sutiã. E, por causa da transparêcia, seus mamilos eram visíveis. Começaram a endurecer diante daquele olhar.

Seios perfeitos.

Teve de ignorar a ereção despontando entre suas coxas.

Concentração.

Ele fitou-a nos olhos, de novo.

– Venha aqui, Dylan.

Ela deu um passo à frente, hesitante, e parou. Ele a enlaçou pela cintura, com uma das mãos, e a puxou para si. Dylan, sobressaltada, deixou escapar um suspiro.

– Dylan, se vamos atuar juntos, você precisa aprender a seguir instruções. Se resistir, não vai acontecer.

A respiração dela estava rápida e irregular.

– Eu sei, mas não posso evitar.

– Você vai superar esse pânico inicial. Apenas faça como digo e confie em mim.

Ela assentiu com a cabeça.

– Diga isso.

– Eu... vou fazer o que está dizendo. Confio em você, Alec.

Ainda havia uma ponta de resistência na voz dela. Mas tudo bem. Ele faria com que passasse logo.

Enquanto isso, ele ficava meio louco com o calor do corpo dela, isso o distraía.

Foco.

Ele a segurou mais forte, sentou na cadeira e a colocou no colo, a mão em volta de sua cintura. Ah, aquela pele de puro cetim, pálida e macia. Podia sentir o calor do sexo dela através de suas calças.

Tateou o seu rosto, depois introduziu os dedos em seus cabelos, enroscou-os naqueles cachos. Tão suaves...

– Apenas respire, Dylan. Tente relaxar. Ouça minha voz.

Ela balançou a cabeça.

– Feche os olhos.

Ela obedeceu, sem discutir.

– Quero que se concentre internamente. Pense sobre cada respiração. Apenas sua respiração. Minha voz. Minha mão em seus cabelos. Nada mais.

O sexo dela estava ficando mais quente, e ele sabia que ela estava em seu poder, entendesse ou não. E seu pênis estava aumentando, pulsando de desejo.

– Respire e prenda por um instante –, disse-lhe. – Bom. Agora expire devagar. De novo. Enquanto respira, sinta isso por todo o seu corpo. Seus pulmões, seu estômago, seus braços e pernas. E sinta minhas mãos em você. – Ele acariciou suas costas nuas, debaixo para cima, depois descendo de novo, sentindo os delicados ossos de sua coluna, das escápulas, da estreita colina de seu longo, esguio pescoço. A constituição dela era semelhante à de uma bailarina, o corpo flexível, esbelto e tonificado.

Perfeito.

– Muito bem, Dylan. Apenas respire. Mantenha o foco.

Ele desceu ainda mais a mão, até que roçou a parte superior de sua calcinha. Ela permaneceu perfeitamente firme quando ele introduziu os dedos entre o tecido e a linha divisória de suas nádegas, para acariciar sua pele bem ali.

Manteve-a assim por algum tempo, simplesmente deixando que respirasse, acariciando sua pele, que ficava mais quente a cada segundo. Mas finalmente ela estava relaxada. Ele podia sentir seus músculos mais frouxos, a respiração tranquila.

O rosto dela ainda estava pálido, mas seus mamilos, duros e inchados, tornavam-se mais escuros sob o tecido transparente do sutiã.

Preciso tocar neles. Senti-los. Sentir o sabor dela.

Ele a puxou para mais perto, aproximou sua boca da de Dylan.

Os lábios dela eram macios, livres. E, quando ele passou a língua sobre seu lábio inferior, tão macio, eles se afastaram, abrindo-se para ele. Deslizou naquele interior.

A língua dela, para sua surpresa, era muito quente e doce. Ele não esperava por isso, um salto de pura necessidade que o cortou como faca. Ele pretendia ter mantido o movimento bem leve, somente para sentir os lábios dela por um instante. Mas o desejo se impôs e ele foi sedento, sua boca esmagando a de Dylan.

Ela gemeu, seu hálito ardente o invadiu. Ele a respirou, expirou dentro dela e sentiu que os braços da moça deslizaram ao redor de seu pescoço. Tão incrivelmente doce. Ele a beijou sofregamente e ela foi retribuindo, até que ambos ficaram sem ar.

Seu pênis estava muito duro entre as coxas.

Tortura.

Ele enterrou as mãos nos cabelos dela, segurou seu rosto firmemente entre as palmas. Não conseguia agir de outra forma com ela.

A língua de Dylan invadiu sua boca. O corpo dela pressionando o dele, os seios esmagados contra seu peito. E ele com um desejo ardente, abrasador. Um estado que fazia com que sua mente ficasse livre de tudo, exceto do nome dela.

Dylan.

Ela se mexeu em seu colo, o quadril pressionando seu pênis. Ele estava prestes a explodir em gozo, como um simples adolescente.

Maldição.

Ele se afastou bruscamente.

– Alec?

As bochechas dela estavam vermelhas agora, os olhos brilhando.

Ele tinha de fazer uma pausa para liberar o ar dos pulmões. Tinha de pensar.

Estava extremamente ereto, com o corpo quente dela em seu colo, o desejo estampado claramente em seu belo rosto. Era tarefa dele atender a essa necessidade. Sua própria urgência era como um martelo batendo em sua virilha e que ele mal podia controlar. Não estava acostumado com isso. Um extremo total: calor, desejo, puro instinto animal.

Mas podia lidar com isso, lembrou para si mesmo. Sempre conseguira. Simplesmente tinha de manter seu poder, bancá-lo por ora. E dar a ela o que desejava. Essa era sua missão, algo que fazia muito bem.

Mantendo uma das mãos atrás do pescoço dela, ele o apertou ligeiramente. A confusão se estampou em suas feições.

– Quieta, Dylan.

Parecia que ela ia falar, mas fechou a boca.

– Boa menina.

Um arrepio a percorreu diante dessas palavras.

Ah... ela seria a perfeita base, essa mulher. Aquela combinação irresistível de força e fogo e uma reação submissa natural.

Ele apertou mais forte, apenas segurando-a, numa forma de mantê-la sob controle. Fisicamente, mas isso era algo que sempre parecia ter também um efeito psicológico em qualquer pessoa com tendências submissas. E estava funcionando maravilhosamente com ela.

Ele manteve o olhar no rosto dela, enquanto deslizava sua outra mão entre suas coxas, usando o gesto para abri-las.

A boca de Dylan formou um pequeno círculo, mas sem que dissesse uma só palavra.

Ele moveu suas mãos naquela carne exuberante, encontrou o calor de seu monte de vênus através das calcinhas pretas.

– Diga que quer isso, Dylan –, ele ordenou.

– Eu... Sim, eu quero isso.

Ele encontrou a borda do tecido, sob o qual deslizou os dedos.

Ela soltou um pequeno gemido. Mas manteve os olhos abertos, fixos nos dele, enquanto os dedos de Alec tateavam as dobras intumescidas entre suas coxas.

Incrível como ela estava molhada! Encharcada. E ele ia morrer por tocá-la daquele jeito e não fazer nada quanto à intensa pulsação de seu pênis. Mas conseguiria.

Passou os dedos sobre a vagina, separando a carne inchada e parando por um momento. Muito excitada. Então encontrou seu clitóris e o beliscou delicadamente.

– Ah...

Ainda assim, seu olhar não fraquejou.

Ele puxou aquele nozinho de carne e o massageou. A respiração dela foi ficando mais rápida e se tornou ofegante, seus lábios vermelhos separados. Quando ele introduziu dois dedos em seu interior, ela engasgou. O pênis dele se contorceu.

Lá dentro parecia veludo, quente e molhado, e seu pênis queria entrar.

Controle.

Ele respirou fundo, introduziu os dedos nela. Ela se contorceu em seu colo, fazendo com que ele sentisse dor. Mas Alec estava concentrado nela, sua mão lá dentro, cada vez mais fundo, até que ele soube, pelos gemidos dela, que havia encontrado seu ponto G.

– Goze para mim, Dylan.

E ela gozou, foi simples assim. O sexo dela apertando os dedos dele, em movimentos de vaivém, fazendo com que ela arqueasse o corpo. E ele com o pênis vibrando de desejo, o pulso acelerado.

– Ah... sim... Alec.

Ela mordeu o lábio, e era bom demais para resistir. Inclinando-se, ele pegou aquela carne intumescida entre seus dentes e mordeu com a pressão exata, depois abriu os lábios dela com a língua. Ela estava gozando, ofegava em sua boca. E ele engoliu tudo que vinha de Dylan: seu prazer, seus suspiros, o intenso cheiro de desejo no ar.

Ela ainda estava tremendo quando ele se afastou e a virou, deitando-a de bruços em seu colo.

– Alec?

O corpo dele ficou inteiramente tenso.

– Shhhh. Chegou a hora, Dylan. É por isso que estamos aqui. Você está pronta.

– Alec... não... Eu não posso...

Estava lutando para se erguer, mas ele a segurava com firmeza.

– Você está me indicando *vermelho*? Está usando a palavra de segurança para acabar com a performance? Se estiver, vou deixar que se levante e se vista e vá embora. É o que você quer?

– Eu... Não.

Ele mal podia esperar para subjugá-la. Espancá-la. Só que isso iria fazer seu pênis ficar mais duro ainda, tornaria mais difícil manter-se controlado. Nenhuma mulher desafiara seu autocontrole como Dylan. Mas ele podia lidar com isso. Simplesmente *tinha* de conseguir. Naquele momento, desejava tocá-la mais do que qualquer outra coisa no mundo.

– Vamos ficar, Dylan?

– Sim.

Ele podia sentir uma tênue rendição no corpo dela. Era o suficiente. Puxou a malha transparente da calcinha dela para o interior da linha que divide as nádegas, deixando-as expostas. Passou as palmas das mãos suavemente sobre a carne, apenas acariciando a pele. Realmente, ela estava entregue em seu colo. Perfeita. Tão perfeita como a curva durinha de sua bunda nua.

Ele começou a dar pequenos golpes com a ponta dos dedos, com pressão suficiente para que ela pudesse sentir. Procurou escutar se ela dava algum sinal de pânico, mas até então estava bem. Bateu um pouco mais forte, a sua mão provocando o som de uma palmada. A respiração dela não mudou, mas sua carne ficou aquecida e mostrou um delicado tom de rosa.

– Você está bem, Dylan?

– Sim.

Ela ainda permanecia entregue e quente, e ele soube que Dylan estava deslizando no limite do subespaço e talvez já estivesse quando a manipulava com os dedos, antes mesmo de ter gozado.

Seu pênis se contorceu, intumescido.

Não pense nisso agora. Concentre-se.

Ele bateu mais forte, a outra mão ainda segurando, bem firme, a parte de trás do pescoço dela. Ele sabia que ela estava sentindo alguma dor. E que o desejo no corpo dela poderia se converter em prazer caso lidasse direito com ela.

Era o que pretendia.

Ao parar de bater naquela pele cada vez mais rosada, ele sorriu para si mesmo, diante do tom adorável. Passando as pontas dos dedos em suas nádegas, ele beliscou a curva inferior. Ela se encolheu, mas mantendo a mesma respiração. Não havia nenhum sinal de tensão em seus músculos. Soube que, se pudesse olhar o rosto dela, veria pupilas dilatadas e maçãs do rosto coradas.

– Dylan, você me acompanha?

– Sim.

– Agora eu vou realmente bater em você.

Um gemido suave e depois:

– Sim...

– Boa menina.

Ele levantou a mão e bateu em uma das nádegas firmes. Ela se assustou, mas ficou quieta.

– Excelente, Dylan. Apenas inspire e expire, como lhe mostrei, antes.

Esperou até que ela respirasse profundamente e então bateu de novo em sua carne.

– Ah..!

– Muito bem, Dylan. Você pode aguentar.

Ele bateu, de novo, em sua bunda, que estava maravilhosamente rosada. E estava suportando.

Linda menina.

Ele estava ficando incrivelmente selvagem.

Começou a trabalhar com ritmo, sua mão se erguendo e baixando, no mesmo compasso da música de fundo. Nada mais existia. Apenas a música, a curva perfeita daquela bunda e o desejo agudo que ele mal conseguia conter, mas que de alguma forma controlava.

Por ela.

– Alec... – A voz dela estava baixa, ofegante.

Ele parou.

– O que é?

– Eu preciso... gozar de novo.

Nossa! Aquela garota era impecável. Absolutamentre impecável. Havia uma bravura nela, uma honestidade sobre sexo que realmente o afetava.

Ela, de fato, o afetava.

Isso nunca lhe acontecera na vida. Nunca permitira que ocorresse. Mas Dylan...

Ela era perfeita. E ele sabia muito bem que esse poderia ser mesmo o fim do controle que passara sua vida inteira aperfeiçoando.

SEIS

DYLAN FLUTUAVA NAQUELE ESPAÇO ETÉREO E QUENTE PARA onde Alec a levara. Uma pequena e distante parte dela não podia acreditar que estivesse fazendo aquelas coisas: deixando que ele batesse nela, que a conduzisse ao orgasmo. Não acreditava que tivesse lhe pedido para fazê-la gozar de novo. Ah, queria tanto implorar a ele, *agora* mesmo. Mas ela estava longe demais para realmente pensar nisso.

Só se concentrava no adorável toque das mãos dele, no calor que espalhavam em sua carne. O prazer se revolvendo sobre ela, onda após onda. As palmadas, o desejo ardendo em seu corpo, era tudo igual. Dor e prazer e ela queria mais. De ambos.

Seus seios estavam esmagados contra as coxas dele, o peso daquele corpo a pressionava. O pênis dele criava uma rígida barreira em um dos lados de seu corpo. Queria senti-lo dentro. Queria que ele a espancasse outra vez, mais forte, mais rápido. Queria sentar e montar nele, e tudo isso correndo a mil por hora em sua cabeça, deixando-a zonza de desejo.

– Alec, por favor.

Ele deu uma risadinha antes de deslizar a mão entre as coxas dela. Procurou e encontrou o clitóris.

– Ah... sim...

Ela se curvou contra aquela mão quando ele começou a pressionar ali. Ao mesmo tempo, ele baixou a outra mão em sua bunda, o tapa ardendo, queimando e depois se transformando em puro prazer. A sensação se multiplicou, misturada com a pulsação de seu sexo.

Então ele começou a espancá-la realmente, palmada por palmada, cada uma dura e rápida. Os dedos dele, trabalhando em seu clitóris, se movimentavam na mesma velocidade, esfregando forte. E o prazer se expandiu pelo corpo dela, o clímax se aproximando rapidamente.

– Alec... hum... céus...

Ele introduziu o polegar dentro dela, enfiando profundamente.

– Ahhh...

Mais um forte tapa em sua bunda e ela estava gozando, o prazer como uma faísca brilhante, cegando-a.

– Alec!

Seus quadris pulsavam na mão dele, e ela estava gozando, gozando. Ele continuou com a manipulação e as pancadas.

Finalmente, o corpo dela amoleceu. Ela estava completamente excitada, ainda com ligeiros tremores de prazer. Exausta. Incapaz de se mover.

Então Alec fez com que ficasse em pé, em seus braços. Beijou seu rosto, apalpou seus lábios, e roçou a boca no interior de seu pulso antes de colocar a mão dela de volta em seu colo e virou seu rosto, aproximando-o da face dela. Sua respiração era quente contra os cabelos de Dylan. Estava dizendo algo que ela não conseguia entender. Queria dormir, mas seu corpo parecia mais vivo do que jamais estivera.

– Dylan, olhe para mim.

Era difícil fazer o que ele estava pedindo, mas ela queria. Ansiava por ver seus lindos olhos azuis.

Queria obedecer-lhe.

Abriu os olhos.

Ele estava ainda mais bonito do que antes. Com os olhos iluminados pela adrenalina ou pelo desejo. Talvez por ambos. Ela não conseguia pensar. Não podia imaginar nada mais. Exceto querer que ele a beijasse.

Ergueu o queixo, e ele se inclinou para ela, roçando suavemente seus lábios nos dela. E o desejo foi como uma faísca em seu corpo, outra vez, iluminando-a. Mas estava lânguida demais para se mover.

Ele se afastou.

– Isso foi muito bom, Dylan. Excelente.

A voz dele estava áspera, baixa. Continuou tocando-a, mexendo em seus cabelos. E ela observou, difusamente, uma dúzia de diferentes emoções que pareciam atravessar o rosto dele. Ou seria sua imaginação, um produto de dois poderosos orgasmos e de seu próprio e confuso desejo?

Então ela começou a tremer, tomada por um estranho movimento interno. O desejo tinha sido substituído por um temor vago, algo que beirava o pânico. Ela não conseguia entender isso.

– Alec?

– Você está tremendo. – Ele a puxou para mais perto de seu grande corpo. – Está com frio?

– Sim. Um pouco.

Lutou contra as lágrimas que não compreendia enquanto ele pegou um cobertor macio do encosto da cadeira, algo que ela não havia notado antes e, com ele, envolveu seus ombros.

– Você vai ficar bem em pouco tempo.

– Isso é... O que significa isso? O que está acontecendo comigo?

– É o que chamam de "fundo do poço". Mesmo uma submissa experiente pode chegar a isso. É uma sobrecarga de endorfinas e, às vezes, de adrenalina. Ou mesmo simples emoção liberada, como pode acontecer durante uma sessão de massagem profunda.

– Não gosto desta parte.

– Não esperava que gostasse. Vai passar. Vou ficar bem aqui, com você.

Mas isso não a confortou. Ela sentiu, súbita e agudamente, que estar com Alec era parte do problema. Ele fazia com que se sentisse muito vulnerável. Aberta demais.

Ela se encolheu, tentando sair do colo de Alec.

– Ei –, ele disse, com suavidade. – O que está fazendo?

– Preciso ir embora.

– Dylan, fique quieta agora. Ouça. Você está entrando em pânico. Isso acontece. Mas vai ficar bem, prometo. Vou cuidar de você. Sente aqui. Vamos fazer algumas respirações.

– Não.

– Dylan...

– Não posso! Quero que me ajude a levantar.

Os braços dele se fecharam em torno dela, uma gaiola de músculos. Seu coração disparou, martelando. Ela o empurrou, tentando evitar o abraço, enterrou as unhas na carne dele, mas ele não se moveu. Seus olhos foram ficando marejados de lágrimas.

O estava acontecendo com ela? Precisava ir embora.

– Dylan, acalme-se, está tudo bem. Mas não vou deixar que se levante. Precisa permanecer aqui, por ora. Vamos lá. Faça a respiração.

– Alec...

Ele a segurou mais forte.

– Faça isso.

Ela percebeu que ele não a deixaria ir embora. E mesmo que uma parte dela se rebelasse contra a ideia, outra parte estava estranhamente aliviada. Mordeu o lábio, deixou que seus dedos se afrouxassem em torno do pulso dele.

Se ao menos ela conseguisse estancar aquelas malditas lágrimas...

– Está bem, está bem.

– Ótimo. Só respire, como fez ontem. Insspire profundamente pelo nariz. Sim, isso mesmo. Segure o ar nos pulmões. Agora deixe sair pela boca. Como a respiração de ioga. Você já fez ioga?

– Sim.

– É exatamente o que deve fazer. Deixe o ar encher seu corpo, relaxe os membros. Muito bom.

Ele sentou, fazendo a mesma coisa. Ela perdeu a noção de há quanto tempo estava ali. Não importava. Concentrou-se na voz dele, em sua respiração, no calor protetor daquele abraço. E, finalmente, seu corpo começou a relaxar.

– Alec, estou muito cansada.

– Sim. É o efeito. Por isso eu não quis que você viesse dirigindo esta noite. É difícil entender do que se trata até passar pela experiência.

– Você tem razão. Eu não teria conseguido. Não esperava me... sentir assim. Não consigo entender.

– Não tente compreender demais esta noite.

Ela suspirou.

– Não. Nem consigo. Mal posso pensar.

– Esta experiência não tem a ver com pensamento, Dylan. Refere-se a desconectar aquela parte analítica de sua mente e simplesmente sentir.

– É o que você faz?

– Meu papel nisso é diferente. Tenho de me responsabilizar por tudo que acontece aqui. Por você.

Ele fez uma pausa, acariciando os cabelos que caíam no rosto dela, fazendo com que seu pulso vibrasse. Ela não queria pensar sobre o porquê.

– Dylan, você está melhor agora?

– Sim, acho que sim.

– Vou levá-la para casa comigo.

– Não. Eu gostaria de ir para minha casa.

– Não vamos discutir a respeito.

Ela se sentiu fraca demais para argumentar. E não gostava de se sentir fraca. Mas realmente não estava bem.

Deixou que ele a ajudasse a se levantar e a se vestir e, depois, que a conduzisse pela mão ao longo do clube. Estava só vagamente consciente das coisas que aconteciam ao seu redor: o som de mãos e couro na carne, os gritos e suspiros, o cheiro de desejo no ar.

Na entrada, Alec colocou sua jaqueta nos ombros dela e, a despeito da rebeldia que a invadia, Dylan respirou o aroma perfumado do homem e do couro.

Não fique tão boba por ele.

Era difícil não ficar depois do que tinham acabado de fazer. E talvez fosse esse o perigo de tudo aquilo – ela ficava indefesa. Mas estava saindo com Alec, e o ar úmido lá de fora funcionou como um pequeno choque em seu organismo. Quando ele a puxou mais para perto, ela não reclamou.

O porteiro chamou um táxi, e Alec a ajudou a entrar, depois se acomodou a seu lado, envolvendo-a imediatamente com o braço.

– Você não precisa fazer isso –, ela disse.

– Fazer o quê?

O táxi atravessava a cidade. Tinha parado de chover, mas as ruas permaneciam molhadas, e ela ouvia o suave chafurdar dos pneus no asfalto.

– Você não precisa... me abraçar.

– É claro que preciso.

Ele pareceu verdadeiramente surpreso.

– Porque é parte do seu trabalho?

Ele ficou em silêncio por um longo instante.

– Não.

– Então por quê?

Outro largo silêncio. E então disse:

– Porque eu quero.

Ela não sabia o que dizer diante disso. Gostaria de argumentar. Tudo parecia errado, de alguma forma. Mas seu cérebro ainda zonzo não conseguia criar nada.

Rodaram pela cidade em silêncio, ouvindo apenas o som abafado do aquecedor, o murmúrio baixo de alguma estação de rádio que o motorista estava ouvindo. E a presença de Alec, forte e quente ao lado dela.

O carro parou em frente a uma grande casa de dois pavimentos, em estilo Craftsman, pintada de cinza-claro, com os clássicos pilares de pedra em cada um dos lados do pórtico frontal. Ela não tinha prestado atenção, mas reconheceu as cercanias de Beacon Hill. Surpreendeu-se com o fato de ele morar ali, e não em algum apartamento moderno do centro da cidade.

Ele pagou o taxista e a ajudou a sair do carro e também a subir as escadas. Abriu a pesada porta envidraçada, fez com que ela entrasse e acendeu a luz do *hall*.

Era aconchegante. A temperatura, os móveis, tudo em tons neutros de marrom, cinza e marinho. Confortável, sofás macios, antiga e pesada madeira. Arte nas paredes: esculturas e pinturas e máscaras do mundo inteiro. E livros por toda parte, em estantes embutidas, nas mesas, em pilhas no chão. Tudo amplo e masculino, como o próprio Alec.

– Vou colocar você na cama –, ele lhe disse, tirando o casaco dos ombros dela.

– Cama?

Então ela percebeu que eles iriam dormir juntos. Ela raramente passava a noite com um homem. Com a maioria de seus parceiros sexuais, ia para a casa deles, transava e, em seguida, voltava para sua própria cama. Mas estava completamente exausta. Não podia lembrar outro momento, em sua vida, em que estivesse tão cansada.

– Vamos lá.

Ele a conduziu escada acima e por uma porta que ela achou ser a do quarto dele.

Todos os móveis eram imensos também. Uma cama enorme com uma alta cabeceira, estofada de couro marrom-chocolate. Estava coberta com um edredom branco, semelhante ao que ela usava em sua própria cama. Diante das janelas, havia uma cômoda alta, de madeira escura. Tapetes persas no antigo chão de carvalho.

Estava muito escuro, com réstias de claridade da fraca luz do corredor que permitia ver mais detalhes. Mas ela estava tão fatigada que tudo o que queria saber era onde estava a cama para dormir. Nada parecia importar, exceto que Alec estava ali com ela.

Ela não queria que aquilo fosse importante. Nem que *ele* fosse importante.

Maldição!

Lágrimas ameaçaram rolar, de novo, mas ela as engoliu.

Devia estar, realmente, extenuada. Coisa da experiência de submissão, como Alec lhe explicara.

Ele estava bem atrás dela, andando perto, as mãos em seus ombros.

– O banheiro é depois daquela porta. Quer tomar um banho?

Um banho parecia adorável. Mas ela não conseguia reunir energia para fazer isso.

– Agora não. Só preciso dormir.

Ele a despiu com mãos inesperadamente gentis. E ela ficou ali, simplesmente deixando-o fazer tudo. Mal podia levantar os braços para que ele passasse o *top* sobre sua cabeça. Mas ele era paciente, desnudando-a como se fosse uma boneca.

Finalmente ela estava só de sutiã e calcinha. Ele a levou até a cama, afastando-se apenas o suficiente para puxar as cobertas, e a ajudou a deitar. A cama era macia, e ela mergulhou nas cobertas. Adorável contato.

Os lençóis brancos e frios contra sua pele provocaram um arrepio. Depois, Alec estava a seu lado, nu, aquecendo-a, quando a puxou para perto, aconchegando sua cabeça no ombro. A pele dele era macia, suave, deliciosa sob o rosto de Dylan. Ela sentiu algo estranho no peito quando ele a abraçou, mais perto dela do que qualquer outro homem jamais estivera. Mais próximo do que ela permitira a qualquer um. Podia ter começado a chorar outra vez, mas estava cansada demais. Não conseguia pensar nem sentir mais nada. Fechou os olhos e se entregou ao sono.

Alec ficou ali deitado por muito tempo, no escuro, ouvindo a respiração de Dylan, imaginando que diabo de coisa estava fazendo.

Ele não se lembrava da última vez que trouxera uma mulher para sua casa. Preferia o ambiente do clube ou do lugar onde vivia sua parceira. Depois de uma sessão, ele tratava de se assegurar de que elas haviam retornado do transe no subespaço para então voltar sozinho à sua casa, às vezes tomando um drinque ou lendo algo antes de se deitar. E sempre dormia profundamente depois de uma sessão. Mesmo que o jogo não tivesse transcorrido bem, que tivesse havido algum problema. Ele tentava garantir que a questão fosse resolvida antes do fim da noite para verificar se todo mundo estava tranquilo e bem. Era seu papel, como dominante.

Ele não gostava de fazer nada – ou de falhar ao realizar algo – que não o fizesse se sentir bem. Positivo.

Então por que ele estava li, em sua própria cama, totalmente acordado, com uma mulher em seus braços? Uma mulher com quem ele sequer fizera sexo?

E por que aquilo não o incomodava mais, como antes? Simplesmente, uma pequena parte de seu cérebro o mantinha acordado, imaginando o que havia de diferente nessa situação. Nela. Mas o restante dele sentiu uma espécie estranha de paz. Satisfação.

O que era aquilo que achava tão perturbador?

Ele olhou para baixo e viu – sob o pálido luar que entrava pela janela, filtrado por um espaço aberto entre as nuvens – os longos e escuros cílios dela. Repousavam sobre as mais altas maçãs do rosto que ele já vira. Sua boca se abriu ligeiramente, os lábios carnudos, exuberantes. E dormindo, como estava, parecia tranquila, inocente, de uma forma como jamais estivera quando acordada.

Ele não sabia que nome dar àquela dor profunda no peito.

Ignore. Ela vai embora.

Ele imediatamente soube que era mentira. Tal como a mentira que vinha dizendo a si mesmo sobre como Dylan Ivory era simplesmente uma garota a mais. Outro desafio. Ele vinha se enganando desde que a conhecera.

Ele não podia estar passando por isso, de afeiçoar-se a alguém. Não era homem do gênero. Nunca. Um verdadeiro filho de quem era. Igualzinho a seu pai, não precisava de uma mulher em sua vida. Estava muito bem sozinho. Essa curiosa atração que sentia por Dylan seria uma coisa temporária. É que ela era incrivelmente bonita, tremendamente receptiva...

Ela se virou em meio ao sono, e ele deu uma olhada no relógio da mesinha de cabeceira. Leu os números vermelhos, brilhantes: quatro e meia da manhã. Ela se movimentou em sua direção, a perna deslizando sobre a dele. Seu pênis se mexeu.

Ele ficou perfeitamente imóvel, tentando acalmar a respiração.

Podia acordá-la, tocá-la, fazer com que ficasse ardendo de desejo, como ficara antes. E, por causa do que acontecera, estaria aberta.

Deixaria que ele a fodesse.

Mas sabia que, se isso acontecesse, tudo estaria acabado para ele. Respirou fundo outra vez, enchendo-se com o ar da noite.

Acalme-se, cara.

Continuou a respirar, concentrando-se na entrada e saída do ar em seus pulmões. Continuamente, até que seus olhos começaram a fechar, a piscar com necessidade de pegar no sono.

Mesmo quando adormeceu, manteve-se consciente do corpo quente a seu lado, o delicado peso dela em seus braços. O perfume de baunilha de seus cabelos. Mas estava cansado demais para lutar contra isso, no final das contas. Fechando os olhos, pegou no sono.

O sol acabara de se erguer quando Dylan acordou. Uma luminosidade dourada e difusa, filtrada através das persianas das janelas, entrava no quarto. A respiração de Alec, ali deitado, era um delicado sussurro.

Sua pele estava quente onde encostava nele. Afastou-se, sentindo o espaço vazio e frio como se fosse um choque repentino. Aí se deu conta de que, de fato, passara a noite com ele. Não apenas *com* ele, mas enroscada em seus braços como um casal de amantes.

Imagens dispersas da noite no Pleasure Dome passaram por sua mente. Deitada no colo dele. A luz difusa. A pulsação erótica da música. A mão dele descendo por sua carne suave. O ardor. O prazer requintado. A mão dele entre suas coxas. Seu retumbante clímax, depois outro.

Deus do céu!

Seu corpo estava vibrando de desejo mais uma vez.

Ela se virou para olhar o perfil adormecido de Alec. Seu rosto tinha linhas puramente masculinas e retas. E aquela boca incrivelmente lasciva, enquadrada pelo cavanhaque de aspecto maldoso. Os cobertores jaziam amontoados em torno de seu torso, o peito e os braços nus. As tatuagens se destacavam, em contraste com sua pele macia, e ela teve vontade de tocá-las, de acompanhar, com as pontas dos dedos, aquelas intrincadas e sinuosas linhas. Roçar sua boca ali e sentir o gosto dele. Mas não se atreveu.

Ela o desejava. A ponto de se submeter a ele como uma seda, na noite anterior. Queria fazer aquilo de novo.

Como era possível? Por muito tempo, tinha sido capaz de admitir que tivera a ideia de tentar algum jogo de poder, na busca de determinada sensação, lá no fundo de sua mente. Mas jamais imaginara que se entregaria a isso assim, facilmente.

Ela não gostava de se questionar. Era algo que evitava fazer desde que perdera Quinn. Jamais deixou de se culpar, mas passou a vida inteira, desde aquele episódio, tentando ser uma pessoa melhor, integrando tudo de tal forma que nada semelhante àquilo poderia acontecer novamente. E agora era como se a percepção de sua própria força tivesse se esvaído, e isso a assustou tremendamente.

Algo daquilo tinha a ver com Alec, com o poder absoluto de seu tamanho, com a maneira como se comportava, a forma como falava com ela. Com quem ele era.

Ele estava tão no comando agora como quando estava acordado. E o corpo dela estava reagindo exatamente do mesmo jeito que na noite anterior: ardente e com um desejo difuso tão intenso que ela faria qualquer coisa que ele lhe pedisse.

Qualquer coisa.

O medo pulsava tão violentamente quanto o desejo, perfurando seu corpo.

Ela precisava sair dali. Tinha de ir embora antes que ele acordasse. Antes... do quê?

Antes que ela desse algo mais de si mesma para aquele homem.

Deslizou para fora da cama, encontrou suas roupas dobradas sobre o braço de uma cadeira cor de camurça escura que estava perto da janela e foi o mais silenciosamente que pôde até o corredor. Desceu as escadas e se vestiu rapidamente, no *hall* de entrada. Parecia estranho usar aquele traje *sexy*, da noitada no Pleasure Dome, em pleno e frio começo da manhã, no silêncio em uma casa às escuras. Parecia totalmente fora de sintonia com a maneira como estava se sentindo.

Simplesmente vá embora.

Calçou os sapatos. Seu coração martelava quando abriu a porta da frente e se esgueirou para fora.

Havia nevoeiro, estava frio demais e úmido para estar sem um casaco, mas ela não usara um na noite anterior – ansiosa demais para chegar ao clube! Alec estivera com ela no táxi depois, ela recordava. Estremeceu, mais pela memória do cheiro de couro e de Alec perto dela do que pelo frio matinal.

Começou a descer a colina e parou alguns quarteirões abaixo, diante de uma mercearia. Na calçada, havia um estreito banco de madeira. Sentou-se, pegou o celular da bolsa e chamou um táxi.

A rua estava silenciosa, e ela finalmente pensou em dar uma olhada na hora, ali no mostrador. Eram quase seis da manhã.

De repente lhe ocorreu que Alec poderia ficar chateado pelo fato de ela ter ido embora daquele jeito. *Poderia*. Mas ela precisava ir embora.

Não sabia como encará-lo depois do que haviam feito. Depois da maneira como se entregara a ele, a seu comando. De alguma forma, pareceu certo na ocasião. Foi natural a forma como seu corpo e sua mente haviam reagido. Mas agora... ela estava envergonhada. Não pelo fato de que ele tenha conhecido seu corpo intimamente, mas, sim, porque se submetera de modo tão fácil a ele.

Levantou-se e começou a andar, de um lado para o outro, diante do banco, agitada demais para ficar sentada.

Deus do céu, sua cabeça estava girando! Ela sequer pensava com algum sentido.

Pense.

Mas talvez pensar não fosse tirá-la daquela situação.

Sempre confiara em sua mente, em suas habilidades para resolver problemas e conduzir sua vida. E tivera de fazer isso desde criança. A partir do momento em que sua mãe começou a se perder, a mergulhar mais fundo na doença, Dylan tinha sido obrigada a assumir, a tomar as rédeas da vida de sua pequena família. Mas agora a lógica e as capacidades organizacionais não iriam ajudar em nada.

Há anos ela não se sentia indefesa diante de nada. Nem gostava disso.

Mas, quando se tratava de Alec Walker, ela acabava com um ínfimo senso de controle. E, quando ele falava com ela como dominante, seu corpo, sua mente automaticamente reagiam como submissa. Ele estava certo quanto a isso.

Como é que ela não notara? Como estivera tão cega a respeito dessa faceta de si mesma?

Talvez porque não quisesse ver.

Ela não queria ver nem agora.

O táxi chegou e ela entrou, deu seu endereço, acomodou-se atrás, no frio assento de vinil.

Seattle ainda estava dormindo enquanto eles rodavam pela cidade, como costuma ser bem cedinho aos domingos. Lojas e restaurantes fechados; janelas cerradas. Calçadas vazias. Mesmo os inevitáveis cafés não estavam abertos. Tudo estava incrivelmente silencioso. Era fácil demais perder-se nos próprios pensamentos.

Quando chegou em casa, ela acionou o aquecedor do apartamento, trocou imediatamente as roupas noturnas pela camisola de algodão branco. Ligou a televisão em algum programa matinal de notícias e entrevistas enquanto preparava uma caneca de chá e, depois, foi para a cama.

Ela precisava se desligar do mundo lá fora. As notícias iriam ajudar. Vinham sendo sua válvula de escape desde que tinha 10 anos de idade. Sempre que as coisas ficavam difíceis demais – o que acontecia com frequência –, ela ligava a TV para ouvir informações do mundo externo, onde as coisas eram maiores, mais dramáticas do que o que se passava em sua casa. Podia se perder em bombardeios em terras distantes, debates políticos, crimes cometidos em lugares onde jamais estivera. Qualquer coisa que a ajudasse a se distanciar de sua vida, de si mesma. Um velho hábito que trazia conforto, de um jeito estranho. E, quando não podia ligar a televisão porque sua mãe estava muito agitada, em pânico ou no limite, ela escapava lendo livros. Sempre houve algum tipo de escape para ela enquanto lidava com os acessos da mãe.

Viu, como uma montagem de um filme passando em sua cabeça, cenas de sua infância: seu irmão, talvez com uns cinco anos de idade, chorando sob um forte que construíra com almofadas do sofá, enquanto sua mãe, Darcy, tinha um de seus ataques na cozinha. Os sons de vidros quebrando, de soluços e gritos. Ela mesma, Dylan, tinha apenas oito anos, mas se arrastou para ficar com Quinn, segurando sua mão e lhe contando histórias: contos de fada, trechos de livros, qualquer coisa que conseguisse lembrar ou criar, até que tudo terminasse. E, depois, Darcy ficaria exausta, cheia de remorsos. Chorando e pedindo desculpas. E Dylan a confortava, sentindo raiva e culpa ao mesmo tempo. Responsável pelo bem-estar de todos: de sua mãe, de Quinn.

Seu estômago se contorceu.

Fez algumas respirações, forçou a mente a se livrar daquelas velhas imagens que ainda a assombravam sempre que estava cansada demais para impedir que viessem.

Dessa vez, porém, ela olhava as cenas passando na tela enquanto o dia ia ficando mais claro lá fora, e aquilo não era suficiente para distraí-la. De seu passado. Das consequências de sua noite com Alec.

Pegando o controle remoto, repassou os canais. Mais notícias, reprises de velhos seriados pelos quais ela nunca se interessara. Finalmente, parou no filme *Sintonia de amor*.

Ela nutria um amor secreto por películas românticas, algo que jamais admitira para ninguém, exceto para Mischa. Eram reconfortantes, embora os achasse totalmente irrealistas. Talvez por isso acabavam sendo tão relaxantes. Era mais fácil se perder em algo que não passava de absoluta fantasia.

Tomando chá, ela observava quando Meg Ryan vê Tom Hanks pela primeira vez, a distância. Viu a emoção no rosto dela. E sentiu uma pontada no peito, como reação.

Rapidamente mudou de canal.

Quem sabe não fossem assim tão irrealísticos, afinal de contas.

Desligou a televisão.

Estava cansada demais. Se conseguisse dormir um pouco acordaria com a mente aberta. Saberia o que fazer.

Deitou-se nos travesseiros e puxou os cobertores até o queixo. Estava quente ali na cama, com o pesado edredom sobre seu corpo.

Não tão quente como a pele de Alec.

Não pense nisso agora. De jeito nenhum.

No calor da pele dele. Nas suas palmas surpreendentemente macias em sua carne. Seus dedos hábeis. A imensa doçura de sua boca.

Ela gemeu, seu corpo ardendo de desejo de alguma forma ainda não saciado. Ela soube, com súbita, dolorosa clareza que assim continuaria até que o visse de novo. Até que ele a tocasse. Que a espancasse. Até que ela o tivesse dentro de seu corpo, a única coisa que lhe tinha sido negada até agora.

Tortura, querer algo que ela sabia que não deveria ter. Se ela permitisse que acontecesse, não haveria como voltar atrás. Ela estaria perdida de uma forma irrevogável; a força que construíra durante toda a sua vida se desintegraria em sua ridícula necessidade daquele homem e do que oferecia a ela.

Alec.

O que ele já havia feito para ela? E quanto mais ela poderia – deveria – permitir?

SETE

Ela achou que tinha caído no sono poucos minutos antes de o celular tocar. Procurou cegamente por ele, alcançou-o na mesinha de cabeceira e atendeu.

– Alô?

– Você foi embora.

– O quê? Eu... Alec.

– Por que, Dylan?

Ela afastou o cabelo do rosto, tentando fazer o cérebro funcionar. Por que *havia* ido embora? Ela lembrou-se do calor da imensa cama dele, do corpo a seu lado, do absoluto conforto daquela presença. E de seu medo pelo tanto que gostou de estar lá. *Precisava* estar lá. Com ele.

Seu pulso se acelerou, o coração começou a disparar.

– Eu apenas... tinha de ir embora.

Ele suspirou silenciosamente do outro lado da linha. Ou talvez fosse um sinal de irritação.

– Dylan, temos de conversar sobre isso.

– Por que é parte de seu trabalho como dominador?

– É parte de meu trabalho. Você é minha responsabilidade depois de uma sessão. Preciso saber que você está bem antes de deixá-la.

– Fui eu que o deixei.

– Sem conversar comigo.

A raiva ardeu no peito dela.

– Eu lhe disse, Alec, não sou uma escrava qualquer.

– Não, mas há regras por uma razão, independentemente do nível de poder envolvido no jogo. Para manter você segura.

– Estou perfeitamente segura.

Ele ficou em silêncio, por um instante. Depois, falou com tranquilidade, mas a raiva era aparente em sua voz:

– Porra, Dylan! Reconheço como você é forte. Como é competente em sua vida diária. Mas toda essa coisa não se aplica aqui. Não quando você se entrega a mim. Quando sou eu que a conduzo para aquele espaço onde você não é capaz de tomar decisões, de cuidar de seu próprio bem-estar. E você é muito novata nisso para julgar direito o momento em que saiu daquele estado.

Será que ele tinha razão? Ela não podia saber, de imediato. Ainda estava muito cansada.

– Dylan? Você ouviu o que eu disse?

– Ouvi, sim. Eu estou... pensando.

– Bem, então pense nisso. Não vou interagir com uma mulher que não respeita as regras que estipulei. E uma dessas regras é que *eu* decido quando você está bem para ficar sozinha.

– Por que você está tão zangado, Alec? Estou em casa, na cama. Dormia ou tentava pegar no sono, até que você ligou. Estou obviamente bem.

– Está?

– Sim. – A mentira rolou de sua língua fácil demais.

– Sua primeira experiência com o jogo da dor, sua primeira vez em um clube de fetiche e você está perfeitamente bem? Nenhuma confusão com o que aconteceu com você, nenhuma dificuldade de aceitar sua reação, seus desejos? Mesmo que isso seja a antítese de como você normalmente é?

– Não foi o que eu disse.

– Não. Nem precisava. Olhe, Dylan, eu faço isso há muito tempo. Desenvolver certa intuição, entender as transições pelas quais passa uma pessoa que entra no ambiente é parte do trabalho de um bom dominante. E sou muito bom no que faço. Então tentar me dizer que está perfeitamente bem, que não foi afetada pela noite passada é pura bobagem.

– Não disse que fiquei totalmente insensível.

– Você está intelectualizando isso, Dylan.

Ela mordeu o lábio, enrolou a ponta dos dedos na borda da colcha.

– Talvez esteja. É minha reação habitual a... quase tudo.

– Você terá de ir mais fundo se quiser, realmente, vivenciar esta experiência.

Ela estava com raiva agora. Sabia que estava sendo levada por seus mecanismos de defesa. E nem ligava.

– Eu nunca disse... Estou apenas fazendo uma pesquisa para meu livro, Alec. Até onde devo ir para fazer isso?

– Até onde seus desejos a conduzam. Até onde esteja disposta a ir.

– Não sei até que ponto. Tudo bem?

– Parece justo.

– Bem, eu... O quê?

– Eu disse que parece justo.

Ela imaginou que ele iria retrucar. Mas, como não fez isso, ela acabou se sentindo um pouco ridícula. Recorreu à respiração. E expirou, deixando que um pouco de sua raiva fosse filtrada junto com o ar.

– Lamento ter ido embora –, ela disse, um pouco relutante.

– Tudo bem.

– Por que, subitamente, você está sendo tão razoável?

– Estou sendo razoável porque eu *sou* razoável, não tenho nada de louco. Isso a desconserta?

– Sim. – Ela odiava admitir isso. Detestava porque fazia com que se sentisse fraca.

– Então ainda estou fazendo meu trabalho.

– Então você admite que lavagem cerebral tem a ver com o que você faz?

– Lavagem cerebral é uma parte inevitável do processo. É uma das razões pelas quais você não deveria estar sozinha depois de uma sessão, até que eu verifique que está realmente bem. Porque, no final das contas, parte da lavagem cerebral é o que passa por sua cabeça simplesmente por fazer essas coisas pela primeira vez. Por ter de mudar sua percepção de si mesma, de seus desejos, de sua sexualidade. Nem tudo é causado por mim. E cada pessoa que se inicia em submissão e sadomasoquismo experimenta isso em algum nível. Até que eu saiba a que extremo chegou sua reação ao vivenciar isso, meu trabalho é cuidar de você. Para me assegurar de que está bem. E não posso fazer isso de maneira adequada estando no outro lado da cidade.

Ela parou de enrolar as pontas dos dedos na colcha.

– Tudo bem. Tudo bem, acho que entendi.

– Bom. Porque temos de estar de acordo sobre isso ou jamais acontecerá de novo. Se você quiser. Quer, Dylan? Ou já está farta disso? E de mim?

Uma pequena parte de sua mente gritava para que desligasse o telefone e jamais o visse de novo. De jeito nenhum! Impossível.

– Não. Não estou farta.

– Então volte aqui esta noite.

– À sua casa?

A excitação e o nervosismo a transpassavam, em igual medida.

– Sim. Hoje, às oito. – A voz dele era suave, baixa, mas o ar de comando estava perfeitamente claro. – Pegue um táxi. Eu pago.

– Não é necessário.

– Sim, é –, ele insistiu, e ela sabia, pelo tom, que não deveria retrucar.

Todo seu corpo estava vibrando de desejo só de ouvir o tom daquela voz. Controle absoluto. Comando. Ela não conseguia entender aquilo. Mas também não podia negar.

– Tudo bem, estarei aí.

– Bom. E... Dylan?

– Sim?

– Esteja preparada para não ir embora até que eu a leve em casa. Está entendido?

Ela ficou quieta, passou a mão pelos cabelos. A rebeldia se manifestava em seu interior, mas agora parecia tolice para ela. Então tratou de engolir a reação.

– Sim. Entendido.

– E venha com fome, pretendo alimentá-la. E pronta para conversar.

– O quê?

– Conversar faz parte. Achei que já havia deixado isso bem claro.

– Sim, de fato. Mas pensei que... uma vez que... tivéssemos começado... – Ela parou, sem saber muito bem o que iria dizer.

– Você achou que, uma vez que tivéssemos começado nosso jogo, não haveria nada mais a aprender sobre cada um de nós? Estamos apenas começando nossa jornada, Dylan. Até a noite. Não se atrase.

Ele desligou e ela também, o corpo tremendo de nervoso. De desejo. Com uma fome irresistível. E, ainda, com uma pontinha de raiva.

Ah, sim... ela estava encrencada com esse homem. De uma forma que não podia voltar atrás. Era como segurar um tigre pela cauda, mas ela escolhera aquele tigre. Agora, tudo o que podia fazer era segurar firme e esperar que ele não a destruísse.

A casa de Alec era exatamente como ela recordava: surpreendentemente acolhedora, com uma ampla varanda frontal, o brilho dourado da luz atravessando as persianas de madeira semicerradas.

Ligara para ele quando estava chegando, de acordo com as instruções que ele enviara por *e-mail* logo depois da conversa ao telefone. Ele estava esperando na calçada. Viu sua alta silhueta, recortada pela luminosidade que vinha da casa.

Seus ombros eram muito largos. Havia algo em seu imenso tamanho que simplesmente a atraía. Fazia com que se sentisse mais feminina, de alguma forma. E a sensação ficou mais intensa quando ele ofereceu a mão para ajudá-la a descer do táxi.

– Boa noite, Dylan. Eu me alegro de que esteja aqui.

– Eu... eu também.

Era verdade. Seria inútil questionar aquilo.

Ele continuou segurando a mão dela quando subiram os degraus da entrada e entraram na casa, soltando-a apenas o tempo suficiente para auxiliá-la a tirar o casaco.

– Você está linda –, comentou com um olhar intenso, observador, e ela sentiu as bochechas esquentarem.

– Obrigada.

Era interessante que ele nunca deixava de dizer quanto ela era bela, toda vez que a via. Não que ela precisasse ouvir isso todo o tempo. Mesmo assim, era agradável.

Ele estava bonito como sempre, seu cabelo escuro ligeiramente despenteado, fazendo com que ela sentisse vontade de passar as mãos nele. Estava vestido de um modo mais casual essa noite, com calças jeans desgastadas e uma camiseta preta que se moldava perfeitamente a seus ombros e músculos firmes do peito. Tinha mesmo a aparência de um garoto mau, com o cavanhaque e as tatuagens. Exceto que não havia absolutamente nada de rapazinho nele.

– Não sou o melhor cozinheiro do mundo, mas fiz um macarrão. Está com fome, Dylan?

– Um pouco.

Ela percebeu que a casa estava quente, o ambiente tinha cheiro de comida no fogo.

– Venha comigo até a cozinha. Está quase pronto.

Ela o seguiu por um curto corredor, em direção à parte de trás da casa, e ultrapassaram uma porta. A cozinha, um espaço amplo, tinha a velha arquitetura preservada, mas também balcões de granito, armários de carvalho e equipamentos de aço escovado, que eram novos. Era moderna, mas, como o resto da casa, suscitava uma sensação de conforto. A massa fervendo no fogão espalhava vapor no ar, tornando o lugar ainda mais aconchegante.

Um alarme soou e ela se sobressaltou.

– Dylan, não fique nervosa. Vamos jantar apenas. Por ora.

– Não estou... estou apenas... Não, você tem razão. Odeio ser tão irritável. Faz com que me sinta como se não estivesse no controle de mim mesma, de minhas próprias reações. Mas suponho que lidar com meus problemas de controle é parte do que engloba o jogo de poder, para mim. Estou apenas começando a perceber isso de maneira mais profunda.

– O jogo mais pesado da servidão e do sadomasoquismo tende a provocar algumas revelações. Não é incomum. E também não é uma coisa ruim.

Servidão e sadomasoquismo pesados. Era isso que eles estavam fazendo? Seu corpo ficou tenso, percorrido por um pequeno tremor de prazer, quando ela teve um lampejo de memória do que eles haviam feito na noite anterior.

– Tente relaxar enquanto estamos comendo. – Alec se virou para o fogão e experimentou a massa com um garfo. – Ah... está pronta. Vá em frente e sirva-se de uma taça de vinho, se quiser. – Ele ficou quieto, olhando para cima, e ela foi atraída, de novo, pelo brilho daquelas pupilas azuis. – Mas uma só. Intoxicação e jogo não combinam bem.

Ela balançou a cabeça e disse:

– Obrigada.

Procurou pela garrafa aberta de vinho tinto que deixara respirando no balcão e deu uma olhada no rótulo. Ele tinha excelente gosto para vinho, e não que isso a surpreendesse. Ela pegou uma das taças colocadas próximas à garrafa e se serviu, enchendo-a até a metade. Não queria ficar com os sentidos comprometidos nem minimamente. Não essa noite.

– Quer um pouco, Alec?

– Sim. Obrigado.

Ela o serviu, estendendo-lhe a taça. Ele a observou, olhando sobre a borda do copo, enquanto tomava um gole.

– Você faz isso bem.

– O que eu faço bem?

– Servir.

– Nada além de boas maneiras.

– Talvez.

– Você agora está me provocando.

Ele sorriu, antes de retornar à massa. Ela ficou olhando enquanto ele entornava o caldeirão para retirar a água, depois colocando uma porção em um prato, acrescentando o que parecia um molho à *marinara*, retirado de uma panela que estava no fogão.

Ela achou que aquela era uma situação estranha: ele cozinhando uma refeição para ela, ambos sentados para comer, conversando como pessoas perfeitamente civilizadas apesar do que planejavam fazer mais tarde. Era um pouco excitante. Talvez mais do que um pouco, o que ela teve de admitir quando se imaginou nua sob o comando de Alec outra vez. Um ligeiro arrepio de luxúria percorreu sua barriga.

– A comida está pronta. Vamos para a sala de jantar. Há salada e pão na mesa.

Ela o seguiu, ultrapassando a porta que dava acesso ao outro ambiente. O chão de madeira brilhava à luz de muitos castiçais com velas acesas sobre a pesada mesa de carvalho e o antigo aparador. A mesa estava posta de maneira simples, com pratos de fina cerâmica em tons de terra, claros guardanapos de linho, o pão em uma cesta de vime. No centro, havia um recipiente baixo, de bronze, surpreendentemente decorado com camélias flutuantes.

Alec colocou os pratos sobre o tampo, um instante antes de ela perceber que ele estava segurando sua cadeira, à espera de que sentasse. Ela se acomodou, permitindo que ele ajeitasse a cadeira, pensando sobre toda essa galanteria. Isso fazia com que a noite parecesse muito normal quando obviamente não era.

– É sempre assim que acontece?

– O que você quer dizer?

Ele se sentara na cabeceira da mesa e estava colocando o guardanapo no colo.

– Como um encontro.

– E não é disso que se trata? Termine ou não a noite comigo lhe dando um beijo casto em sua porta de entrada?

– Não sei. É isso? É o que vamos fazer aqui, Alec?

Ele ficou em silêncio por um instante enquanto pegava e partia um pedaço de pão. Ela ficou prestando atenção no movimento das mãos dele. Eram tão fortes, como se pudessem parti-la se ele quisesse.

Dylan estremeceu.

Finalmente ele disse, tranquilo:

– O que estamos fazendo é conhecer um ao outro. Se eu faço isso com outra mulher com quem jogo? Sim. Às vezes. Depende se é algo casual, sem passar de uma noite no clube, ou mais sério. E por *sério* quero dizer que permanece por um período de tempo mais longo.

– Você sentiu necessidade de esclarecer isso.

– Esclarecer o quê?

– Que, para você, *sério* não se refere a um relacionamento sério.

– Não sou uma pessoa dada a relacionamentos. Não nesse sentido. É o que você queria saber?

– Eu estava apenas fazendo uma observação.

– Ah. – Ele pegou uma garfada de macarrão, mastigou. – Como está seu jantar?

– Não sei ainda, mas o vinho está muito bom.

– Experimente.

Ela sabia que ele tratava de evitar a conversa, mas isso não importava de fato. Ela também não estava buscando um relacionamento. Provou a comida, que estava macia e deliciosa.

– Você sabe cozinhar.

Ele sorriu, parecendo satisfeito consigo mesmo, e ergueu a taça, como se fizesse um brinde.

– Sei. E você?

– Sinceramente, cozinho muito mal. Mas sou boa em organizar tudo. Não gosto de ter de parar o que estou fazendo para lidar com questões irrelevantes. Quando estou escrevendo, então, mantenho meus fornecedores de entrega em domicílio no discador rápido.

– Alimentação nunca é irrelevante.

– Bem, é necessária...

– Ser necessária não significa que tem de ser sem alegria. Sexo é necessário.

– Tem razão. Talvez eu tenha apenas admitido que não sou criativa, nesse aspecto. Prefiro sentar e desfrutar uma boa refeição preparada por outra pessoa.

Ele sorriu e ergueu o copo mais uma vez.

– Alguns de nós são mais ativos em nossos papéis do que outros.

Ela não pôde evitar de sorrir para Alec. – Você gosta de enfatizar isso, não?

– Você está me observando. – Ele ficou quieto, sorriu. – E está mais confortável ao meu lado esta noite.

– Sim... talvez seja o vinho. Estou mais relaxada. É possível que seja apenas porque estamos sentados aqui e simplesmente conversando.

– Isso era parte de meu plano malévolo.

Ela riu.

– Bem, está funcionando. Eu gosto de sentir que não tenho de me explicar para você. E não é a mesma coisa do que quando estamos desempenhando um papel, você sabe; não tem a ver com aquela coisa dominante/submisso. Está fazendo sentido o que digo?

– Sim, realmente. O jogo do poder sempre estará presente comigo. E é uma grande parte do que eu sou para que me sinta inteiramente livre. Mas conduz as coisas a um nível mais profundo. O jogo em si é mais intenso, o sexo, os níveis de confiança requeridos.

– Sim.

Gostava de ver que ele compreendia não se tratar apenas de sua reação ao jogo de poder, de uma maneira que a deixava indefesa. E ela não queria questionar isso tudo detalhadamente agora. Tudo que precisava saber é que se sentia confortável com ele, à vontade. Queria desfrutar isso sem se criticar, ao menos uma vez.

Perigoso.

Sim, esse nível de conforto com ele era perigoso. Seria fácil demais se perder. *Ele* era perigoso. Mas era um jogo pelo qual ansiava. No momento.

Alec degustou um pouco do macarrão, observando-a: suas mãos, a maneira como sua garganta se movia quando ela engolia. Era inacreditável como ela ficava linda à luz de velas. Seus cabelos eram uma cascata brilhante de cachos de fogo, enquadrando a delicada estrutura óssea de seu rosto.

Provavelmente ela pareceria frágil para a maioria das pessoas de seu cotidiano se não irradiasse tamanho ar de autoridade. Mas, sob as mãos dele, ela era muito diferente. Aquela autoridade desmoronava. Viu como ela lutou para se manter e gostou que não conseguisse, em última instância.

Era difícil demais ficar pensando a respeito. Teve de se mover na cadeira, forçando a mente a afastar da memória sua pele nua.

Componha-se. Concentre-se.

Ele tomou um longo gole de vinho. Isso funcionaria melhor se ela é que estivesse desequilibrada.

– E então, Dylan, você nunca vai me falar a respeito de sua mãe?

Ela pareceu momentaneamente surpresa. Depois, ergueu sua taça e bebeu. Levou um tempo para colocá-la de novo na mesa.

– Provavelmente, não.

– É uma situação que ainda está em curso, então?

Ela estava olhando diretamente para ele, seus claros olhos cinza brilhando à luz das velas. Em alerta, no limite. Ele podia ver, pela tensão em seu rosto, quão reservada ela era quanto a esse assunto, mesmo que não tenha se recusado, abertamente, a discuti-lo com ele.

– Sim.

– É algo sobre o que você não quer falar de jeito nenhum.

Ela suspirou.

– Você vai continuar me pressionando até que eu ceda?

– Não agora.

– Obrigada.

Ela ainda estava encarando Alec, seus olhos cintilavam. Ele gostou de ver aquela pontinha de raiva nela. Podia garantir que captara uma alteração no tom, com o acréscimo de um apelo sexual. A tentativa de lutar fazia com que ela ficasse de joelhos, literal e figurativamente, algo muito gratificante.

Ele se recostou na cadeira e sorriu para ela.

– Quero que você tenha, em mente, uma imagem correta do que planejei para mais tarde.

– Ah...

Sua expressão imediatamente se suavizou; ele estava certo de que Dylan não tinha ideia de que estava sendo tão transparente. E de que não estava aceitando inteiramente a facilidade com que se submetia a ele, mesmo nesses pequenos detalhes.

Ah, sim, perfeito para o que ele imaginara para mais tarde. Mas eles tinham que digerir sua refeição primeiro, e ele não se importava de esperar.

– Conte-me sobre seus relacionamentos passados, Dylan. Nunca falamos a respeito disso.

– Bem... não há muito para contar.

– Você também não é uma pessoa de relacionamentos?

Ela ficou quieta, tomou o resto de seu vinho, parecia estar ensimesmada, os olhos ficando mais focados.

– Não, de fato. Tive alguns. Como um namorado, por dois anos, quando estava na faculdade, mas, assim que o curso terminou, percebi que não estava apaixonada por ele. Assim, me pareceu justo desmanchar.

– Então isso aconteceu há poucos anos? Acabei de notar que não tenho ideia de quantos anos você tem.

– Trinta e três. Portanto, foi há algum tempo.

– E não houve ninguém mais desde aquele momento?

– Saí bastante, às vezes com a mesma pessoa ao longo de alguns meses. Mas nada mais permanente.

– Por que não? Eu tenho minhas razões. Fico imaginando quais seriam as suas.

Ele viu quando a expressão fácil dela se fechou.

– Eu realmente nunca pensei nisso.

Ele não conseguia evitar a provocação.

– Você escreve literatura erótica. Fala de sexo, mas também de relacionamentos. E nunca pensou por que os evita?

– Não disse que os evito.

– Eu posso admitir isso, Dylan. – Ele encolheu os ombros. – Eu evito relacionamentos.

– E suponho que se sinta perfeitamente à vontade para explicar por quê.

– Amo as mulheres. Adoro sexo. Simplesmente nunca desejei que isso se traduzisse em algo mais permanente. Não vi nenhuma razão para tal. Estou perfeitamente feliz com as coisas como estão.

– E isso vai continuar por quantos anos mais?

– Bem... tenho trinta e seis. Tenho sido assim durante toda a minha vida adulta.

– Deve ter uma razão que explique.

– Talvez eu não me importe em mergulhar mais fundo.

– E mesmo assim você parece querer que eu faça isso.

Agora Dylan estava, de fato, olhando fixo para ele. Alec adorava observar aquele fogo nos olhos dela. Sabia que era capaz de aplacá-lo com umas poucas palavras bem escolhidas, simplesmente colocando a mão na parte de trás de seu pescoço sedoso. Ele preferia pensar nisso do que na pergunta que ela lhe fez. Precisava ter em mente que, supostamente, era ela que estava desequilibrada. E não queria fazer a si mesmo as perguntas que começaram a se infiltrar em sua mente desde que a conhecera. Perguntas sobre se eram ou não corretas as visões de seu pai, que vivia solitariamente, ou mesmo se seriam adequadas a ele, Alec, apenas porque compartilhavam os mesmos genes. Esses questionamentos eram grandes demais para resolver agora.

– Tudo bem, Dylan. Mudança de assunto, para nós dois. Eu notei, depois de nosso último jantar, que você nunca mencionou seu pai.

Era mesmo uma alteração de tema? Bem melhor falar do pai dela do que do seu.

– Provavelmente isso se deve ao fato de que não o vejo desde meus seis anos de idade.

– Ah.

– O que você quer dizer com esse "ah"?

Agora, sim, a coisa estava mesmo funcionando. Ela não ia gostar do que ele estava prestes a dizer. Não ia gostar de jeito nenhum.

Ele encolheu os ombros.

– Talvez seja por isso que você evita relacionamentos.

Ela virou a cabeça por um instante, com as mandíbulas tão cerradas que, imediatamente, Alec sentiu remorso por pressioná-la tanto.

E pegou a mão dela.

– Lamento, Dylan. Acho que levei a provocação longe demais.

Ela se voltou para Alec, de novo com a expressão do rosto mais relaxada e suave.

– Está... está tudo bem. Sei que posso ser rebelde.

– Sim, você pode.

– Há certas coisas em minha vida, em meu passado, que são muito pessoais, Alec. Coisas sobre as quais não falo com ninguém.

– Ninguém?

– Talvez apenas com minha melhor amiga, Mischa.

– É bom ter alguém que possa ser assim considerado. Uma pessoa em que você possa confiar. Talvez algum dia você se sinta à vontade para me contar essas coisas.

– Quem sabe...

Ela sorriu ligeiramente, e ele sentiu um aperto no peito. Não queria saber por quê. Ou qual a razão de ele considerar tão importante que ela lhe contasse algo sobre sua vida. Mas era, de fato.

Era melhor que ele tomasse cuidado com essa mulher. Caso contrário, acabaria indo fundo, tão fundo como jamais imaginara. Com ninguém. Não era o tipo de homem que fazia isso, que se apegava. Quando se tratava de sexo, estava sempre no controle. Qualquer coisa além dessa esfera era aleatória demais, podia deixá-lo muito vulnerável a riscos, como seu pai lhe dissera. A vulnerabilidade havia separado seus pais, não?

Será que tinha sido isso mesmo ou algo casual? Ele estava começando a cogitar a possibilidade... Mas esse não era o momento para se debruçar sobre o relacionamento de seus pais. Por que sua mente divagava tanto esta noite? O importante era o aqui e agora, aquela noite com Dylan. E o instante presente era seguro para quem quer que estivesse envolvido se ele mantivesse a distância habitual.

Ele tinha de se concentrar, voltar para terreno seguro, para sua tarefa. E essa tarefa era boa demais. Irresistível.

– Terminou seu jantar, Dylan? Porque está na hora de começarmos.

– Agora?

– Sim, agora.

A expressão do rosto dela era impagável. Ele podia ver as emoções se alternando em suas feições: confusão, desejo, medo, aquele primeiro estágio do subespaço. Começou imediatamente. Sentiu como se fosse um chute no estômago; era poderoso demais.

Todo o seu corpo se encheu de adrenalina. Desejo. O pênis crescendo entre suas coxas. Algo tão poderoso que varria os outros pensamentos. As perguntas. As dúvidas.

Ele iria ficar bem enquanto não refletisse a respeito daquilo, dedicando-se apenas ao que faz de melhor.

Observou que ela mordia o lábio, aquela carne vermelha pressionada na ponta de seus dentes brancos. Linda.

Ela era linda. Ele a desejava tanto que mal podia se conter para não tocá-la.

Mas estava prestes a fazer isso.

Ele se levantou, segurou a cadeira para ajudá-la a fazer a mesma coisa. Ela tremia ao menor toque de suas mãos. Adorável.

Ele a puxou para perto, sentindo o aroma de baunilha em sua pele, em seus cabelos. Inclinando-se, sussurrou em seu ouvido.

– Dylan, vou levá-la para cima agora. E vou fazer todas as coisas com as quais tenho sonhado desde a última vez em que esteve em minha cama. Mas, primeiro, vou jogar com você. Está pronta?

– Sim. – A voz dela era um sussurro delicado, tão delicado que ele tremeu.

Ele não queria pensar sobre o que acabara de contar: que andou sonhando com ela.

Mas aquilo que acontecia agora não era sonho. E ele iria possuí-la. Espancá-la. Transaria com ela naquela noite. Muitas e muitas vezes. E permaneceria no controle, como sempre.

No controle. Como sempre.

Repetiu as palavras para si mesmo, mais uma vez. E tentou ignorar o fato de que não acreditava nelas.

OITO

Dylan seguiu Alec pela escada, sua grande mão enlaçando a dela. Havia algo na maneira como ele a segurava, um jeito suave e caloroso, fazendo com que ela sentisse – de alguma forma fisicamente sutil – que estava sob o domínio dele.

Ela não ia refletir sobre como seu corpo adorava isso. Sobre como o domínio dele fazia seu pulso acelerar, seu sexo arder. Não ia admitir a batalha mental que ainda estava sendo travada em seu interior, a cada momento. Se pensasse a respeito, talvez parasse com aquilo. *Ia querer* colocar um ponto final na coisa.

Melhor seguir adiante. Entregar-se, como ele falou. Ao menos tentar, de alguma forma. Parecia bom demais para parar. Ela estava em algum estranho estado de negação, sabia muito bem. Fingindo que se tratava apenas de sexo. E que não significava nada mais: ela, a maneira como Alec fazia com que ela se sentisse.

Sim, é apenas sexo. Uma reação puramente física. Não tem de fazer sentido.

O quarto dele estava pouco iluminado por um abajur sobre a cômoda; era um raio de luz dourada, que incidia diretamente sobre a grande cama. Ela conseguia sentir a textura dos lençóis, a proximidade da pele nua dele.

Seu sexo ardeu de desejo.

Antes tarde do que nunca.

Ele se virou para ela e parou tão perto que ela teve uma noção real de seu tamanho, da altura e da largura de seu grande corpo. Deu uma olhada nas tatuagens de seus braços. O que será que elas sugeriam para que ele parecesse um pouco mais malvado, um pouco mais *sexy*?

– Dylan, preste atenção.

Alec ergueu o queixo dela com a mão, segurando-o com firmeza suficiente para que ela soubesse que ele estava ali, que ele estava no controle. Nenhuma dúvida a respeito. Não que tenha havido alguma com ele.

Ela percebeu, remotamente, que aquele era o primeiro homem a estar mais no controle do que ela. Talvez isso se devesse àquela insana atração, bem como à sua capacidade de se submeter a ele.

Uma onda de medo, de ressentimento se expandiu nela.

Não pense.

– Dylan, preciso que você se concentre. Para permanecer aqui, comigo.

Ela olhou para ele, atraída por seu olhar azul.

– Estou aqui.

Os olhos dele se estreitaram, avaliando-a.

– Sim, agora está. Melhor.

Ele retirou a mão, deu um passo atrás, e ela pensou que iria dizer para que tirasse a roupa, como na vez passada. Seu coração era um martelo no peito, uma enxurrada de ansiedade e nervosismo, junto com o esforço para manter a mente em branco, na resistência, a dissecar o que estava acontecendo.

Sem dizer uma palavra, ele se aproximou e começou a despi-la. Devagar e gentilmente, enquanto ela tremia a cada toque. Sua mente estava vazia agora; não havia nada que ela pudesse fazer a respeito. Não conseguia sequer lembrar o que estava se esforçando para descobrir momentos antes.

Ele passou as mãos sobre os braços dela enquanto deslizava sua blusa pelos ombros.

– Uma pele tão maravilhosa. Adoro essa palidez. Você tem algumas sardas aqui... como uma pequena, doce surpresa.

As pontas dos dedos dele percorriam seu ombro, e o prazer se espalhava pelo corpo dela como uma corrente elétrica, zunindo em suas veias.

E ele estava apenas tocando em seus ombros!

Ele a ajudou a descalçar os sapatos de saltos altíssimos, depois desceu o zíper de suas calças, fazendo com que descessem pelos quadris. Ela ficou sem nada, exceto a calcinha branca e o sutiã.

Ela ficou sem nada, exceto o poder do desejo.

– Ah... eu adoro isso... que você use essas coisas inocentes para me ver. Tão linda, a renda em contraste com sua pele. Mas isso vai ter que sair também esta noite.

Ela aguardava. Mas se sentia de alguma forma em choque. Paralisada.

– Vamos lá, Dylan. Eu já senti cada parte de seu corpo. E é um corpo maravilhoso. Não é possível que você fique tímida porque estou vendo de novo.

– Não fiquei.

– Então a que se deve esse adorável rubor? Não que me incomode. Mas estou curioso.

– Eu... eu apenas sentia um pouco de... falta de ar. É como se eu não soubesse o que esperar, embora saiba, até certo ponto.

– Você tem de abrir mão disso. Das expectativas. Isso faz parte de renunciar ao controle.

– Sim, compreendo. Mas não sei como fazer isso.

– Talvez precise de alguma distração.

Sorriu para ela, uma faísca luminosa de dentes fortes, brancos. Ele não tinha ideia do que provocava nela quando sorria assim. Ou talvez tivesse.

Mas estava tocando nela outra vez, e ela não conseguia pensar direito. As mãos dele passando sobre seus braços, depois pelos quadris. Ele as deslizou para trás e segurou sua bunda, suavemente a princípio e, em seguida, puxando-a para perto. Ela podia sentir a sólida ereção contra sua barriga através da trama densa de seu jeans.

Bom.

O hálito dele era quente em seus cabelos, bem perto da orelha, quando sussurrou:

– Simplesmente venha, Dylan. Abra mão. Quero que se entregue a mim. Vou cuidar de você. Prometo.

Ela sabia que ele faria isso. E algo em seu rouco e baixo tom de voz, junto com a sensação das mãos passando por seu corpo, fez com que ela se soltasse inteiramente, os membros se derretendo de calor, em puro desejo.

Ficou absolutamente imóvel quando as mãos dele subiram pelas costas e desabotoaram seu sutiã. Sentiu o suave algodão de sua camiseta enquanto aquela peça de roupa íntima caía no chão, e ele a esmagou contra seu peito. Os mamilos dela enrijeceram imediatamente.

Ela gemeu baixinho.

– Ah... assim mesmo. Boa menina.

Ela tremeu quando ele murmurou as palavras que sempre a invadiam. Como algum tipo de afrodisíaco. E, quando ele puxou sua calcinha de renda para baixo dos quadris, o tremor se transformou em arrepio.

– Vamos... livre-se delas. Sim, isso...

Ela fez o que ele pediu, chutando para longe o objeto de renda branca. Ele ainda a mantinha bem próxima, as mãos em suas costas, de maneira que ela sentia cada centímetro de seu corpo – e era pura e rígida musculatura.

Era estranha naquela coisa de estar inteiramente nua com ele ainda vestido. Fazia com que se sentisse vulnerável. E que se recolhesse intimamente, a cabeça girando.

A mão dele subiu para o alto da parte de trás de seu pescoço e aquele pequeno movimento a levou diretamente ao limite. Sua mente ficou inteiramente em branco, exceto pela única palavra que ela queria dizer a ele, continuamente.

Sim.

– Posso sentir, sabe... –, ele murmurou para ela. – Posso sentir que você está se entregando. É como se seu corpo ficasse mais leve, não é? Sua mente quieta. É exatamente assim que eu quero você, Dylan, nesse espaço. E você entrou tão fácil dessa vez. Vai ser muito bom esta noite.

Ele ficou ali com ela, mexendo em seus cabelos com uma das mãos, enquanto a outra apertava a parte posterior de seu pescoço até um ponto quase desconfortável. Mas ela estava mergulhando profundamente naquele espaço tranquilo, onde tudo era calmo e silencioso, estranhamente misturado com aquele requintado desejo. Ela tremia toda diante disso.

– Por favor, Alec –, ela sussurrou.

– Por favor o quê?

– Por favor, me toque.

Ele deu uma risadinha.

– Ah... eu vou mesmo.

Passou as mãos pelos cabelos dela, enrolando-os em seu punho, e puxou sua cabeça para trás. Ela não tentou resistir, embora doesse um pouco. Apenas o suficiente para que ela soubesse que estava em suas mãos. Mesmo que uma parte dela estivesse um pouco em pânico.

Uma vozinha na parte de trás de sua cabeça lhe dizia para acabar com aquilo, para fugir. Mas o prazer e o desejo de agradá-lo a impediam.

É tempo de abrir mão do controle.

Quando ele se inclinou para beijar seu pescoço, ela deixou a cabeça cair para trás, nas mãos dele. Seu sexo estava cada vez mais quente e úmido. E, como se soubesse exatamente o que ela queria, ele deslizou a mão entre suas coxas.

– Abra-se para mim, Dylan.

Ela abriu as pernas, e os dedos dele deslizaram dentro das dobras úmidas.

– Você está pronta, minha garota.

Ele tirou a mão e ela ficou totalmente desapontada. Mas não disse uma só palavra enquanto ele a conduzia para a cama. Ele a colocou na beirada e ela sentou, aguardando enquanto ele tirava a camiseta pela cabeça. O sexo dela se apertou diante da visão da musculatura rígida de sua barriga, peito e braços. Os planos mamilos dele eram escuros, em constraste com sua pele. Ela queria tocá-los, colocar a boca neles. Mas suas mãos permaneciam quietas, ao lado de seu corpo.

– Você é boa demais –, ele lhe disse, dando um passo atrás, olhando para ela com jeito de quem avalia. – Você sentou-se aí, esperando por mim, sem que eu tivesse de dizer. Perfeita. Como uma boneca. Você tem esse talento inato, Dylan. Sabia que teria.

Ela mal podia entender o que ele estava dizendo. Não queria pensar sobre o que estava lhe acontecendo. Apenas queria *fazer* aquilo.

Ele se ajoelhou no chão, diante dela, e separou suas coxas, colocando seu corpo entre elas. Ela podia sentir a textura rústica do jeans contra suas panturrilhas.

– Incline-se um pouco, mas se apoie nos cotovelos.

Ela fez o que ele ordenou.

– Bom. Fique bem assim. Quero que você me veja. Não feche os olhos, entendeu?

– Sim.

O desejo era calor derretido em seu corpo, escoando como líquido em seus membros, em suas veias. E, quando ele usou as duas mãos para separar os lábios de seu sexo, ela ficou completamente molhada.

– Abra mais para mim... sim... isso...

Separou bem as pernas dela, enquanto ela se abria inteiramente para ele. Ela parecia lasciva. Linda.

– Esta é minha parte favorita do corpo de uma mulher –, ele disse calmamente, usando os dedos para massagear as dobras túrgidas. – Alguns dizem que parece uma flor, uma orquídea. Eu concordo. Só que mais doce. Mais preciosa. Extraordinariamente macia.

Enquanto ela observava, ele levantou uma das mãos, colocou-a entre seus próprios lábios e chupou.

Ela gemeu. Mal podia se aguentar.

– Ah... você gosta disso?

– Sim –, ela murmurou, quase incapaz de falar.

Ele sorriu, introduziu aqueles mesmos dedos entre os lábios do sexo dela. Esfregou a entrada e ela pensou que poderia enlouquecer se ele não os enfiasse logo nela. O prazer era uma dor aguda em seu sexo, o clitóris ardendo de desejo.

– Por favor, Alec...

– Você já precisa gozar, minha menina?

– Sim!

Ele introduziu seus dedos e ela se arqueou na direção dele. Com o polegar ele pressionava seu clitóris.

– Hum...

Ele começou a mover a mão, os dedos e o polegar em pequenos círculos. O prazer cresceu, ardeu nela.

– Você vai gozar?

– Sim... sim...

– Espere.

– Não...

– Sim... espere, Dylan.

Ela mordeu o lábio, tentando evitar a onda de prazer que ameaçava tomá-la. E, quando ela conseguiu, a outra mão dele escorregou até sua nádega e deu um beliscão, forte.

– Oh...

– Isso é bom?

– Isso... isso dói.

– Mas é bom? –, ele insistiu.

– Sim. É bom. Hum...

Ele beliscou outra vez, mais forte, e a dor lacerava seu organismo, misturada com o prazer.

– Alec, estou quase gozando. Por favor...

– Ainda não. A dor faz com que seja melhor?

– Sim... melhor. Sim. Tenho de gozar agora!

– Segure. Faça isso. Diga que vai fazer.

– Eu... Deus do céu...

Outro beliscão, agora punitivo, indo além do nível em que a dor se converte em prazer.

– Vou, sim –, ela engasgou. – Vou segurar.

Seu corpo se contorcia. Ela nem ligava. As mãos dele continuavam trabalhando nela, seu polegar esfregando, pressionando seu clitóris. E a outra beliscando sua nádega, sua coxa. Doía. Era incrivelmente bom. Ela estava perdida na sensação.

– Você é ótima. Tão linda. Quero ver você gozar agora. Para mim.

Ele enfiou os dedos nela, profundamente, seu polegar circulando o clitóris. E, ao mesmo tempo, ele beliscou a carne do interior de sua coxa, o suficiente para que a dor a conduzisse ao clímax.

Ela gozou, milhares de estrelas cintilando em sua mente, levando-a velozmente ao espaço. Ela ficou ofegante, um grito concentrado na garganta.

– Ah... Deus do céu, Alec!

Arqueou os quadris na mão dele, o prazer ainda a percorrendo, iluminando-a.

Ela caiu de costas na cama, cega. Tremendo. E ele a acompanhou, subindo na cama e puxando-a para seu colo. Ele a virou e, ainda durante as últimas ondas de seu clímax sacudindo seu corpo, começou a espancá-la.

Sua mão era como fogo na pele de Dylan, batendo continuamente. Mas o prazer estava lá também, e ela se elevou para receber o que ele oferecia. Podia ouvir o eco de carne sobre carne, de um lugar distante. Podia ouvir o som da áspera respiração dele. E era como se só existisse aquilo, aquilo e o áspero contorno de seu pênis ereto através do jeans, pressionado contra sua barriga. O cheiro de homem dele.

Ele a espancava mais rápido, mais forte. Seu outro braço enlaçou a cintura dela, segurando-a bem firme. Mantendo-a segura. A dor era puro prazer; já não havia nenhuma linha divisória. Ela quase achou que podia gozar outra vez apenas por isso.

– Boa menina. Você pode mesmo aguentar.

Ela não sabia por que ficava tão feliz ao ouvi-lo dizer essas coisas. Não conseguia mesmo pensar. Estava fora de si.

Queria que ele transasse com ela. *Precisava* que ele fizesse isso.

Ouviu algo mais enquanto o desejo crescia, crepitando, e percebeu que eram seus próprios gemidos ecoando em seus ouvidos. Mas ela não podia parar. Nem queria.

– Dylan, você vai gozar de novo.

– Ah...

– Para mim.

– Sim. Para você.

Ele soltou a cintura dela, deslizando a mão para baixo, passando em sua barriga e entre as coxas, para seguir direto ao clitóris. Ela estava dolorida por causa do que houve antes, extremamente sensível, mas ele trabalhou duramente, continuando a espancá-la. Por alguns momentos a dor foi intensa, até que o prazer se espalhou por seu corpo, o sexo pulsando de desejo. E a dor não passava de um alto nível de sensação tomando conta dela. Cada tapa em sua bunda pressionava seu corpo na mão dele, com ágeis dedos em seu clitóris. Não demorou senão alguns instantes para que ela gozasse outra vez. Profundos, intensos espasmos de prazer, onda após onda.

Impossível. Poderoso. Ardor e desejo e *ele*. Ela estava gritando, afogada em prazer.

– Alec!

A energia daquilo tudo a deixou tremendo. Ele a puxou para o seu colo, abraçando-a com força. E ela descansou a cabeça no ombro dele, sentiu a força de seus braços em volta de seu corpo.

Por dentro ela estava adorável, luminosamente quente: barriga, membros, cabeça.

Seu coração.

Se ela se permitisse pensar só por um momento, diria a si mesma que aquilo não poderia estar acontecendo. Mas calou aquela voz. Não queria ouvi-la naquele momento. Não queria pensar.

Haveria muito tempo para isso, mais tarde. Para analisar aquela situação, desmontá-la e juntar todos os elementos de um jeito que fizesse sentido. Por ora, nada disso deveria ser levado em conta. Tudo o que importava era estar ali, com Alec.

Ele observava enquanto Dylan recuperava o fôlego. Suas maçãs do rosto estavam coloridas com um belo tom de rosa forte, como a pele delicada de sua bunda depois que ele a espancava. Uma bunda perfeita, em curva suave, embalada em seu colo. Contra seu pênis dolorido.

Ele procurou entre suas coxas. Mais uma vez, sentiu que ela tremia quando deslizou os dedos por entre aquela umidade. Ela estava molhada. Pronta. E ele não podia esperar nem mais um momento.

Alec a movimentou, deitando-a nos travesseiros enquanto rapidamente pegava uma camisinha na mesa de cabeceira, e arrancou suas calças jeans. O ar estava frio contra sua pele nua, como uma carícia em seu pênis tão rígido como aço.

Deus do céu, ele ia explodir apenas de olhar para os olhos cinzentos dela, vidrados. Seus lábios lascivos estavam rosados, e ela ficou observando aquela ereção passando a língua nos lábios.

Ele quase gemeu alto.

Os seios de Dylan eram tão perfeitos como tudo mais nela, os mamilos vermelhos-escuros contra a carne pálida. O pênis dele pulsava enquanto ela olhava.

– Alec... – A voz dela era baixa, ofegante.

– Sim?

– Você vai me foder agora? Porque preciso que faça isso.

Ele sorriu, levando as mãos ao pênis, que acariciou, da base à ponta.

– Sim, vou foder você. Bem forte. E posso espancar você enquanto faço isso. E você vai gozar para mim de novo, minha garota.

Ela deu um sorriso preguiçoso, os olhos prateados, cintilando. Mas preguiçosos. Ela estava no subespaço, flutuando. Mesmo assim sabia exatamente o que queria.

– Por favor –, foi tudo o que falou.

Não posso esperar nem mais um instante.

Ele a agarrou, enroscando o braço em torno de sua cintura fina, e a puxou para baixo, colocando-a no meio da cama. Abriu as coxas dela com os joelhos e enroscou as pernas de Dylan sobre as suas. A pele dela era tão macia que ele mal podia suportar a visão. E com as coxas assim abertas ele podia ver sua vagina, aquela adorável carne rosada: molhada, brilhante, inchada. Seu pênis estremeceu.

Preciso dela. Agora.

Ele usou a outra mão para agarrar os pulsos dela, puxando seus braços sobre a cabeça, e ela o deixou fazer isso. Ela não lutava mais. Saber que Dylan se entregara a ele era algo além da habitual emoção provocada pela troca de poder. Havia algo a mais com aquela mulher. Mas ele não conseguia pensar naquele instante. Não, necessitava apenas enterrar-se dentro dela. E foi o que fez, com um movimento de quadril.

Ela engasgou. Ele gemeu. O prazer estava ardendo, pulsando em seu pênis. Lá dentro ela era um tubo deslizante de calor e prazer.

– Cristo, Dylan! Você é tão apertada. Tão molhada. Tenho de foder você...

– Sim...

Ele começou a se movimentar, os quadris indo e vindo. Ela o mirava nos olhos, presa ali, as pálpebras semicerradas, sua respiração um suspiro ofegante. Novamente ruborizada, seus mamilos ficando mais escuros, mais rígidos, ele se inclinou e prendeu um deles entre os lábios.

– Ah!

Sugou intensamente aquela doce saliência de carne e mordeu.

– Nossa, Alec!

Ele recuou.

– Isso dói?

– Sim –, ela murmurou.

– E é bom?

– É, sim.

Ele abaixou a cabeça e chupou o outro mamilo, usando os dentes para roçar aquela carne, depois mordeu de novo.

– Ah... Alec.

Os quadris dela se movimentaram na direção dele, seus braços pressionando contra o forte aperto da mão de Alec. Mas ela não estava, de fato, lutando contra ele. Estava se contorcendo de prazer. O mesmo prazer que fluía pelo organismo dele quando a penetrou. A vagina envolveu seu pênis como uma luva sedosa e foi ficando cada vez mais apertada, e ele soube que ela estava prestes a gozar de novo.

Afastou-se um pouco para olhar – tinha de vê-la. As sobrancelhas dela estavam tensas, próximas, sua boca relaxada, em puro prazer. Tão incrivelmente linda, aquela mulher. Ele também estava tremendo todo de prazer: pênis, bolas, barriga, braços e pernas.

Soltou a cintura dela e levou a mão até a boca de Dylan, tocando seus lábios fartos com os dedos.

– Chupe –, ele ordenou. E ela obedeceu, sugando avidamente, como se ele tivesse lhe oferecido o pênis.

Ele gemeu, tirou os dedos dos lábios dela com algum esforço, depois deslizou a mão até a bunda, entre as nádegas macias. E, mantendo o olhar fixo no dela, pressionou um dedo contra seu ânus. As pupilas de Dylan se dilataram, mas ela não protestou. E, quando ele começou a introduzir o dedo, ela suspirou e sentiu que seu sexo se contraía, apertando o pênis dolorido.

Ele teve de fazer uma pausa, pulsando intensamente de prazer.

Calma.

Respirou fundo, sem querer gozar ainda.

Sentiu que o ânus estava estreito e quente e introduziu o dedo um pouco mais fundo, depois daquele primeiro anel muscular.

– Dylan, você gosta disso?

Ela gemeu.

– Diga... – ordenou.

– Sim. Eu gosto. Adoro. Quero mais.

Ele aprofundou o dedo e ela gemeu, os quadris em vaivém.

– Mais, Dylan?

– Sim. Por favor.

– Respire fundo. Ele acrescentou um segundo dedo, devagar. Ela respirava e seu corpo ia relaxando. Mas ele estava tão excitado que mal conseguia se controlar.

– Você pode aguentar se eu foder você assim, com minha mão?

– Sim. Eu quero.

Ele enfiou os dedos, tirou e enfiou de novo. Ela estremeceu. E ele sentiu que podia tocar, através da fina membrana, aqueles dedos em seu próprio pênis, enterrado bem fundo nela.

Demais, demais.

– Nossa... ah, Dylan...

Ele libertou os braços dela e a enlaçou quando começou a fodê-la em um ritmo forte, seguido pelos dedos que mantinha em seu ânus. E ela ia e vinha contra ele, fodendo-o do mesmo jeito que ele a ela. Ambos ofegantes.

O corpo dela tensionado. O sexo, entre espasmos, apertando seu pênis duro. E ela o chamou quando gozou, várias e várias vezes.

– Alec! Nossa, Alec... Alec...

Ele segurou-se, afastou-se, querendo manter a ereção o máximo possível. Era bom demais para parar. Ele a penetrou de novo, os dedos ainda trabalhando em seu ânus. Ela estava tremendo, a vagina ardente, com aquela textura de veludo. O calor e a umidade eram incríveis. O prazer martelava naquele vaivém, cegando-o, quando finalmente ele gozou. E mesmo assim conseguia continuar pulsando dentro dela.

– Tinha de foder você, garota. Sim... ah... foder você... sim...

A cabeça dele estava girando. Ambos eram pura carne e suor, e o cheiro do sexo se espalhou pelo ambiente quando ele caiu em cima dela, os dedos saindo de seu ânus.

Ele estava dolorosamente consciente do corpo dela sob o seu. Os seios tão macios, pressionados contra seu peito, a barriga delicada, superfície côncava contra a dele. A pele como uma incrível porcelana; era só no que conseguia pensar. Mais quente, viva. E seus cabelos... cachos rebeldes espalhados por todo lado. Ele enterrou a mão naquelas sedosas espirais, sentindo neles o cheiro de Dylan.

Os batimentos cardíacos dele estavam tão selvagens no peito quanto os cabelos dela assim espalhados sobre os travesseiros. Mas havia algo mais do que a pulsação intensa por causa do esforço.

Que diabos estava acontecendo com ele?

Ele se virou, rolando para o lado.

– Eu ainda lhe devo uma surra –, disse.

Ela deu uma risadinha e se virou de bruços.

– Pode dar agora mesmo –, ela falou, com uma voz suave, as palavras ditas devagar, como se estivessem embebidas em mel.

– Hum.... está ficando espertinha comigo, Dylan?

– Apenas desejando. Não é isso que você quer de mim? Exige?

– Sim. Exatamente.

Mas será que aquilo era toda a verdade? Ele queria... mais.

Transe. Não pense nisso.

Ele estendeu a mão e lhe deu um bom e forte tapa, sorrindo quando ela se sobressaltou.

Sim, era mais por aí. No comando. No controle. Era seu trabalho forçar uma reação dela. Estar na direção do espetáculo.

Ele levantou a mão, de novo, mas parou.

Estava prestes a espancá-la para provar algo, maldição! Ele era bom demais no que fazia para escorregar por aí. Era bobagem. E tudo mais, sua própria viagem mental.

Irresponsável.

Inesquecível.

Fora de controle, cacete!

Ele abaixou a mão e disse:

– Vamos deixar essa surra para lá, por enquanto.

Ela continuou quieta, ainda deitada de bruços. E, olhando para as curvas de seu corpo, ele não teve coragem de fazê-la se mover. Em vez disso, passou a mão sobre sua bunda, sentindo aquelas nádegas pequenas e quentes. E pensou: *minha*.

Pensamento perigoso. Ele podia ser um dominante, e parte disso era uma sensação de posse para aqueles que tivessem um relacionamento. Mas aquele acordo não implicava isso. Esse tipo de coisa não tinha nada a ver com ele. Nunca. E, dessa vez, essa mulher era diferente, cacete!

Ele não queria pensar por que tinha de insistir consigo para alinhar seus pensamentos. Retomou o fôlego, recuperando-se da potência de seu orgasmo, e resolveu deixar para pensar depois a respeito disso. Ou talvez fossem transar de novo, e nem teria mais de pensar sobre aquilo.

Mas ele não estava pensando em nada, exceto em Dylan Ivory desde o momento em que a conheceu. Não tinha motivos para pensar que isso iria mudar tão cedo.

Droga!

NOVE

Dylan sentou-se no sofá de seu apartamento com uma manta macia sobre o colo, ouvindo a chuvar cair lá fora e bebendo uma xícara de seu chá favorito. Cansada, toda dolorida. Era como se tivesse em estado de transe desde a noite anterior, quando chegara da casa de Alec.

Ir até lá, sob as ordens dele, já tinha sido uma lavagem cerebral. Mais ainda o fato de ter mergulhado profundamente naquilo tudo a partir do momento em que começaram. E o que aconteceu entre eles depois... Foi algo simplesmente incrível. O sexo. O sentido da conexão que, de alguma forma, tornou o sexo diferente. Melhor. Mais intenso. Mas naquela manhã ela estava com os nervos à flor da pele, cheia de dúvidas, e seu coração martelava de ansiedade.

Realmente, será que tinha se permitido fazer todas aquelas coisas? Tinha desistido do controle em favor de um homem? Até o ponto de perder o senso de controle, a noção de *si mesma*? Ela ainda não conseguia acostumar-se àquela ideia.

Ele estava certo a respeito de seu lado submisso. Não havia o que argumentar. Mas por que, então, ela estava tão brava com *ele* nessa manhã? Não era culpa dele. Ou será que era?

Ela não queria ficar com raiva. Nem se sentir assustada. Agora, tudo o que desejava era ficar exatamente ali onde estava, insone e irritada, buscando conforto em seu cobertor, no chá e no barulho da chuva. Queria se deleitar com a experiência da noite anterior. Porque tinha sido boa. Muito além de boa. Por que tinha de estragar tudo com aqueles infinitos questionamentos hoje? Quando o celular tocou, ela pensou em deixá-lo no correio de voz. Mas então lhe ocorreu que poderia ser Alec. Pegou o aparelho, que estava na mesinha de café.

– Alô?

– Oi, Dylan, é Mischa.

– Ah... Olá.

– Bem, eu também estou muito entusiasmada por falar com você.

– Sinto muito, Mischa. Achei que poderia ser Alec.

– Ah.

– O que quer dizer com esse "ah"?

– Quero dizer que, obviamente, alguma coisa está acontecendo, então por que você não ligou para me contar?

– Eu... – Ela mordeu o lábio. – Não sei.

– Eu tive um pressentimento de que precisávamos conversar.

– Você e seus "pressentimentos", Mischa.

– Você está evitando o assunto.

– Sim.

– Por quê?

Dylan tomou um gole de chá, inalando o vapor perfumado e deixando que isso a acalmasse.

– Eu apenas sinto... como se isso fosse diferente para mim. Nem sei como falar a respeito ainda.

– Por que você não me conta o que aconteceu desde que falei com você na semana passada? – Mischa sugeriu.

– Alec e eu conversamos. Temos nos encontrado. Ele me levou para jantar... o que parece... um tanto bizarro, dadas as circunstâncias. Ele não é, de jeito nenhum, o que eu esperava diante do que Jennifer me falou sobre ele. Pensei que fosse um pouco mal-humorado, resmungão, meio silencioso, mas não é. Agora parece ridículo que eu tenha imaginado isso. Ele não é sequer o que parecia depois da primeira vez que o

vi. Inicialmente, tive aquela impressão... talvez porque não me sentisse à vontade com minha própria reação a ele, então criei uma história em minha mente sobre o tipo de pessoa que ele deveria ser. Mas, quando nos conhecemos, soube que se tratava de um homem inteligente. Não tem apenas uma cultura livresca, mas também vivência como homem do mundo. Tem desenvoltura. Provavelmente é o ser humano mais confiante que eu já conheci. À primeira vista, achei que fosse arrogante e tratei de reforçar tal concepção, mas não é isso, porque ele tem toda razão para ser tão seguro de si.

Ela fez uma pausa. Tomou um gole de chá.

– Há uma dureza nele que me atrai, mas de vez em quando dá para ver que também existe certa suavidade. E ele sequer tem medo disso. Não tem receio de deixar que esse detalhe transpareça. Quando me contou sobre a perda de seu pai... dava para ver como aquilo ainda lhe fazia mal, como ele ainda se entristecia com isso. E normalmente os homens são tão... alfa, na falta de um termo melhor, são uns tremendos machistas, mas ele não, absolutamente. É mais sofisticado quanto a isso. E não tem nada de narcisista, como costumam ser os machões. Porque geralmente é um sinal de insegurança e, acredite, esse homem não precisa mesmo ser inseguro.

Ela recordou o rosto dele, sua boca lasciva, o azul surpreendente de seus olhos. E o toque de sua mão na pele.

– Oi, Dylan...

– O quê?

– Você simplesmente se desligou de mim.

– Deus do céu, desculpe. Não dormi muito na noite passada. – Passou a mão nos cabelos, afastando os cachos do rosto.

– O que aconteceu na noite passada?

– Dormi com ele. Mas, primeiro, tenho de lhe dizer que ele me levou ao calabouço na outra noite.

– O quê? Dylan, você está me escondendo alguma coisa.

– Eu sei, eu sei...

A voz de Mischa, subitamente, ficou áspera.

– Você está bem?

– Sim, estou. Quero dizer, fisicamente bem. Tem sido... extraordinário quando deixo a coisa solta. Minha cabeça está um pouco confusa.

– Não brinca.

Dylan suspirou.

– Eu não consigo perceber tudo. Sinto que esse processo está mexendo em algo dentro de mim. Está me expandindo. *Ele* está me abrindo. E é infernalmente assustador, mas tenho de fazer isso. Às vezes eu quero correr, ficar muito longe dele. Por causa da maneira como me faz sentir... fraca.

– Mesmo assim continua se encontrando com ele.

– Sim.

– Você acha que está acontecendo algo mais do que um encantamento? Algo mais do que a excitação pelo fato de ele a estar introduzindo em uma coisa nova? Além de sexo?

– Talvez.

– Nossa!

– Sim! E o sexo foi incrível. – Houve uma longa pausa do outro lado.

– Mischa? Você nunca fica assim quieta. O que está pensando?

– Estou... estou pensando que tudo isso é alucinante. Porque é sobre *você* que estamos falando, Dylan, e essa coisa excessivamente feminina não costuma acontecer com você. Estou surpresa de como parece calma a respeito. Tão receptiva.

– Estou longe de me sentir calma, estou completamente apavorada. Mas esta manhã eu ainda estou meio que presa nessa situação. Ligeiramente confusa.

– Então quando é que vai vê-lo de novo? E como ficaram as coisas?

– Acordamos tarde, e ele tinha uma conferência por telefone com seu agente, então me colocou em um táxi. Disse que vai entrar em contato comigo esta semana.

– Ele lhe ofereceu um café da manhã antes?

– Só café.

– Ah...

– Mischa, era tudo o que eu queria. Ele tinha de trabalhar. Eu também. Tenho prazos que ando ignorando demais ultimamente. Estava tudo bem.

– Tá... se você está dizendo, é isso. Mas não dou a mínima para quão alfa ele seja, se ele ferir você vou aí e dou um pontapé na bunda de macho dele!

Dylan sorriu.

– Tudo bem. Estamos de acordo. Mas não vou deixar que isso aconteça. E eu me sinto totalmente egoísta por monopolizar a conversa. Conte-me o que está acontecendo com você.

– O de sempre. A loja de tatuagens está lotada de trabalho. Tenho agenda completa para os próximos quatro ou cinco meses desde que reduzi a jornada para quatro dias por semana para poder escrever. Acabei de entregar uma novela, poucos dias atrás, e vou começar outro livro, meu primeiro romance, no próximo fim de semana. Estou saindo com alguns rapazes, mas nada sério. Certamente não tão sério como está acontecendo com você.

– Isso não é sério. Não desse jeito. E não espero que seja. Nenhum de nós dois está interessado nisso.

Mas, quando Dylan desligou o telefone, um breve pensamento passou por sua cabeça, uma pontinha de dúvida que provocou um aperto em seu estômago. Porque ela não estava mais totalmente certa de ser verdade o que acabara de dizer.

Alec encontrou um banco no bar, sentou-se e pediu uma cerveja. Não queria ficar bêbado, mas definitivamente precisava se acalmar. O garçom colocou o copo diante dele e Alec tomou um longo gole – a cerveja escura, forte, fazendo com que ele esfriasse.

Ainda estava chovendo lá fora; foi assim o dia inteiro. Mas ele ardia internamente, como se estivesse no meio do deserto. Acalorado. Acordara assim e estava profundamente irritado por não conseguir lidar com aquilo. Foi por isso que mentiu para Dylan, de manhã, dizendo que tinha um compromisso com seu agente. Pura besteira. Ele apenas tinha de ficar sozinho. Para pensar.

Sentia-se vazio. Foi por isso que ligou para Dante pedindo que viesse encontrá-lo no bar favorito deles aquela noite.

Alec deu uma olhada no ambiente e viu Dante entrando. Seu amigo era alto e magro, tinha cabelos e olhos escuros, e as mulheres que ali estavam se viravam para olhá-lo. Descendente de italianos e espanhóis, sua aparência geralmente fazia com que conseguisse qualquer mulher que quisesse. Mas ambos estavam mais inclinados a ficar com as que conheciam nos clubes de fetiche. Embora Dante não fosse um praticante tão intenso como Alec, era difícil para ambos relacionar-se com mulheres que não estavam interessadas em algum tipo de tara. E nenhum dos dois era do tipo que tenta introduzir uma mulher "normal" em seu estilo de vida. Mas isso não explicava por que ele ficara enroscado com Dylan Ivory.

Cacete.

Ele engoliu rapidamente a cerveja, antes que Dante chegasse ao balcão.

– Oi, Alec.

– Oi.

Dante deslizou sobre o banco mais próximo e Alec pediu uma cerveja para cada um.

– E então, o que é que está pegando, Alec?

– O que você quer dizer com isso?

– Não é próprio de você perdir por um encontro assim, de uma hora para outra. Devo me sentir lisonjeado? –, Dante brincou, sorrindo.

– Tá... sobre isso... lamento fazer você sair em uma noite de trabalho.

– Sem problemas. Não tenho de ir ao tribunal amanhã. O que está acontecendo?

Alec sentou e tomou sua cerveja, refletindo. Que diabos *estava* acontecendo com ele?

– Talvez eu precise de sua ajuda para descobrir.

Dante balançou a cabeça, bebeu também, estreitando os olhos.

– Mas está acontecendo algo?

– Sim.

– É aquela mulher com quem você anda se encontrando, Dylan?

– Isso.

Não era uma pergunta. Como ele, Dante era um dominante experiente, alguém que conseguia decifrar as pessoas. Alec não se surpreendeu que ele captasse imediatamente qual era o problema.

– Sim.

– Você a levou ao Pleasure Dome?

Alec soltou um longo suspiro.

– Sim.

– Como é que foi?

– Foi ótimo. Ela é tão submissa quanto eu suspeitava. Cai fácil. Quase fácil demais. Eu esperava que lutasse mais. – Esfregou a mão no cavanhaque. – Ela não se abre fácil. De fato, há algo significativo que está escondendo de mim. Tudo bem, posso enfrentar isso.

– Tenho certeza de que pode. Então qual é o problema?

– O problema sou eu.

Ele fez uma pausa, engoliu mais um pouco da cerveja. Dante ficou quieto, dando tempo para que ele processasse o assunto na cabeça. Uma das razões pelas quais eram amigos era esse tipo de respeito mútuo, essa compreensão imediata.

Alec colocou o copo no balcão com certa força.

– Tá. Tudo bem. Admito. Eu gosto dessa mulher. Gosto muito dela. E isso está acabando comigo.

– Você gosta de toda mulher com quem joga, Alec. Consegue manter as coisas em um plano amigável, exatamente como eu. Por que isso mexe com você?

– Boa pergunta.

Dante olhava-o e Alec soube que ele estava esperando por mais respostas. Diabos, ele era assim.

Dante encostou os cotovelos no balcão.

– Vamos lá, Alec. Melhor descer à raiz do fato. Você gosta dessa mulher, você jogou com ela, como com dezenas de outras. O que é diferente?

– Tudo. – Respirou fundo, continuou olhando para sua cerveja, os dedos tocando o vidro úmido.

– Cada detalhe. Não é só o corpo dela, que é absolutamente impecável. Ou o sexo, que é incrível. Nem a maneira como ela se submete a mim. É o pacote completo. Vai além do físico. Não acredito que eu esteja dizendo isso. Mas é verdade. Sinto como se estivesse me perdendo nessa mulher. Penso demais nela. Demais mesmo. Quero que ela esteja comigo o tempo todo. E, quando ela está, acontece essa ridícula batalha para resistir a qualquer senso de controle, e então preciso que ela vá embora para que eu possa voltar a ser eu mesmo. Não gosto disso.

Estou muito irritado comigo. Eu me sinto como um maldito adolescente, se quer saber a verdade.

Quando levantou o olhar, Dante estava sorrindo.

– O quê? – Agora ficara chateado. Afinal, ele acabara de expor suas entranhas, cacete!

– Você realmente gosta dessa mulher.

– Eu já disse isso.

– Sim, porém é mais que isso, não?

– Porra –, Alec murmurou. – Eu apenas quero manter as coisas como são. Quero jogar com ela, mandá-la para casa e fazer as coisas de sempre. Trabalho. Seja lá o que for. Não fui capaz de escrever uma só linha nos últimos dias. E esta manhã eu a mandei para casa, depois de uma noite de jogo sem ter ideia se ela estava pronta para cair em si ainda. Ainda estava um pouco vidrada... Para ser honesto, foi tremendamente irresponsável de minha parte colocá-la no táxi.

– Você acha que ela está bem?

– Sim, provavelmente está. Disse a ela para me ligar se se sentisse fraca. Ela é bem autossuficiente, e não sei se ligaria se precisasse. Portanto, isso não é muito bom, não é?

– Alec, você tem de parar de se torturar. Com que frequência você fica com uma mulher o dia inteiro, independentemente de quão intensamente jogou com ela? Você sempre as manda para casa. Eu também. Falou com ela hoje? Checou se estava bem?

– Não. Eu não lhe disse que faria isso.

Dante deu uma olhada no relógio, depois se virou para Alec e encolheu os ombros.

– Tá, eu sei. Vou ligar para ela. Não sou o dominante idiota. Não agimos dessa forma, as pessoas gostam de você e de mim, que jogamos nesse nível. Dei palestras sobre como ser um dominante responsável, por Deus do céu! Sobre como *não* ser um idiota.

Ele estava agindo como um desses com Dylan. Apenas tinha de descobrir por quê. E, nesse meio-tempo, tinha de parar de se comportar desse jeito. Estava sendo um pouco irresponsável com a mulher com quem jogava.

– Você vai continuar a vê-la? –, Dante perguntou.

– Sim.

– Tudo bem. Sei que você fará o que é preciso. O que é correto.

– Eu sempre faço. Apenas precisava... manter a coisa sob controle. Talvez tenha de me afastar dela.

– Talvez. Ou, quem sabe, você necessite continuar a vê-la até que tenha uma ideia melhor das coisas. Não posso decidir por você.

– Eu sei. Obrigado por vir, Dante.

– Sempre. – Dante bebeu o resto de sua cerveja, colocou o copo vazio no balcão. – Você está bem?

– Sim, estou bem. Vou ficar bem.

Dante bateu nas costas dele quando se levantou.

– Ligue para mim, conte como estão as coisas.

– Vou fazer isso.

Ele terminou sua cerveja antes de ir embora, ajeitando a gola da jaqueta de couro ao redor do pescoço para se proteger da chuva. Encheu os pulmões com o ar da noite, os cheiros de asfalto úmido e escapamento dos carros em trânsito. Como pano de fundo, o aroma salgado do oceano, a alguns quarteirões de distância.

Pretendia ir até o carro, pegar o celular para falar com ela. Mas se viu caminhando. Seus cabelos estavam ficando molhados, a chuva deslizando pela gola, mas ele não se importava. A cada quadra os edifícios e as pessoas pareciam borrões. Ele não sabia, exatamente, o que estava fazendo. Só queria desligar a mente, livrar-se da tensão, da incerteza e da irritação consigo mesmo.

Quando retornou ao carro, já passava das dez da noite, e ele estava completamente ensopado, as pernas de suas calças jeans encharcadas. Ia ser terrível para os bancos de couro do carro, mas de qualquer forma ele entrou no veículo, ligou o motor e tirou a jaqueta.

Dirigiu para o norte, depois oeste, na direção de Space Needle, dizendo a si mesmo que não estava indo para lá porque Dylan morava em Belltown, nas cercanias da região.

Passou pelo velho edifício de tijolinhos onde ficava o *loft* dela e desacelerou para dar uma olhada no 4º andar. As luzes estavam acesas, mas ele não conseguia ver nada através das janelas altas. Que diabos ele esperava ver, afinal?

Ela.

Cacete!

Acelerou e foi em frente, o pulso martelando nas veias.

Acabou parando em frente ao Pleasure Dome.

Estacionou e entrou. Lá dentro estava quente, as luzes e a música em tom e ritmo cálidos. Como se fosse um útero.

Não se preocupou com o casaco molhado, limitou-se a tirá-lo e, carregando-o, dirigiu-se imediatamente ao salão principal. Não havia muita gente; no começo da semana o movimento era pequeno. Ele não deu a mínima. Só precisava estar ali. Para... o quê?

Atravessou a sala à meia-luz, balançando a cabeça para cumprimentar várias pessoas, e dirigiu-se a um sofá vazio, do outro lado, onde pudesse sentar-se e assistir à ação.

Um dominador que ele conhecia estava usando um dos grandes quadros de escravidão, enrolando corda branca nas presilhas de madeira. Alec raramente usava corda branca. Preferia a estética do preto ou vermelho. E amarrar pessoas não era seu maior vício, de qualquer forma. Ele gostava do jogo da sensação. Mas faria o que fosse conveniente para obter a melhor resposta de uma submissa. Tudo tinha a ver com as necessidades, não?

O rosto de Dylan, aquela adorável e delicada estrutura do seu corpo, aqueles enormes olhos cinza apareceram em sua mente, mas ele rapidamente tratou de se livrar da imagem.

Não pense nela.

Precisava se distrair. Não era por isso que tinha ido ali, naquela noite? E trouxera sua mala de instrumentos com ele. Se não pretendesse jogar, por que se importaria com isso?

Ele levantou-se e dirigiu-se ao andar de cima, onde havia uma pista de dança. Era uma plataforma elevada, com luzes piscando e três postes de *strippers*. E, como ele imaginara, havia duas mulheres dançando ali, uma loira alta que ele já tinha visto antes no clube e uma mulher baixinha, de pele dourada e uma cascata de longos cabelos negros. Ambas estavam vestidas com roupas apertadíssimas e usavam sapatos de salto agulha, um traje bastante comum entre as garotas que frequentavam o lugar.

Alec deu uma olhada ao redor para ver se elas estavam dançando para algum dominador, mas ele era o único homem na sala que estava prestando atenção na cena; portanto, elas eram livres.

Ele pegou uma cadeira e sentou-se na beirada do palco, observando--as. Elas não demoraram a perceber. Ele sorriu, balançou o queixo para elas, dando permissão para que se aproximassem dele.

A loira imediatamente caiu de joelhos; levou um pouco mais de tempo para que a morena fizesse o mesmo. E alguns minutos depois ele negociou com elas um encontro em uma das salas privativas do 3º andar.

Ele acompanhou-as escadas acima, seus saltos fazendo barulho ao tocar nos brilhantes degraus de madeira e depois abafados pelo carpete do corredor. Encontrou uma cortina aberta e fez com que entrassem no recinto. Lá dentro havia uma mesa com algemas de couro para os punhos e tornozelos, um par de correntes suspensas no teto, um banco para espancamento.

– De joelhos –, ordenou, e ambas obedeceram.

Ele demorou algum tempo para tirar os apetrechos de sua mala de brinquedinhos, espalhando os chicotes sobre a mesa, o pequeno aro dentado, as luvas de couro, a palmatória, a bengala. E seu coração produzia um baque surdo no peito.

Por que ele parecia ter dificuldade para respirar?

Virou-se para olhar as duas. Ambas, boas submissas. Estavam ajoelhadas no chão, mantendo as cabeças baixas, as palmas das mãos voltadas para cima e as coxas separadas. Alguém as havia treinado. Provavelmente, elas jogavam bem. Eram lindas, especialmente assim, juntas. O contraste de seu tom de pele...

Mas ele não podia fazer aquilo.

Suas mãos se retesaram.

Que diabos havia de errado com ele?

Passou as mãos pelos cabelos úmidos.

Aquilo era tremendamente ridículo.

Ele ficou em pé entre as duas mulheres, observando-as respirar, sentindo a tensão no ar, a antecipação, esperando pelo velho entusiasmo para começar a usar o chicote. Mas não aconteceu. E, quanto mais ele ficasse lá, mais ansioso se sentiria. Tinha de acabar com aquilo. Tinha de ir embora.

Para casa.

Não, ir até ela.

Dane-se.

– Sinto muito. – A frase saiu como um resmungo rouco.

– Senhor? – Era a loira, sussurrando, como se não quisesse perturbá-lo.

– Sinto muito –, ele disse de um jeito mais gentil. – Não estou disposto a... Não vou jogar esta noite, é isso.

– Nós o desagradamos, senhor?

– Não, de jeito nenhum. Desçam as escadas. Algum outro homem de sorte ficará feliz por encontrá-las esta noite.

Ambas se levantaram, e a morena lhe dirigiu um olhar de desapontamento por cima do ombro quando elas passaram pela saída acortinada. Mas ele não podia pensar nelas agora.

Guardou seus instrumentos o mais rápido que pôde, não atentamente como deveria fazer ao arrumar os cabos dos chicotes no fundo de sua mala de couro negro para que não se danificassem. Ele simplesmente tinha de *ir embora.*

Evitou qualquer contato visual ao caminhar pelo clube e também ao chegar à rua. A chuva havia parado, finalmente, mas o céu ainda estava cheio de nuvens pesadas escondendo a lua.

Queria mesmo era se esconder. Mas tinha de enfrentar aquilo. Precisava encarar Dylan. Fazer qualquer coisa para tirá-la de sua mente, talvez.

Entrou no carro e fez seu caminho ao longo de ruas escuras, de volta para o velho armazém de tijolos, em Belltown. Praguejou quando não conseguiu encontrar logo um lugar para estacionar, mas alguém acabou saindo de uma vaga a meio quarteirão da casa dela e ele fez a manobra. Desligou o motor. E ficou ali, sentado.

Não sabia sequer se era muito tarde. Quem sabe devesse ligar antes.

Quando foi a última vez que ficou se questionando daquele jeito?

Murmurou uns palavrões quando saiu, batendo a porta do carro, e seguiu direto para o prédio dela. O portão estava trancado, obviamente. Ele consultou os nomes na caixa do interfone, encontrou o número dela e tocou a campainha. Silêncio. Tentou de novo. Passou a mão na barba enquanto esperava. Afastou-se do portão, foi até a rua, olhou para cima e viu uma luz se acender no *loft* dela.

– Sim? –, ouviu pelo interfone.

Deu um salto, retornando ao portão.

– Dylan.

– Quem está ai?

– É Alec.

Houve uma longa pausa. E, depois:

– É quase meia-noite.

– Eu sei. Gostaria de subir.

Ele parecia estar muito mais calmo do que se sentia. Na realidade, estava se achando um maldito assediador.

– Estou liberando a entrada.

Ele abriu a porta e passou, sem se preocupar com o barulho que fez atrás de si quando ela se fechou, num baque. Foi até o elevador, rumo ao 4º andar. Pareceu demorar uma eternidade, até que ele saiu e enveredou pelo amplo corredor em direção ao apartamento dela.

A porta se abriu e lá estava ela, com os cabelos vermelhos despenteados, o rosto ligeiramente pálido. Mas sua boca farta estava brilhante e rosada, como sempre. Vestia uma camisola curta, feita de *laise* branco, um tecido fora de moda. Era quase absurdo como parecia inocente, com as sombras dos escuros mamilos insinuadas na trama fina.

Pornográfico. Aquela roupa e seus pés descalços lhe sugeriam que ela estivesse nua, as unhas dos pés pintadas com um suave rosa-bebê.

– Você estava dormindo –, ele disse, apenas parcialmente arrependido. *Precisava* vê-la.

– Eu... Sim. Tudo bem. Quer entrar?

Ela deu um passo para trás e ele seguiu adiante. Teve uma vaga impressão do apartamento, iluminado por uma só fonte de luz colocada em algum lugar, espalhando sombras na suave extensão do piso de madeira. A luz passava através da camisola, pousando em seu corpo esbelto. Ele até podia ver a sombra na junção de suas coxas.

Sem que ele tivesse a intenção de fazer exatamente isso, no mesmo instante seus braços a atraíram, a boca desceu procurando a dela. Seus lábios eram tão doces, macios. Os seios dela ficaram apertados contra seu peito; o perfume de seus cabelos, praticamente irresistível.

Ela abriu os lábios para os dele, que introduziu a língua em sua boca. As mãos dele deslizaram até a bunda de Dylan, procurando-a, e ela suspirou quando ele beliscou sua carne através do tecido.

Estava com uma tremenda ereção, quase gozando, mas havia mais que isso. Sentiu certo desespero que nem tentou questionar. Estava tomado pelo desejo. E ela correspondia, suspirando dentro da boca dele, os quadris arqueando na direção de suas coxas. E ele jurava que podia sentir o calor do seu pequeno monte de vênus através do tecido de seu jeans.

Ele a empurrou para trás, dentro do apartamento, até que encontrou o sofá. Derrubou-a sobre as almofadas, virando-a para que ficasse em suas mãos e de joelhos naquela superfície macia. Levantou sua linda camisola branca até a cintura.

Ela estava nua por baixo.

Gemeu ao ver seu traseiro tenso, os lábios de seu sexo, belos e rosados, latejando entre as coxas.

Alec arrancou a jaqueta. Em seguida, a camisa. Depois agarrou a delicada carne da bunda de Dylan com ambas as mãos, seus dedos apertando fundo, deixando marcas. Queria isso – deixar marcas. *Desejava* isso.

Minha.

Ele afastou a mão, fez uma pausa e ela se ergueu, oferecendo a delicada curva de suas nádegas para ele. Alec deixou que sua palma descesse forte, e o som permaneceu ecoando no ar. Ele bateu de novo, e o corpo dela se moveu diante de tamanha força. Sua pele estava ficando rosada, com vergões.

Depressa demais. Movimentando-se muito rápido.

Ele passou a mão pelos cabelos dela, observando-a. Ela estava ofegante. Ele também.

– Dylan.

– Diga-me.

– Dizer o quê?

Ele caiu de joelhos perto do sofá, pôs a mão na parte de trás do pescoço dela, sob os cabelos. Sua pele estava quente, queimando. Ele, duro como aço. Passou os dedos pelos cachos ruivos, enrolando-os, até que alcançou a parte de trás de sua cabeça. Puxou-a, fazendo com que levantasse o rosto até encontrar seus olhos.

– Você quer isso? Que eu esteja aqui? Que toque você? Que bata em você? Que foda você?

– Sim. Sim...

A voz dela era um sussurro, mas aquilo era tudo que ele desejava. Abriu mão do controle, simplesmente deixou tudo de lado. Caiu sobre ela – essa era a única maneira de pensar a respeito – e colou a boca na garganta dela, lambendo aquela carne fresca. Suas mãos foram para os seios dela, apalpando, beliscando os mamilos através do tecido fino. E ela gemia baixinho, os mamilos cada vez mais duros.

Ele se afastou o tempo suficiente para tirar os sapatos e as calças jeans. Ela ficou totalmente imóvel, apoiada em suas mãos e joelhos, a camisola amassada na cintura, ao redor de sua esbelta cintura.

Ele não podia esperar.

Alec a virou, para que ficasse deitada de costas.

– Cacete! Preservativo!

Ele a deixou por um instante para que pudesse pegar um em seu bolso. Deslizá-lo sobre o pênis dolorido foi pura tortura. Ela ficou olhando, os olhos cintilando prata à luz da única luminária acesa na sala. Estava tão maravilhosa que quase doía olhar para ela.

Ele se inclinou sobre ela, respirando profundamente enquanto ela tirava a camisola, revelando os seios.

Perfeita.

Ela era perfeita.

Suas pernas se abriram para ele, que olhava seu longilíneo, belo corpo; a fenda rosa, escorregadia entre suas coxas. Seu pênis latejava.

Então ele foi baixando o corpo sobre o dela e não havia nada de jogo de poder, somente a força de seu desejo superando o dela. Insuportável para ele. E quando ele deslizou para dentro dela, o prazer era um arco elétrico, queimando-o, deixando-o em choque.

Ele a penetrou, e seus lábios se encontraram com os dele. Quando ela ia enroscar seus braços em torno do pescoço dele, Alec pegou seus pulsos, erguendo-os sobre a cabeça dela. Não podia suportar que o abraçasse, nem conseguia atinar a razão. Agora tudo o que ele queria era seu corpo, o calor escorregadio de seu sexo ardente. O doce côncavo daqueles seios contra seu peito nu. O cheiro da pele dela. E ele queria que ela gozasse – queria fazê-la gozar muitas e muitas vezes.

Fazê-la gozar.

Sim, isso mesmo, era o que ele desejava.

Não pense. Simplesmente faça.

Saiu de dentro dela, então, ainda segurando seus braços acima da cabeça com uma das mãos e introduzindo a outra entre as coxas dela. Trabalhou seu clitóris delicadamente entre os dedos, sentindo-o inchar a seu toque.

Sabia que estava sendo rude com ela. Sabia que ela adorava quando se contorcia e ofegava embaixo do corpo dele. E, quando ele pinçou e puxou seu clitóris, ela gozou, o corpo arqueando para fora do sofá.

– Ah, céus, Alec...

Ela estremeceu com o clímax, as coxas tensas. E ele continuou trabalhando nela, seu pênis ainda duro, latejando entre suas coxas.

– Tudo bem –, ela murmurou, de olhos fechados. – Tudo bem.

– De novo.

– Eu... Me dê um minuto.

– Não.

Ele continuou, seus dedos pressionando-a internamente. Ela estava ardendo de tão quente, molhada. Ele, em movimentos de vaivém, dobrou os dedos à procura do ponto G. Foi buscando até que sentiu aquela carne macia, esponjosa, e ela gemeu. Ao mesmo tempo, ele esfregou o polegar em seu clitóris.

– Alec... eu... eu vou gozar outra vez.

– Sim. Goze, Dylan.

Ela começou a tremer, interna e externamente, os seios lindamente soltos. Mantinha os olhos bem fechados e mordeu o lábio quando gozou de novo, seus braços pressionando a mão dele, que os apertava.

– Ah!

O pênis dele era uma lança rígida de desejo, duro e dolorido. Mas não podia parar agora.

– De novo, Dylan.

– Deus do céu, Alec –, ela murmurou, ofegante, os olhos vidrados bem abertos.

Dois cristais escuros em sua adorável face; eles brilhavam à tênue luz ambiente, o pálido luar começando a atravessar a janela.

– Quero que, dessa vez, você olhe para mim –, ele lhe disse.

Ela apenas balançou a cabeça.

Ele começou de novo, mergulhando os dedos no sexo molhado. Estava úmido com os fluidos dela, tão exuberantes e ardentes. Ele podia sentir o cheiro, aquele agudo e doce aroma de gozo de mulher.

O clitóris dela estava inchado, e ele tinha certeza de que ela estava machucada.

Não podia parar.

O olhar dela estava mergulhado no seu e ela mordia o lábio de novo. Ele queria provar aquela carne roliça, vermelha. Mas não ainda.

Pura tortura, olhar para ela assim. Negar a si mesmo o que ele realmente desejava – enterrar-se naquele corpo. Beijá-la. Só queria beijá-la intensamente.

Não.

Ele aprofundou ainda mais seus dedos, circulando seu rígido e pequeno clitóris com o polegar.

– Alec... é tão bom... mas não acho que possa gozar de novo...

– Você pode. E vai.

Ele largou os pulsos dela, e Dylan manteve os braços onde estavam, alongados sobre a cabeça. Estava em um estado de abandono agora, seus braços largados, sem vida.

Adorava vê-la assim. Dominada. Vencida. Em suas mãos.

Enfiou a mão ainda mais, deslizando seus dedos naquele fluido. Quando estavam bem lubrificados, conduziu-os para a região entre as nádegas e pressionou um dedo dentro do ânus, sabendo – adorando – que aquilo provocava algo nela, levando-a diretamente para o subespaço, se é que ela já não estivesse lá. Conduzindo-a para um espaço ainda mais profundo agora.

– Ah... Alec...

Ele não teve de perguntar se era bom. Podia ver no rosto dela. Suas pupilas estavam enormes; as maçãs do rosto, rosadas; a respiração, ofegante.

– Mais forte, Alec.

– Sim, era isso que eu precisava ouvir. É como eu quero dar para você, Dylan.

Ele penetrou em seu ânus com o dedo e começou a bombeá-lo, a outra mão pressionando e esfregando sua vagina e o clitóris. E em poucos momentos ela estava gozando de novo, o corpo todo tremendo. Manteve o olhar de cristal no dele, e era como se afogar no prazer dela.

Inacreditável.

Antes que ela terminasse de gozar, ele estava nela de novo, seu pênis rígido pressionando diretamente para penetrá-la. E, dessa vez, quando ela o enlaçou, ele não tentou evitar. Não podia nem pensar nisso. Só desejava estar dentro dela, tinha de *senti-la*.

Mergulhou em seu corpo, perdendo-se em sua boca, finalmente. Os lábios dela eram tão doces como ele achava que seriam. Sua língua invasiva e exigente saboreava. E o prazer era como uma faca com um corte suave entrando nele: pênis, bolas, barriga.

Ele penetrou mais fundo, querendo ferir. A ela. A ele. Os ossos dos quadris de ambos estavam se chocando. Mas ele *precisava* disso. Tinha de *sentir*.

Seu clímax veio como uma parede de tijolo: desmoronou sobre ele, dentro dele. Havia milhares de estrelas em sua cabeça, surgindo como uma labareda solar. Fogo e energia e uma luz ardente.

Ele estava tremendo. Cego. Cobrindo o rosto dela de beijos.

Não sabia que diabos estava acontecendo com ele.

Tudo que sabia é que houve alguma terrível e potente necessidade interior que ele jamais sentira antes. Não reconhecida. E lá estava a coisa descomedida diante dele. Diante dela.

Pela primeira vez em sua vida, ele estava apavorado.

DEZ

DYLAN FINALMENTE RECUPEROU O FÔLEGO. O PESO DE ALEC sobre seu corpo não estava ajudando, mas não queria que ele se movesse. Ela estava toda dolorida. Exausta. Exultante.

O que havia acontecido entre eles? Aquilo tinha sido diferente. Houve jogo de poder, não duvidava. Ela se sentiu dominada por ele. Tinha mergulhado naquilo rapidamente, a cabeça tinha esvaziado no momento em que ele passou pela porta. As mãos dele foram rudes, mas ela adorou.

Não pense nisso.

Ela não queria saber o que significaria refletir a respeito. Não, quando pensava muito no que estava acontecendo, o medo voltava, devorando o prazer.

Pare.

Sim, parar de pensar e simplesmente ficar ali. Com ele.

Podia sentir o cheiro dele sobre ela. Aquele odor masculino de oceano e floresta, suor e sexo.

O cheiro dele era *bom.*

Deus do céu, quando é que seus pensamentos haviam dado aquela virada totalmente feminina? Foi acontecendo pouco a pouco, desde que ela o conhecera. Mas a coisa estava ficando totalmente fora de controle.

Ela estava voltando à terra agora. Mais consciente de seu corpo, do peso de Alec sobre ela, do som de sua respiração entrecortada. A textura da pele dele sob suas mãos. O cavanhaque ligeiramente áspero contra sua face, a respiração quente em sua têmpora. E, quando passou por sua cabeça a ideia de que não queria que ele se movesse, *jamais,* isso veio com uma pequena onda de pânico.

Ela fez força para se controlar e engolir o medo.

Alec levantou a cabeça, olhando para ela. Seus olhos tinham um tom mais brilhante de azul, fazendo com que Dylan ficasse sem fôlego. Ou talvez fosse a ansiedade, da qual ela tentava de livrar.

– Dylan? O que foi?

– Como?

– Seu corpo inteiro se enrijeceu.

– Eu... eu estou bem. É que você é um pouco pesado...

– Ah... sinto muito.

Ele saiu de cima e, para ela, foi como uma grande perda. E também sentiu falta do calor do corpo dele quando Alec se equilibrou sobre os joelhos. Ele ainda estava entre suas coxas, e ela queria apertá-las para mantê-lo exatamente ali e fazer com que a penetrasse uma vez mais.

Nunca era demais.

Engoliu seco, a emoção como um nó apertado em sua garganta.

O que há de errado com você?

Ele estava olhando para ela. Não daquele jeito penetrante de sempre, mas como se houvesse uma camada de névoa. Era muito intuitivo, e ela não queria falar, naquele momento, sobre o que estava lhe acontecendo. De fato, Dylan sequer se entendia.

Ele estendeu a mão e passou um dedo no rosto dela, acariciando o queixo, a mandíbula, o lábio inferior. Sorriu, e ela se derreteu. Sentiu-se amolecer inteiramente, os membros quentes e líquidos. Não sabia como lutar contra aquilo.

Percebeu que nem queria.

Por que faria isso?

A ideia lhe surgiu como um choque: súbita, mas clara. Por que não explorar aquilo, simplesmente, sem se questionar sobre cada pensamento, cada sensação, cada ato de intimidade entre eles? Nenhum dos dois estava querendo convidar o outro para ver o pôr do sol juntos. Isso deveria ser suficiente para mantê-la a salvo.

Sim... está certo que Alec era perigoso. Parecia perigoso. Tinha um cheiro perigoso. A maneira como a beijava ia além de perigosa. Sem falar em tudo mais: sexo e jogo de submissão e sadomasoquismo. Não que ela se considerasse uma vagabunda, mas experimentara bastante. Então poderia lidar com aquele homem. E com qualquer coisa que o espaço de tempo de convivência com ele pudesse trazer.

Seu pulso se acalmou quando ela prendeu a respiração.

Poderia fazer isso. Desde que ele não se afastasse dela outra vez. Isso ela não tinha certeza de que poderia aturar.

– Alec?

– Hum?

– Preciso lhe perguntar uma coisa.

– O que é?

– Eu não esperava vê-lo tão cedo. Ou tão tarde da noite.

– Eu também não.

Ele ergueu a mão e acariciou os cabelos dela. E então uma onda quente se espalhou pelo peito de Dylan, uma dor que não tinha nada a ver com sexo. Ela fechou os olhos por um instante e se entregou à sensação.

Isso não deve significar nada.

Mas significa.

Não pense.

O que era mesmo que ela queria perguntar a ele? Por que ele viera aquela noite? Como ele se sentia a respeito dela? Isso era ridículo. Ela não precisava saber. Ela não sabia como se sentia sobre *ele*.

Dylan abriu os olhos e se ergueu, apoiada nos cotovelos.

– Alec, você comeu alguma coisa? Tenho chá e alguns biscoitos de que você talvez possa gostar.

Ele sorriu.

– E você mesma os preparou, eu presumo?

Ela riu.

– Comprei na mercearia que fica do outro lado da rua. Está satisfeito?

– Como você me contou, tenho de ficar. Era isso que queria me perguntar?

– Talvez.

Ele revirou os olhos.

– Mulheres!

Ficou aliviada porque ele estava levando a coisa na brincadeira. Não sabia o que dizer agora. Desejaria poder desligar seu cérebro. Do jeito que fez quando Alec a estava beijando. Batendo nela...

Ele segurou a mão de Dylan e a ajudou a levantar. Ficar assim, perto dele, fez com que ela percebesse, mais uma vez, como ele era alto e como era largo seu corpo musculoso. Cheirava a sexo. Ela estremeceu.

– Está com frio? Tem um robe?

– No meu banheiro.

– Vá buscar.

Ela foi até lá, um ambiente em tons suaves, de cinza e verdes-sálvia, e pegou o robe de cetim rosa do gancho atrás da porta, parando para ver sua imagem no grande espelho com moldura de estanho pendurado sobre a pia.

Seu cabelo estava emaranhado, aquela massa brilhante cor de mogno em cachos selvagens. Seu rosto estava pálido, mas as bochechas, bem coradas, um rosa-escuro. Olhos imensos. Ela se debruçou sobre o armário, aproximando-se para observar melhor sua aparência. Seus lábios pareciam ter sido beijados com força, o que de fato acontecera. Estavam inchados, vermelhos. Ela parecia diferente. Ela *se sentia* diferente. Mas iria dissecar tudo aquilo depois.

Agora, Alec estava esperando por ela.

Dylan colocou o robe, amarrou o cinto e foi encontrá-lo.

Ele estava em pé perto do sofá verde, as calças jeans um pouco abaixo dos quadris. Sem mais nada. Havia algo incrivelmente *sexy* em um homem vestido só com calças jeans, sem camisa, pés descalços. As tatuagens e o cavanhaque malvado só melhoravam sua imagem. Um homem mau sofisticado. E seu corpo era tremendamente malhado. Maravilhoso.

Perfeito.

Ela balançou a cabeça diante dessas fantasias femininas, daquelas imagens que tinham se desenvolvido em sua mente, provavelmente desde a infância, de como um homem deveria ser. Alec era seu tipo perfeito, concluiu: grande e musculoso, um pouco mau, porém simpático. Educado, culto, viajado, gentil. E, obviamente, pervertido. Além de confortavelmente avesso à verdadeira intimidade, tal como ela. Embora isso parecesse estar mudando para ambos...

Limpou a garganta.

– Vou fazer o chá –, disse, indo em direção à cozinha.

Ele a seguiu até lá e, no balcão que separava a cozinha da sala de estar, sentou-se em um banco alto. Que subitamente pareceu pequeno, como tudo mais. E ele, extremamente primitivo no ambiente despojado, moderno, de azulejos brancos, aço escovado e madeira elegantemente polida. Parecia vivo demais em um lugar que não aparentava ser muito usado, já que completamente *limpo*. Alec era tão... animal. Fez com que ela se sentisse curiosamente inibida diante da esterilidade de sua cozinha. Fez com que pensasse, com saudade, no palpável conforto da casa dele, da cozinha dele.

Ela estava sendo ridícula. Talvez ainda viajando em endorfinas. Sim, devia ser isso. Explicaria a flacidez de seus músculos, a tentação de apenas relaxar com ele.

Ela encheu a chaleira e a colocou no fogão, pegando as canecas do armário de bordo para se distrair.

– Este é um ótimo apartamento –, ele disse, finalmente.

– Você gosta dele? É tão diferente de sua casa.

– Significa que minha casa é um pouco bagunçada.

– Não, de jeito nenhum. É confortável. Aconchegante.

– Mas não uma vitrine de *design*, como este lugar. Você mesma decorou?

– Sim. Era apenas um espaço aberto e vazio quando comprei, então cuidei de tudo. Projetei os pisos, a cozinha e o banheiro. Na verdade, eu mesma fiz o acabamento, a pintura. Levei meses para acabar. Adorei cada minuto desse trabalho.

– Você fez o acabamento dos pisos?

Ela riu.

– Não fique tão chocado. Não sou completamente incapaz.

– Nunca pensei que fosse. Mas essa é uma tarefa muito pesada.

– Coisa de homem? –, ela o desafiou, apenas para ver a resposta cintilando em seus olhos azuis. Ele estendeu a mão e afagou a dela, deslizando até seu braço, por baixo da manga do robe.

– Talvez um pouco rude para você.

– Você é bem rude comigo –, disse ela, surpresa com o tom baixo e rouco em sua voz.

Ele deu aquele seu sorriso perverso.

– Mas você gosta.

A chaleira apitou, e ela se salvou de admitir quanto gostava. *Desejava* aquilo, enfim.

Ela liberou o braço e foi até o fogão.

– Você põe açúcar, não?

– Gosto de tudo doce. Essa é uma das razões pelas quais gosto de você.

Ela derramou a água fervendo nas canecas e, quando levantou o olhar, Alec a observava.

– Uma das razões?

Deus do céu, ela estava brincando com ele, flertando como uma adolescente.

– Uma de muitas.

Se não tivesse cuidado, iria perguntar a ele quais eram as outras razões.

Ela se concentrou em colocar uma colher de açúcar em uma das canecas, a que estendeu a Alec.

– Obrigado.

Sentou-se perto dele, no outro banco, as palmas das mãos segurando a caneca aquecida. Não deveria parecer tão natural ter um homem em sua cozinha. Não deveria parecer tão normal, com aquele homem, fazer qualquer coisa que não fosse sexo, ser espancada por ele.

– Alec...

– Você vai me fazer a pergunta agora? Seja lá o que for que queria saber antes?

– Eu... Isso é outra coisa. Talvez... – Fez uma pausa, olhando para ele, que aguardava. Não havia nada de gozador naquela expressão. – Isso é tão estranho. O fato de a gente poder sentar aqui, casualmente, depois das coisas que fazemos juntos e simplesmente… conversar. Como pessoas normais. Eu... – Ela afastou a mecha de cabelo que resvalou para seu rosto. – Não acho que estou me explicando bem.

– Você quer dizer que, porque fazemos coisas sacanas juntos, nós deveríamos simplesmente nos concentrar só nisso e nada mais? – Ele encolheu os ombros. – Há um monte de coisas que o pessoal pervertido pode fazer além de sacanagens, Dylan. Essa é só uma parte de quem a pessoa é. Às vezes é uma parte importante, mas isso não tem de definir ninguém.

– Tudo bem. Está certo. Mas… veja, ambos somos escritores. Ser escritora me define, *sim*, em grande medida. Posso supor que ocorre o mesmo com você também?

– Sim, com certeza. Mesmo assim, não sou *apenas* escritor. Sou um monte de outras coisas também. E você?

Ela ficou quieta, pensando. O que mais havia em sua vida? As conversas com Mischa, que frequentemente eram sobre escrever. Ocasionais ligações para sua avó e, ainda mais raras, para falar com sua mãe e sua tia. Ela escrevia, fazia exercícios físicos, comparecia a sessões de autógrafos. Fora isso, sua vida era pura rotina e não incluía muito contato pessoal, seja de que tipo fosse. Era algo a que não estava acostumada. Sua infância a ensinou a ser sozinha. Sempre pensou nisso como uma característica de autossuficiência. Até recentemente.

– Eu acho.

– Talvez seja algo que você deva observar.

– O que quer dizer?

Ele permaneceu quieto um instante, tomando seu chá.

– Você levou muito tempo para responder essa questão. Acho que você teme pensar sobre ser ou não ser mais do que escritora.

– Talvez às vezes eu não tenha certeza de que haja mais do que isso. É algo a que dediquei minha vida.

– Você não tem outros interesses? Pessoas em sua vida?

– Claro.

Pareceu mentira. A resposta foi automática. Mas como explicar a ele que arrumar seu apartamento foi o único projeto não referente a escrever no qual se empenhou, ao longo de muitos anos? Mesmo suas viagens sempre estavam relacionadas com a escrita, fosse a ida a conferências de escritores ou a uma cidade para fazer uma pesquisa para um livro. E suas únicas amigas de verdade eram Mischa, Jade e C. J., que ela conheceu por causa de sua profissão. Mischa tinha razão. Ela deveria se esforçar mais para estreitar esses laços de amizade.

Deus do céu, ela realmente não sabia nada sobre ter uma vida pessoal. Uma vida *real*.

– Será que eu toquei em algo doloroso?

– O quê? Não, estou bem. – Ela estava pensando demais, de novo. Não queria fazer isso com Alec. Por que sua mente estava divagando essa noite? Estava a mil por hora. Ela precisava se acalmar.

Tomou um gole de chá. Estava quente demais, queimando sua língua.

– Ai!

– Você está bem?

– Queimei a língua.

– Pobrezinha. Venha cá.

Antes que ela se desse conta, estava nos braços dele, sendo beijada, a língua dele deslizando entre seus lábios. Ela se derreteu imediatamente, ficou toda suave e quente, sua mente misericordiosamente abrandada.

Ele se afastou.

– Isso é melhor?

– Muito melhor.

O que não explicava por que seu coração estava batendo como um martelo em seu peito.

Isso é apenas sexo. Só sexo.

Sexo bizarro. Com o homem mais ardente que tinha visto, sem falar em colocar as mãos nele. O melhor sexo que ela tivera na vida, de fato. Se isso não era suficiente para distraí-la daquelas pequenas revelações que estava tendo, nada poderia ser.

– Eu posso ser até melhor –, ele disse, os olhos cintilando.

O desejo ali, naquele olhar azul brilhante. Desejo semelhante nela.

Ele repousou a caneca e se levantou. Antes que ela percebesse o que estava acontecendo, ele a pegou no colo, foi em direção à cozinha e a pôs sentada sobre o balcão cinza pálido e branco. Estava frio e duro, podia sentir isso através da fina seda de seu robe. E, quando ele a virou para que pudesse afastar o tecido que estava sobre ela, seu sexo nu ficou sobre o granito e o corpo dela se encolheu todo.

– Alec, o que está fazendo?

– Shh.

Ela sabia que era melhor não discutir. Mal teve tempo para questioná-lo, porque ele agia muito rápido. Alec a empurrou para trás, com uma das mãos colocada entre seus seios, até que ela conseguiu se equilibrar sobre os cotovelos apoiados no balcão. Com a outra mão, ele desamarrou o roupão, que se abriu, desnudando a parte da frente do corpo dela. Seus mamilos se enrijeceram imediatamente em contato com o ar frio. Ou talvez só por causa dele, de ficar nua diante dele. Não podia mais negar a emoção de estar sob as ordens daquele homem.

Alec ergueu as pernas dela, colocando-as sobre seus ombros largos, deixando o sexo dela aberto para ele, exposto, e se movimentou entre as coxas de Dylan. Abaixou-se e acariciou a fenda molhada.

– Você está pronta para mim. Eu adoro que esteja sempre pronta para qualquer coisa que lhe peça.

Ela lambeu os lábios. Estava tremendo de desejo. Não sabia o que dizer.

Ele deu aquele sorriso malvado de novo. Tinha, de fato, a boca mais linda que ela já vira em um homem.

Ele se inclinou e deu um suave, tentador beijo nos lábios dela. Depois deu uma mordidinha, apenas uma ligeira pressão de seus dentes na carne de seu lábio inferior. Ela gemeu.

– Gosta de minha boca em você? –, sussurrou contra aquela boca.

– Sim.

– Então vai gostar muito mais aqui.

Ele se curvou, a cabeça escura se movendo entre as coxas dela. Seus ombros largos, os músculos das costas ondulando. Ela vislumbrou os caracteres tibetanos em um dos ombros e quis tocá-los para sentir a tinta sobre a pele dele. Mas o primeiro sopro de seu hálito quente em seu monte de vênus a distraiu. Abriu ainda mais as coxas, a mente sem nenhum pensamento, nada na cabeça senão puro, avassalador desejo.

– Sim... isso mesmo –, ele murmurou. – Aberta para mim. Linda.

Sua língua se movimentou no clitóris inchado e ardente, e as costas de Dylan se arquearam enquanto ela engasgava, ofegante. Era muito, muito bom. Outra lambida e ela aspirou o ar sofregamente.

Como fumaça, o prazer se expandiu em seu interior. Foi melhor ainda quando ele usou as mãos para separar os lábios de seu sexo, segurando um pouco firme, machucando só o suficiente. Depois, apertou a carne macia, quando começou a lamber.

Longas e deliciosas estocadas da língua dele: ao longo da fenda, deslizando na entrada de seu sexo, depois subindo até o clitóris. Enquanto isso, continuava a beliscar os lábios da vagina com os dedos.

– Céus, Alec...

Ele fez movimentos mais rápidos com a língua quente e úmida, lambendo e lambendo. Depois, sugou o clitóris enrijecido. O prazer crescendo, em espiral. Rápido demais. Agudo. E, quando ele introduziu os dedos no sexo dela, ainda sugando, ela gozou.

O clímax foi como uma dor aguda, pulsante, resplandecendo por todo o seu interior. O pulso batia rapidamente, e outro clímax aconteceu em seguida, confundindo-se com o anterior. Os quadris dela se arquearam na direção da boca e da mão de Alec, enquanto ele continuava a usar os dedos, a língua e os lábios. Estonteante. Devastador.

Ela ofegava quando ele se afastou.

– Foi bom, Dylan?

O rosto dele estava úmido com os fluidos dela, seus lábios macios e vermelhos. O escuro cavanhaque parecia mais malvado do que nunca.

– Sim... bom demais.

– Então é hora de ficar ruim.

Ele procurou atrás dela e pegou uma espátula de metal da jarra de cerâmica cheia de utensílios de cozinha que ela mantinha ali. A alça era longa e estreita, e a espátula, uma extensão plana de cromo brilhante.

– Alec, você não está pretendendo usar isso em mim.

– Ah... estou, sim.

Os olhos dele tinham um brilho sombrio, de satisfação, fazendo-a tremer. Porém era mais desejo que medo fluindo em suas veias e sobre a pele.

Ele largou o instrumento, depois colocou as duas mãos na cintura dela. Virou-a, de maneira que a colocou na superfície de frente para o armário. Depois ele a curvou sobre o balcão de granito, agora aquecido onde o corpo dela havia ficado.

– Incline-se para baixo –, ele disse. – Quero suas mãos no balcão. E abra essas belas coxas. Boa menina.

Uma parte dela quase não podia acreditar que estava fazendo aquilo. Mas seguiu precisamente as instruções. Outra parte estava tremendo diante das palavras dele.

Boa menina.

Adorável.

Ele afastou o robe até a cintura dela e veio por trás. Esfregou-se até que ela sentiu sua sólida ereção contra o quadril.

– Estou duro para você, Dylan. Quero tanto foder que até doi. Mas, primeiro, preciso excitá-la.

Deslizou a mão sobre aquelas nádegas nuas e ela estremeceu ao sentir o toque. Depois a mão dele continuou, até alcançar sua fenda úmida.

– Ah... eu adoro sentir você gozar em minhas mãos, querida. Tão doce em minha boca, quero sentir seu gosto outra vez. Quero fazer tudo para você.

– Sim, Alec. Faça. Seja lá o que for.

A voz dele, baixa e rouca, não passava de um murmúrio.

– Nossa... o que você faz para mim. Está sempre controlada, de todas as maneiras. Exceto assim, comigo. Sei que se entrega completamente. Não seria tão poderoso se você sempre fosse uma menininha dócil. Mas não é. Você é forte. Tão forte que, quando desce ao subespaço, quando se entrega, quase me leva a ficar de joelhos. Nenhuma mulher fez isso comigo antes. Você me deixa louco, Dylan.

O que ele estava dizendo? A mente dela estava entorpecida. O desejo, em seu corpo, era intenso demais para que ela se concentrasse de verdade.

– Alec, por favor, me toque.

Ele deu uma risadinha, mas parecia satisfeito; não havia nada de irônico em sua atitude. E ela estava ardendo de desejo.

– Assim, querida?

Ele acariciou o clitóris inchado, num toque delicado. Muito suave. Ela gemeu baixinho.

– Ah... você deseja mais? É isso?

– Sim...

Ele enfiou dois dedos nela e Dylan se ergueu, na direção dele.

Ele tirou os dedos e ela gemeu de desapontamento.

– Não, Dylan. Quero que fique totalmente imóvel. Vou fazer tudo. Entendeu?

– Sim, Alec.

– Diga.

– Eu entendi. Não vou me mover.

– Boa menina.

Outro arrepio diante das palavras dele.

Ela prendeu a respiração e esperou. Os dedos dele roçaram ao longo da divisão entre as nádegas de Dylan, ainda molhada com seus próprios fluidos. Foram deslizando para baixo, até que acariciaram os lábios de seu sexo. Ela mordeu o lábio, tentando não se abrir para ele, afastar-se, até que se enfiou nos dedos dele, algo que desejava fazer. Mas ele tinha lhe dito para ficar quieta, e ela faria exatamente isso. E ele continuou acariciando, acariciando. Ela mal podia suportar.

O golpe da espátula de metal atrás de uma de suas nádegas pegou-a de surpresa; tinha esquecido aquilo. Mas fez com que tremesse de desejo, a cada batida, tanto quanto a mão carinhosa dele.

– Ai, Alec...

– Sim, é bom, não é?

Ele bateu em sua bunda de novo, bem forte dessa vez, e ela deu um salto.

– Quieta, Dylan.

Ele enfiou os dedos no sexo dela, e, ofegante, Dylan mordeu o lábio. Mas ficou quieta.

– Excelente.

Ele a espancou de novo e ela respirou fundo, sentindo a dor aguda. Adorável.

Ele começou a bater em um ritmo mais duro, sem parar, seguidamente: uma nádega, depois outra, desceu entre a parte mais alta de suas coxas. E seus dedos ágeis, perscrutadores, movimentando-se para dentro e para fora, fazendo pausas para acariciar seu rígido, carente clitóris, depois voltando para dentro. Ela estava encharcada, com os joelhos tremendo. Seus seios estavam pressionados contra o duro balcão, o sólido granito, seus mamilos doendo.

Os dedos dele entravam mais fundo, e ele a espancava mais duramente, até sentir os vergões aumentando em sua pele. Mas parecia incrivelmente bom.

A respiração de Alec ficou áspera, e a espátula desceu ruidosamente, fazendo-a gritar.

– Sim, você pode aguentar, minha bela garota.

– Alec, por favor...

– Por favor o quê?

– Por favor, me foda.

O espancamento parou. Tudo que ela podia ouvir era o ruído de sua própria respiração e da dele. Em intantes, ela sentiu as coxas nuas dele pressionadas contra as dela, sua mão se enroscou nos cabelos dela, puxando forte. Então seu pênis, envolvido no preservativo, estava ali, forçando a entrada em seu sexo.

– Vamos lá, querida. Abra-se para mim. Agora.

Ela abriu as pernas, ergueu a bunda e ele a penetrou. O prazer se expandiu por seu corpo, quente, ondulante e *direto*.

– É tão bom estar com você, Dylan. Como o paraíso.

Ele foi mais fundo, empurrando forte e rapidamente.

– Ah....

– Sim, você pode aguentar tudo. E está molhada demais.

Ele se inclinou, seu peito musculoso contra o corpo dela, com as costas arqueadas, e deslizou o braço em volta da cintura de Dylan, segurando-a com firmeza.

Com o rosto próximo ao ouvido, murmurou:

– Eu vou foder você agora, Dylan. Eu vou foder muito. Eu preciso.

– Sim...

Ela estava fora de si. Não passava de um desejo incrível, doloroso. Por ele.

Alec.

Ele começou a fazer movimentos de vaivém, seu pênis mergulhando nela muitas e muitas vezes, tão forte e rápido que ela mal podia respirar. Exatamente como ele prometeu.

– Deus do céu, Alec –, ela suspirou. – Mais forte... por favor.

Ele a golpeou, os ossos de seu quadril se chocando contra ela, forte, pressionando. E o desejo era como um martelo em suas veias: sólido e pujante.

Quando ela gozou, foi como um trovão em seus ouvidos, como o rugido do oceano. E ela se afogou naquele puro prazer. Dor. Dor transmutada em prazer.

Ele ficou tenso, o pênis latejante, e, mesmo através do preservativo, ela sentiu o fluxo quente quando ele chegou ao orgasmo.

– Dylan!

Mais alguns impulsos e ele deslizou, saindo de dentro dela. Houve um breve instante em que ela sentiu a falta do corpo dele, de seu calor. Em seguida, ele a puxou para si, sentando-a no balcão de novo. E se encaixou em suas coxas e ela o envolveu, desta vez não precisando de nada mais além da proximidade daquele homem.

Alec a recebeu, seus braços a enlaçaram e sua cabeça descansou no ombro dela. A mente de Dylan era um turbilhão, semientorpecida. Como ela podia se sentir tão ligada àquele homem? Um sujeito que ela realmente mal conhecia. Exceto por seu corpo, que o conhecia de um jeito que jamais acontecera com outro homem. Tinha algo a ver com o jogo de dor, de poder. A absoluta confiança que depositava nele para que cuidasse dela.

Perigoso.

Sim. Era perigoso depender de qualquer pessoa para tomar conta dela. Ela sempre fora a que cuida. Isso não tinha de mudar agora.

Mas era tão adoravelmente simples ser abraçada por ele. Ouvir sua respiração entrecortada perto dos ouvidos. Sentir a tensa massa muscular do grande corpo dele.

Ela se deixou mergulhar naquela sensação de segurança, permitindo que seus músculos relaxassem, assim como ela, inteira.

O que poderia feri-la, por ora? Desde que mantivesse a perspectiva, não precisava esperar muito daquilo. Ela poderia ser racional quando não estivessem fazendo sexo ou envolvidos no jogo de poder. Mas Alec estava certo: ela tinha de relaxar quando estavam juntos ou não vivenciaria essa experiência verdadeiramente. E ela queria, não apenas por causa de sua pesquisa, mas por si mesma.

Sentiu como se estivesse prestes a descobrir algo a respeito de si mesma. Estava quase lá. Era assustador. E talvez maravilhoso.

Talvez.

Basta não ficar muito presa na coisa. Trate de compartimentar.

Sim, ela podia fazer isso. Fizera durante toda a vida.

Alec tinha muito a lhe ensinar. Sobre sexo. A respeito de como a mente humana funciona. Quem sabe até pudesse aprender a confiar em outra pessoa – até certo ponto, no mínimo. Não tinha de ser nada mais que isso.

Ela ignorou a parte de seu cérebro que sussurrava já ser mais do que isso.

ONZE

Alec a carregou para a cama. Romântico demais, mas ela deixou que ele fizesse a gentileza, estava muito fraca para protestar após tanto orgasmo e endorfinas liberadas pelo espancamento. Ele puxou a colcha, colocou Dylan sobre os lençóis imaculadamente brancos e se estendeu a seu lado.

Ela queria repousar a cabeça no travesseiro das altas e rígidas curvas do ombro dele, encostar o rosto em seu peito para ouvir as batidas daquele coração. Mas não ousou.

Ridículo.

Nunca havia ansiado pela proximidade pós-sexo de que a maioria das mulheres parecia necessitar. Isso deveria ser o "fundo do poço" a respeito do qual eles haviam conversado, aquele baque depois do dilúvio de endorfinas e de outras substâncias químicas enviadas para o cérebro depois do jogo da dor. Ela se sentia aberta. Crua. Carente.

Então ele se virou para ela, como se pudesse ler sua mente. E beijou sua face delicadamente, puxou-a para seu lado, o braço deslizando sob o ombro dela.

Ah... tão bom.

Não se acostume demais com isso.

Não, mas por ora que maravilha estar ali deitada com ele! Tão acolhedor, ouvindo o barulho da chuva batendo nas janelas, a luz suave filtrada da cozinha, como um pálido e distante sol.

– Oi... – O tom de voz dele era um baixo e rouco suspiro.

– Hum?

– Você está bem?

– Sim, estou bem.

– Apenas “bem”?

Ela riu.

– Muito melhor do que bem, se precisa saber.

– Ótimo. – Ele fez uma pausa, distraidamente passando os dedos sobre a clavícula de Dylan. – Está pronta para me contar sobre sua mãe?

Ela sentiu um aperto no estômago, cerrou os dentes.

– Alec. Não. Não estou.

– Dylan, você tem de me contar algum dia.

– Tenho?

– Você não pode esperar que realmente se libere até se abrir comigo sobre tudo. Se houver qualquer parte de você que mantenha escondida, sempre ficará no caminho.

– Isso é absolutamente necessário? Realmente liberar-se?

– Não é? Não é o que estamos fazendo aqui?

– Comecei fazendo uma pesquisa para meu livro. Não estou mais bem certa do que estamos fazendo aqui.

Ele ficou quieto um instante.

– Nem eu.

De alguma forma ela se sentiu melhor ao ouvi-lo admitir sua insegurança. Ela, então, não estava sozinha naquela sensação. Isso fez com que ele parecesse mais humano a seus olhos. E ela, quem sabe, menos falha, menos fraca.

Seus ombros se soltaram, a mandíbula relaxou. Ela aspirou, sentindo o cheiro da pele dele no ar frio.

– Tudo bem –, disse devagar, como se ainda não estivesse bem certa do que faria.

– Tudo bem o quê?

– Vou lhe contar.

– Ótimo. Estou ouvindo.

– Minha mãe é bipolar –, deixou escapar repentinamente, antes que pudesse editar o que diria. – Isso fez com que... eu tivesse uma infância bem difícil, realmente quase impossível. Tenho certeza de que meu pai foi embora por causa disso, embora a razão pela qual tenha abandonado duas criancinhas... Bem, essa é outra história, suponho.

A mão de Alec deslizou nela, segurando-a.

– Conte-me essa.

Ela ficou em silêncio, respirou fundo uma vez, depois outra. Não estava acostumada a discutir sua família com ninguém mais, exceto Mischa, e mesmo isso era novidade para ela, não algo com que já se habituara. Agora, porém, *desejava* contar a ele.

– Vivíamos em Portland. Sem ninguém mais da família. Então eu tive de assumir tudo, desde muito criança. Tínhamos de nos mudar de casa com frequência, porque Darcy esquecia de pagar o aluguel e as contas. Quando eu tinha mais ou menos 10 anos de idade, consegui entender o que se passava. Passei a preencher os cheques, assinando o nome dela. Quando havia dinheiro na conta, o que nem sempre acontecia.

– Você chamava sua mãe de Darcy?

– Ela não era, de fato, uma mãe para nós. Nunca me pareceu que deveria chamá-la de "mamãe".

– Seu irmão era mais novo que você?

– Sim, uns três anos. Eu tomava conta de Quinn. Ou, de alguma forma, tentava.

– Isso é demais para uma criança.

– Sim. Mas simplesmente era... minha vida.

– Onde ela está agora, sua mãe?

– Minha tia Deirdre ficou com ela, finalmente. Levou Darcy para a casa dela em Ashland, no Oregon, não muito depois que eu fui para a faculdade. Bem, poucas semanas depois nós perdemos Quinn.

Ela parou, respirou entrecortadamente, com aquela costumeira sensação de estar levando um golpe no peito.

– Darcy ficou arrasada depois que Quinn morreu. Eu também. Mas não iria abandonar a faculdade e voltar a morar em casa. Não havia motivo nenhum para isso. Francamente, era a vez de Deirdre. Não dou a mínima para Deirdre. Ela sabia que havia algo errado com minha mãe ao longo de todos aqueles anos, mas nunca quis fazer nada, até que não houve mais alternativa. Eu *tinha* de sair de lá, voltar para a escola. Só tinha conseguido iniciar o ensino superior quanto estava quase com vinte anos. Fiquei lá para ajudar minha mãe e cuidar de meu irmão. Aparentemente, não fiz um trabalho muito bom.

– Tenho certeza de que foi ótima. E você estava *lá*. Isso já conta.

– Talvez. Estava lá até... até quando eu saí. E foi quando Quinn morreu.

– Como é que poderia ter sido culpa sua?

O estômago de Dylan deu um tremendo nó. Ela havia feito essa pergunta a si mesma um milhão de vezes, e nunca chegara a uma resposta razoável. A imagem do corpo ensanguentado e mutilado de Quinn, sua ainda pálida face sempre apagando tudo mais. O fato real de que ele havia ido embora eternamente era sempre o primeiro e mais poderoso pensamento em sua mente.

– Não sei. Mas sempre achei que era, sim, de alguma forma. Não consigo me livrar dessa ideia.

– Dylan, não é possível que tenha sido sua culpa. Foi um acidente, pelo pouco que me contou. Não é lógico.

– Nem sempre a lógica está incluída nesse tipo de situação, não é?

– Não. Acho que não.

Ambos ficaram em silêncio, pensando. Talvez ele estivesse absorvendo o que ela contara. Ela não queria, realmente, saber o que ele pensava a respeito. Não queria que tivesse pena dela.

– Mas há algo mais? – ele quis saber.

Ela balançou a cabeça.

– Sim. Muito mais. Uma pessoa bipolar tem... crises. Acessos de fúria. Ela sumia, às vezes, e nós ficávamos sozinhos por dias e dias. Tratava de escapar da internação hospitalar, até que eu fui embora e Darcy ficou sob os cuidados de Deirdre. Eu não podia fazer esse tipo de coisa, mas minha tia sim, uma série de vezes. Se eu tivesse feito, provavelmente nós, Quinn e eu, teríamos ido para um orfanato. E é bem possível que separados. Eu não conseguiria fazer uma coisa dessas. Eu era tudo que ele tinha. E ele era... tudo que eu tinha.

Aquela velha dor torceu seu estômago. Mas ela já havia se acostumado a engolir aquela sensação.

– Você não tinha nenhum outro familiar?

– Minha avó Delilah. Mas naquela época ela vivia em West Virginia. Meu avô estava com Parkinson, portanto já estava muito ocupada. Ele ficou doente por muito tempo. Depois que morreu, ela se mudou para Ashland para ficar perto de minha mãe a ajudar Deirdre. Mas era tarde demais, para Quinn e para mim. Eu adoro minha avó. Quando éramos pequenos, Quinn e eu passávamos algumas férias de verão com ela. Mas, depois, nossa ausência deixava Darcy em tamanho estado de ansiedade que ficava impossível quando retornávamos. Então paramos de ir. E até hoje não sei se minha avó tinha alguma ideia de como minha mãe estava mal. Não até ela vir ao Oregon. Eu nunca lhe contei e tenho certeza de que Quinn jamais falou uma palavra a respeito. Era nosso segredo. Era como nós a protegíamos.

– Ela era a mãe de vocês. Ela é quem deveria protegê-los. É assim que a coisa funciona.

– Para a maioria das pessoas, talvez. Mas ela não era capaz, Alec.

– Eu sei. Mas é terrível, de qualquer forma.

– Sim. Era.

Sentiu-se melhor do que poderia ter imaginado ao ouvi-lo dizer aquilo. Ser importante daquele jeito. Apertou sua mão. Não sabia de que outra forma poderia expressar a gratidão que experimentou.

– Então passou a vida inteira no comando das coisas –, ele comentou.

– Sim.

– E sozinha.

Por que, subitamente, aquilo fez com que ela quisesse chorar? Lutou contra as lágrimas que marejavam seus olhos.

– Maldição –, murmurou.

– Ei... está tudo bem.

– Está?

Alec a abraçou mais forte, e ela teve de lutar para não se afastar. Aquilo a confortava. *Ele* a confortava. Mas ela não queria se permitir vivenciar aquilo. Havia permanecido muito tempo cuidando sozinha de sua vida. Se ela se acostumasse, o que faria quando ele fosse embora, como inevitavelmente aconteceria?

– Você não tem de me contar mais nada agora, Dylan. Tenho um pressentimento de que foi muito para você.

– Foi. E...

– E o quê?

– Acho que estou esperando por perguntas. Sobre o fato de minha mãe ser bipolar. Como é que era viver com uma... pessoa louca. Sobre incidentes específicos. Os detalhes da perda de meu irmão.

– Você não tem de me contar essas coisas já. Ou talvez nunca. Mas eu tenho uma pergunta.

Ela suspirou.

– Qual é?

– Todas as mulheres de sua família têm nomes que começam com D?

Ela riu, e um pouco da tensão se esvaiu de seu corpo. Como é que ele conseguira fazer brotar tanta emoção nela e fazê-la sentir-se tão bem, tudo ao mesmo tempo?

– Sim. Esqueci que isso parece curioso para outras pessoas. Aparentemente, quem começou foi minha tataravó. É bobagem.

– Acho doce.

Dylan inclinou a cabeça, olhando para ele.

– Você é um homem estranho, Alec Walker.

– Não é a primeira vez que escuto isso. E não será a última. Não me importo. Sou intrinsecamente um rebelde, você sabe.

Os olhos azuis dele brilhavam sob as pálpebras semicerradas, fazendo com que a respiração dela ficasse irregular. Ele era bonito demais.

– Soube disso desde o primeiro momento em que o vi –, ela falou.

– Também observei isso em você. Não é uma mulher comum.

– Nossa... obrigada!

– Não, eu gosto disso em você. Aprecio sua mente criativa. E seu ar de mistério.

– Não pretendo ser misteriosa. Sou apenas... reservada.

– Eu também. Há certas coisas que pessoas como nós, você e eu, temos de manter para nós mesmos.

– Não gosto de expor meus problemas. Não quero que ninguém tenha pena de mim.

– Porque isso faz com que fique vulnerável.

– Sim. Estar aqui falando com você sobre essas coisas me faz ficar mais vulnerável do que ser amarrada e espancada por você... mais vulnerável do que diante de qualquer outra coisa.

– Isso é bom. Quero que você se abra para mim. Quanto mais, melhor.

– Porque é seu trabalho como um bom dominante?

– Sim. Talvez. – Ele ficou quieto, passou a mão nos cabelos dela. – Talvez essa não seja a única razão.

– Isso deixa você vulnerável, Alec? –, ela quis saber, falando baixinho. – Contar isso para mim?

Ele assentiu com um movimento de cabeça, retirou as mãos de seu peito e esfregou seus dedos sobre os dela.

– Sim. Não gosto de pensar nisso desse jeito, mas sim.

– Não sou a especialista, com certeza, mas li que esta experiência supostamente deve ser recíproca. O jogo do poder. É uma troca de poderes, não algo de mão única. Está certo?

– Sim, com certeza.

– Então talvez isso seja o que você vai aprender comigo. Porque não vejo como possa ser uma experiência recíproca se você não tiver algo a aprender também. Tem de ir além de apenas você mantendo o controle, detendo o poder. Tem de funcionar em ambos os lados, não é? A base, a pessoa submissa, tem certo poder nessa coisa toda. E não me refiro apenas ao poder de parar o movimento usando a palavra segura. Li a respeito, mas realmente não entendi senão agora.

Ele ficou em silêncio por um momento. Então disse:

– Posso lhe dizer que não fico feliz em admitir que sou, de alguma forma, vulnerável. Mas você está certa. Quanto a tudo. Talvez seja por isso que estou me mantendo na retaguarda. Como dominante. Na vida, de maneira geral. Não gosto de olhar para isso muito de perto. Faz com que me sinta tremendamente desconfortável.

– Não faz parte do ambiente de escravidão e sadomasoquismo desafiar seus limites? Tirar você de sua zona de conforto?

– Ah... estou muito além de minha zona de conforto no momento.

– Eu também.

– Mesmo assim, está aqui comigo. Está fazendo as coisas, falando comigo. Contando detalhes que não quer.

Ela assentiu com a cabeça.

– Sim. E sequer estou realmente segura do porquê. Talvez o jogo da escravidão e sadomasoquismo tenha... me libertado.

– Ele provoca isso.

– Mas não para você.

Ele sorriu, mas era apenas um ligeiro e cínico movimento dos cantos de sua boca.

– Sou conhecido por meu absoluto controle.

– Eu também, Alec.

Ele a fitou. Ela não podia saber o que estava se passando em sua mente. Os olhos dele estavam sombrios, pensativos. Havia uma ponta de perigo nele. Da mesma forma que havia uma lenta raiva fervendo pouco abaixo da superfície. Talvez fosse apenas seu desconforto ao perceber que tinha de se abrir também.

– Somos uma dupla estranha –, ele disse, usando um tom de voz gentil. – Mas bem combinada. Ambos temos algo que nos impede de realizar nosso pontencial.

– Deus do céu... você faz isso parecer tão...

– Blá-blá-blá psicológico?

– Elementar.

– Talvez seja. Quem sabe tudo seja mais simples do que ambos imaginamos.

– Costumo complicar as coisas. Não sei como fazer de maneira simples.

– Talvez possamos aprender isso juntos.

De repente, ela queria exatamente isso. Estar com ele, aprender com ele. Crescer com ele. Nem sabia, de fato, o que isso significava exatamente. Mas, de qualquer forma, não queria admitir.

Você está caída por ele.

Não.

Mas era verdade. Ela estava se encantando, muito e de modo rápido, e, quando finalmente chegasse ao fundo, iria ser uma tremenda confusão.

Não faça isso.

Mas estava acontecendo, gostasse ou não. Não podia se conter.

Não havia outra saída senão seguir adiante, para onde quer que aquilo levasse.

Alec sentou-se à imensa mesa de carvalho do escritório de sua casa, olhando para o monitor de seu computador e para fora da janela. Ele deveria estar procurando *online* por lugares onde ficar, em sua próxima viagem de moto com Dante para a Baixa Califórnia, no México. Eles haviam conversado a respeito disso durante meses, e já era hora de fazer planos sólidos. Haveria, em breve, um lapso de tempo entre seus prazos de entrega de livros, e Dante já acertava para tirar umas folgas do escritório naquele período. Alec ansiava por isso: algumas semanas na estrada com sua moto favorita. Aquela sensação de liberdade absoluta. Iam mergulhar ali. Praticar parapente. Ficar na praia.

Por que não estava concentrado naquilo hoje? Por que sua mente estava vagando?

Lá fora o céu estava com o cinza habitual de Seattle, a débil luz do sol filtrada entre as nuvens, clareando-as em tons de prata e branco. Ele amava o céu de Seattle, melancólico. Mas hoje aquilo o atormentava.

Não, não era isso. Era Dylan.

Ele não tinha sido capaz de pensar direito desde que a deixara naquela manhã de terça-feira. Há quatro dias estava assim. Era demais para sua cabeça. Ficava mal-humorado.

Exceto quando ligava para ela, à noite. Toda noite. Ficavam falando durante uma hora. Ele jamais falara tanto ao telefone em sua vida.

Nem sequer ousara vê-la ainda. Estava muito vulnerável desde aquele momento com ela.

Talvez devesse ir ao clube aquela noite. Dante iria estar lá, bem como outros conhecidos. Mas a verdade é que ele não queria ir sem Dylan. Não podia suportar jogar com ninguém mais.

Dylan...

Não pense nisso. Apenas faça.

Passou os dedos pelo cavanhaque, esfregando o queixo. Depois, pegou o telefone e, enquanto discava, ficou batendo com a caneta no tampo da mesa.

– Alô?

– Dylan. Vou levá-la ao Pleasure Dome esta noite. Não diga não.

– Alec. Eu... está bem. Não direi.

Ele se levantou, começou a andar de um lado para outro sobre o tapete persa que cobria o piso de madeira escuro. O toque era áspero sob seus pés descalços.

– Ótimo. Vou pegá-la às nove.

– Estarei pronta.

– Use algo que seja fácil de tirar.

Seu pênis ficou duro só de pensar: a pele tão pálida de Dylan sendo revelada centímetro por centímetro enquanto ele escorregava o tecido de suas vestes a partir dos ombros delicados. Aqueles incríveis cabelos espalhados por todo canto, como fogo e seda em suas mãos...

– Algo mais, Alec?

– O quê?

– Há algo mais que você queira que eu faça?

Ah, ele amava quando a voz dela ficava assim tão suave. Quando ela começava a deslizar para o subespaço. Ele gostava que isso acontecesse apenas por lhe dar simples instruções sobre o que usar.

– Não. É só isso. – Ele ficou quieto, o olhar vagando pelo horizonte enevoado, mais uma vez.

Trate de se compor.

– Dylan?

– Sim?

– Mal posso esperar para ver você.

Uma pequena pausa do outro lado da linha. Depois ele praticamente pôde ouvir o sorriso em sua voz, o desejo em sua respiração entrecortada.

– Eu também.

Ele desligou, sentou-se e ficou olhando fixamente seu monitor de novo.

Jamais dissera uma coisa dessas para uma mulher. Talvez fosse algum tipo de falha de caráter – ele estava praticamente certo de que era –, mas por que, agora, ele estava se desligando de seu comportamento usual?

Era tudo diferente, com Dylan. Ele nunca *conversara* com uma mulher do jeito que fazia com Dylan. Tentou contar a Dante sobre a última vez que a vira, mas não disse tudo que tinha acontecido. Não tinha sequer admitido isso para si mesmo.

O principal era que ele não gostava de ficar longe dela. Loucura. Ele era a pessoa mais independente que conhecia, quase um tipo de ermitão às vezes, especialmente quando estava em meio à criação de um livro. Não fosse pelo fascínio do Pleasure Dome, seu amor pelas viagens, ele provavelmente se refugiaria para escrever. Passaria a vida sozinho, como seu pai, que tinha sido bem feliz. Talvez. Ele começara a questionar isso recentemente.

Mas agora queria ficar escondido com Dylan, sem permitir que ela o deixasse.

Haveria algum problema em dizer a si mesmo que poderia lidar com isso?

Talvez a viagem para o litoral fosse boa para ele. Haveria de lhe proporcionar algum distanciamento dela, da situação toda. Encher a cabeça com outra coisa além de Dylan, do cheiro de sua pele, da textura de seus cabelos, da expressão de seus olhos quando ela estava descendo ao subespaço. Seu corpo delicado sob o dele quando introduzia seu pênis dentro dela...

Estava em ereção de novo. Ou ainda. Ele nem sequer sabia. Ficava fora do ar provavelmente quatro ou cinco vezes por dia, como qualquer adolescente cheio de hormônios, desde a última vez que a vira. Diabos... praticamente a partir do momento em que a conheceu.

Ela era irresistível. Aqueles seios perfeitos, os mamilos ficando escuros à medida que endureciam sob os dedos dele... e... Cristo!, quando ele deslizava dentro dela, Dylan estava encharcada. Como seda ardente, apertada e macia.

Seu pênis pulsou, e ele abaixou a mão, pressionando-a contra a parte da frente de suas calças jeans. Não ajudou. Nada ajudaria. Não até que a encontrasse de novo. E a tivesse nua, amarrada. E que estivesse dentro do corpo dela, outra vez.

Merda!

Ele se afastou da mesa, abaixou o zíper do jeans e tirou o pênis para fora, passando a mão sobre aquela vara rígida. Imaginou Dylan. Toda longilínea, pernas compridas, barriga esticada, pele lisa, acetinada. E embaixo ela estava quase toda depilada, sua vagina como uma espécie de flor, abrindo-se para ele. Podia ver os lábios rosados inchados de ansiedade, brilhando de desejo.

Ele gemeu, começando a se acariciar. Seu pênis estava duro como aço latejante. Ele correu os dedos pela ponta, imaginando que era a boca de Dylan fazendo aquilo, seus lábios deliciosos, aqueles lábios vermelhos, lascivos, envolvendo seu pênis, engolindo sua carne.

Seus quadris se arquearam em direção ao punho, e ele se masturbava com força suficiente para machucar um pouco. Fazendo-o pensar nela, no jeito que ela gostava de ter os mamilos agarrados e beliscados por ele. Sempre ficava enlouquecida quando a beliscava, espancava. Ela adorava.

Ele gostava.

Apertou muitas e muitas vezes o pênis na palma da mão.

Dylan.

Aqueles enormes olhos cinza, sua ardente boca pequena. Sua vagina apertando-o bem forte quando chegava ao orgasmo.

Mais dois toques e ele estava gozando.

Dylan!

Tudo escorrendo sobre seu jeans, mas ele não se importou.

Estava ofegante, seu pênis ainda pulsava em pequenas ondas de prazer. Podia vê-la, se fechasse os olhos. Aquele rosto lindo...

Ele não ligava para nada naquele instante, exceto para ela...

Pensaria mais tarde no que diabos aquilo significava.

Ela estava quase fora de si quando a danada da campainha finalmente tocou. Havia esperado por ele o dia inteiro, a tensão e o desejo crescendo até que não podia mais aguentar.

Dylan bebeu o copo de água Perrier. Ela poderia ter recorrido a uma taça de vinho para acalmar os nervos, mas Alec insistira que nenhum dos dois deveria se intoxicar para uma sessão de jogo de poder. E aquela noite seria mais séria, ela estava segura. Senão ele não a levaria para o Pleasure Dome.

Ela queria. Ir ao clube, ficar naquele ambiente de tanta intensidade com ele.

Para estar com ele.

Foi até o grande espelho ao lado da porta de entrada, provavelmente pela décima vez nos últimos vinte minutos. Seus olhos pareciam imensos, marcados pelo delineador preto, as pupilas aumentadas e escuras. Seus lábios pareciam cheios, quase como se ela estivesse esperando ser beijada, pintados de vermelho vivo. Seus cabelos ruivos espalhavam-se ao redor de seus ombros nus, porque ela estava usando o vestido preto sem alças que saíra correndo para comprar naquela tarde, depois da ligação de Alec. Ele assentava como uma luva, nada mais que uma tira de cetim na altura do meio das coxas. Era mais curto do que qualquer outra coisa que usara em qualquer lugar, exceto no clube. Ela deu um passo para trás para olhar seus elegantes sapatos de saltos altíssimos, presos por grossas tiras nos tornozelos, o que acentuava suas pernas delgadas.

Ela sentiu-se bem. Atraente. Por dentro, nervosa de desejo. Sua minúscula tanga preta já estava úmida apenas pela antecipação do que iria acontecer em seguida.

Alec.

Ela ainda estava admirada com sua reação a ele. À dor, à maneira como esta se transformava em um intenso prazer, que ela jamais sentira antes em sua vida.

Nunca fora capaz de admitir para si mesma que, há anos, vinha fantasiando a respeito desse tipo de coisa. Fantasias que ela reprimira porque estava muito acostumada a ser forte, sempre a postos, no controle. Talvez ele estivesse certo, e era exatamente por isso que ela precisava desesperadamente abrir mão desse controle ao menos por um tempo.

Era o que faria essa noite. Já vinha deixando rolar. Podia continuar com isso enquanto dissesse a si mesma que só se tratava de sexo. De pura relação sexual, em vez de algo que a definisse. Ou uma coisa mais profunda. Mas essa parte estava ficando cada vez mais difícil negar.

Os anos que viveu com aquela mãe incontrolável haviam-na treinado muito bem; ela parecia ser terrivelmente boa em negar o que se opunha a seu costumeiro jeito lógico de ser. Ou talvez não. Quem sabe quando estava pensando ser lógica, razoável durante todos esses anos, não esteve fazendo nada mais do escondendo seu passado, fingindo ter uma força que verdadeiramente não possuía?

Pensamento assustador.

Alec estava trazendo um monte de ideias aterrorizantes. Fazendo com que ela questionasse tudo o que pensava saber sobre si mesmo. O que a levava de volta à negação.

Ela suspirou. Sua mente andava em círculos. Precisava se acalmar e desfrutar a noite que tinha pela frente.

A campainha tocou e ela se aprontou para atender, respirou fundo e colocou o copo no aparador sobre o espelho antes de apertar o botão do interfone.

– Alec?

– Sim, sou eu.

– Quer subir ou devo descer?

– É melhor que desça.

– Já vou.

Ela colocou o casaco de couro, assegurando-se de que a pequena carteira e as chaves estavam no bolso, depois fechou a porta e entrou no elevador. Alec estava esperando fora da portaria do prédio.

– Olá.

– Você está... incrível, Dylan.

– Obrigada.

Será mesmo que ela estava corando?

Ele se inclinou e roçou um beijo em seus lábios; ela sentiu o sexo pulsar, o corpo derreter. Ele deu um passo atrás, seus olhos azuis procurando os dela por um instante, depois fez um movimento e a atraiu para si, colando a boca na dela. Os lábios de Dylan se abriram, dando espaço para que ele introduzisse a língua. Ele estava doce. A língua tinha sabor de hortelã, úmida e... adorável. Os joelhos dela estavam prestes a dobrar. Mas ele a segurou com força, os braços ao redor do seu corpo. Dylan podia sentir cada um dos músculos fortes do corpão dele através do casaco de lã. Ele suspirou em sua boca.

Ele se afastou.

– Cristo, Dylan! – mantendo a distância, passou a mão sobre o cavanhaque. – Lamento não ter subido. Achei que nunca sairíamos de sua casa se eu fosse lá.

Ele estava sorrindo para ela, aquele seu maravilhoso e malvado sorriso. Mas ela podia ver que ele estava bem sério.

Adorava poder afetá-lo dessa maneira. Que o desejo dele parecia ser tão avassalador quanto o dela. Sempre sentira certo poder feminino em ser capaz de deixar um homem de joelhos – figurativamente, de qualquer forma. Mas com Alec era algo ainda mais intenso. Tudo era.

– Podemos ir antes que eu violente você na portaria do seu prédio?

Ele estava sorrindo, mas ela viu a faísca de desejo em seus olhos, nas linhas de sua boca. Não parecia tão ruim que Alec a violentasse ali mesmo.

Sorriu para si mesma, assentindo com a cabeça.

Ele pegou sua mão e a levou a seu grande veículo preto, que lembrava um lustroso monolito. Era puro Alec: enorme, poderoso. Ele abriu a porta para ela, ajudou-a a subir antes de assumir seu lugar, no lado do motorista. Depois, foram embora com um ruído surdo do motor.

– Como é que você está se sentindo quanto a ir ao Pleasure Dome? – ele lhe perguntou.

– Excitada. Um pouco nervosa. É como se eu tivesse de me apresentar em público; a menos que você me leve, de novo, a algum canto escuro. Mas tenho um pressentimento de que não é o que me espera esta noite. E não me importo com a possibilidade de estar diante de outras pessoas. A ideia parece emocionante. Um pouco assustadora. Mas não sei, de fato, o que você tem em mente.

Ele se virou, sorriu para ela.

– E não pretende me contar – Dylan continuou.

– Com certeza, não.

Ela sorriu, balançando a cabeça.

– Faz parte da mente dominante.

– Sim. Obviamente. E a insegurança é a sua parte. Você apenas tem de confiar em mim.

– Eu confio.

– Bom. Muito bom. Porque esta noite vou explorar um novo terreno com você. Acho que está pronta.

– Hum...

Ele deu uma olhada para Dylan, depois voltou a se concentrar na estrada. O estômago dela deu um pequeno nó; tratava-se de medo e requintada antecipação na mesma medida.

Logo chegaram ao clube. Alec estacionou e deu a volta para ajudá-la a descer. A mão dele em seu braço era tranquilizadora, mas mesmo assim ela estava com o pulso acelerado.

Atravessaram a imensa porta vermelha e entraram no clube. Alec ajudou-a a tirar o casaco, depois a levou até a grande sala principal. Dylan piscou, esperando que seus olhos se ajustassem às luzes coloridas e esmaecidas.

O ambiente estava muito mais cheio do que na outra vez que ali estiveram. Parecia haver gente por toda parte: vestida de couro escuro ou nua. Ou talvez ela simplesmente estivesse mais atenta a tudo nessa noite. Extremamente consciente.

A música era como uma forte pulsação na boca de seu estômago; algo entre o transe e o sonho, com o som predominante do baixo. Ao lado dela, o corpo de Alec parecia enorme, desmesurado, como lhe pareceu na primeira vez que o viu, no Museu de Arte Asiática. Aquilo parecia ter acontecido há centenas de anos. Tinha sido mesmo há duas semanas? Como era possível?

Ele puxou-a para perto enquanto a conduzia pelo salão. Ela não conseguia perceber tudo, a atividade ao redor deles. Estava apenas ligeiramente consciente dos corpos seminus ou pelados presos às cruzes, aos quadros de submissão ao lado dos colos dos homens e mulheres dominantes nos sofás de couro vermelho ou ajoelhados. Havia corseletes, coleiras e algemas. Cordas, arreios e longas e brilhantes correntes. Tudo aquilo lhe parecia adorável, excitante.

O desejo, como uma onda quente em suas veias. Ela queria ser uma daquelas pessoas. Para ser presa, torturada, estimulada. Admirada.

Seu cérebro estava se desligando, simplesmente esvaziado. E, quando Alec parou diante de um enorme X de madeira, a Cruz de Santo André, seu coração disparou no peito.

Aquilo estava prestes a acontecer.

DOZE

ALEC INCLINOU-SE E SUSSURROU PARA DYLAN: – EU VOU TIRAR sua roupa, agora. E, depois, prenderei você a esta cruz. Eu gosto das correntes. Para mim, são melhores do que as cordas. Mais primitivas. Acho que você também vai gostar delas. Acho que, quanto mais intenso, melhor para você. Vai ajudá-la a chegar àquela parte mais primitiva e básica. Para se soltar.

Ela mal conseguia falar. Queria mesmo era gemer. Seu coração martelava no peito, o sexo doía.

– Sim, Alec...

Ele a despiu, do vestido e da tanguinha, deixando-a só com os sapatos de saltos altos. Os mamilos de Dylan imediatamente ficaram duros.

Ela estava bastante consciente de sua nudez, na frente de todas as outras pessoas, ali no clube. Foi infernalmente emocionante. Nem sequer se importava com o fato de que alguém estivesse olhando para ela. Exceto Alec, é claro. Sentiu uma estranha sensação de orgulho por ser capaz de fazer aquilo diante de tanta gente: ficar nua, deixar que ele a manipulasse. Mas todas essas noções estavam concentradas em alguma parte distante de seu cérebro. O restante dela estava ali, entregue ao momento.

Ele beijou seus ombros quando a virou para olhar a cruz. Dylan tremia toda, uma faísca de desejo cintilando sobre sua pele e aprofundando-se em seu corpo.

– Deixe que eu cuido de tudo, Dylan. Aqui... levante seu braço. Sim, isso mesmo.

Antes que ela se desse conta do que estava acontecendo, ele havia colocado uma grossa tira de couro em volta de seu pulso e, depois, com uma das mãos sobre a parte mais baixa de suas costas, aproximou-a do X de madeira, até que seus seios roçassem a madeira lisa. Em seguida, pegou sua outra mão e atou-a, mais rápido ainda. Ela deu um ligeiro puxão, percebendo quanto estava esticada pelas curtas correntes que iam das algemas aos encaixes redondos embutidos na cruz.

Seus braços estavam bem abertos. Ela se sentiu vulnerável. Mas, ao mesmo tempo, inteiramente segura com Alec. E linda.

– Vou deixá-la com seus belos sapatos – ele lhe disse, inclinando-se para acariciar sua panturrilha, depois mais para baixo, onde os tornozelos estavam cobertos pelas tiras. – Essas pernas maravilhosas.

Ele depositou um suave beijo na parte traseira dos joelhos dela, e a sensação disparou diretamente para seu sexo. Ela gemeu.

Depois ele ficou em pé, seu grande corpo pressionado contra as costas de Dylan, a ereção como uma verga de carne intumescida contra o topo das nádegas dela.

– Vou abrir minha maleta de instrumentos agora. Mas estou bem aqui perto. Não quero que você se mova. Fique quieta, pratique a respiração que lhe ensinei. Você me entendeu, Dylan?

– Sim. Eu entendi.

Ele se afastou e ela respirou fundo. Inspirou pelo nariz, segurando o ar nos pulmões durante alguns instantes, depois expirando, decidida a relaxar. Uma pequena parcela de sua mente ainda estava se remoendo, nervosa, com medo do desconhecido. Mas sua maior parte estava concentrada em seu corpo: os mamilos endurecidos, o sexo úmido, a tensão nos músculos, enquanto esperava que as coisas realmente começassem.

Alec estava, de novo, atrás dela, com as mãos em sua cintura. Elas eram grandes e quentes no contato com sua pele.

Toque em mim...

Mas ela não ousou dizer isso em voz alta. Já sabia o suficiente para entender que ele definiria o ritmo e que ela o seguiria.

Ele começou a acariciá-la, os dedos percorrendo suavemente sua pele, provocando arrepios. Continuou aqueles movimentos, passando pelas costas, lados, nádegas, coxas e segurando seus cabelos na parte de trás de seu pescoço. O desejo ondulava sobre a superfície de sua pele, em todos os pontos onde ele tocava.

– Ah... você gosta disso, Dylan. Posso sentir. Ouço em sua respiração. Você está descendo? Diga...

– Sim... sim...

– Excelente. Boa menina.

Aquele fluxo de prazer agora familiar diante da aprovação dele.

Boa menina.

Adorável.

– Você está pronta?

– Sim. Estou.

– E lembra suas palavras de segurança?

– Amarelo para desacelerar... vermelho para parar.

– Muito bem. Agora, então...

Ele deu um passo atrás, e rapidamente ela sentiu o suave roçar do couro em sua pele. Um pesado chicote de camurça, ela pressentiu. Mas ele estava sendo gentil com o instrumento.

Ela se deixou levar no ritmo do movimento, enquanto ele foi dando batidas cruzadas sobre a parte superior de suas costas, aquecendo-a. Não havia dor, apenas um prazer profundo. Ela entrou em sintonia com a música, no ritmo da qual ele agia. E a música tornou-se parte daquilo, a batida compassada quase se integrando ao toque do pesado chicote.

Seus membros estavam se derretendo, se relaxando, o sangue fluindo em seus braços e pernas, em sua barriga. E seus seios e seu sexo doíam na mesma toada, mas não com urgência. Ainda não.

Ela gritou quando o chicote desceu em um golpe forte, açoitando suas costas. Mas, antes que pudesse realmente absorver aquilo, o ritmo gentil foi retomado. E, de novo, ela se deixou mergulhar na sensação.

Parecia que iria durar para sempre, como um efeito hipnótico, até que ela estava flutuando em algum lugar cheio de névoa, num lindo sonho. Ficou lá por um intervalo de tempo quase eterno, esperando, à deriva.

Outra forte batida pegou-a de surpresa, ligeiramente acordada, mas sua mente ainda estava flutuando. E, mesmo quando ele estava batendo mais e mais forte, o chicote provocando ardência, ferindo, sua mente estava suspensa naquele espaço adorável, seu corpo convertendo a dor em imediato prazer. A dor *era* prazer: desejo, necessidade, ardor e sofrimento.

Ele parou e passou a mão sobre a pele ferida.

– Linda, a maneira como você vai ficando rosada. Maravilhosa. Você ainda está comigo, Dylan?

– Hum....

– Dylan – sua voz ficou um pouco mais aguda naquela vez. – Responda. Ainda está comigo?

– Sim, Alec. Estou.

O calor de seu corpo desapareceu, e, subitamente, ele estava diante dela, levantando seu queixo com a mão, seu olhar perfurando o dela.

– Quero ver seus olhos – ele lhe disse. – Ah... sim... você está meio ausente, não? Isso é bom. É exatamente onde eu quero que esteja. Mas alguma parte de você precisa estar presente em seu corpo. Você me entende?

– Eu... eu não sei...

– Tudo bem. Vou ficar atento a você. Tem de me responder quando falo com você, Dylan.

– Sim. Vou responder.

Ele sorriu. Tinha um belo sorriso, dentes brancos e lábios exuberantes e aquele cavanhaque malvado. O calor inundou-a quando ele se inclinou para beijá-la.

Sua boca tocou a dela com força, exigente, e ela abriu-se para ele. E, quando Alec deslizou a mão entre suas coxas, resvalando para seu sexo molhado, ela gemeu, arqueando os quadris.

– Ah... ainda não – ele provocou, dando um pequeno beliscão em seu clitóris.

– Oh!

– Você vai gozar, minha menina. Mas não já.

Ele beijou-a de novo, dessa vez rapidamente, depois se moveu, ficando atrás dela.

As chicotadas começaram de novo, mas dessa vez era diferente. Mais agudas, afiadas, e ela soube, de alguma forma distante, que ele estava usando um instrumento diferente. Bateu com ele em suas costas várias vezes, até que sua respiração ficou irregularmente ofegante. Ardência, ardência, seu sexo inchando, faminto, desejoso.

Parou; seu braço enroscou-se na cintura dela e ele apertou o corpo dela contra si.

A boca de Alec estava bem perto de seu ouvido; ela podia sentir o calor da respiração dele.

– Você é tão incrivelmente bela, Dylan. Eu desejo você. E vou transar com você. Mais tarde. Quero que goze para mim agora. Na frente de toda essa gente, desses sensualistas que entendem o que estamos fazendo aqui.

Ela, então, ficou muito consciente das pessoas que estavam ao redor. Mesmo assim, não importava se algumas estavam, realmente, prestando atenção. Saber que estavam lá já era suficientemente bom. Melhor ainda. Seu sexo contraiu-se fortemente.

A mão dele movimentou-se entre as coxas dela, os dedos escorregando em seus fluidos, entre os lábios de seu sexo.

– Ah... Alec...

– Isso é bom, minha menina? Quer gozar?

– Sim... sim, por favor...

Ele pressionou fortemente o clitóris dela com a palma da mão, dobrando os dedos e introduzindo alguns dentro dela.

Nossa... ela ia gozar. Cedo demais, rápido demais. Ele começou a fazer movimentos de vaivém, sua quente respiração nos cabelos dela, seu corpo sólido, seu pênis duro esfregando-se em suas costas. Ardente até mesmo através de seu jeans.

Ela estava gemendo alto, não podia evitar. Ele penetrou mais fundo, a palma da mão amassando seu clitóris. E sua outra mão subiu, para beliscar um dos mamilos dela. Um beliscão forte e punitivo que a lançou para a borda e dentro do abismo.

Prazer, sombrio e em redemoinho, gritante e ardente em suas veias, fluindo como lava. Abrasando-a. Marcando-a.

Ela estava gozando terrivelmente forte, estava chorando, tremendo, desfazendo-se. Simplesmente desmoronando. E os braços de Alec a seguraram.

Segura.

Pela primeira vez em sua vida.

Tremia toda, e ele podia sentir sua pele arrepiada e seus músculos sob as mãos. Sua respiração era levemente ofegante. Ela cheirava a couro, gozo e mulher.

Estava absolutamente inerte, segura apenas pelas correntes e os braços dele. Ele adorava vê-la assim: cheia de endorfinas. Esgotada.

Sua.

Mas já era o bastante. Ele tinha de tirá-la dali.

Alterou a maneira como a segurava e sussurrou:

– Vou me afastar um pouco, mas apenas o tempo necessário para retirar as algemas, Dylan.

Usou os tirantes para sustentar o peso dela enquanto abria uma das algemas, depois a outra, e amparou-a quando ela deslizou em seus braços. Alec ergueu-a, carregando-a para o pequeno sofá situado próximo à área de jogos e envolveu-a em um cobertor; sentou-se e recostou-a em seu colo. Inclinando-se, pegou uma garrafa de água que deixara ali, antes, e levou-a até a boca macia e vermelha dela.

– Beba, Dylan.

Ela obedeceu, abrindo os lábios enquanto Alec segurava o recipiente. Quando ela terminou de beber, ele colocou a garrafa no chão.

Os olhos dela estavam vidrados, brilhantes como cristal. Suas maçãs do rosto, coradas. Ele verificou seus pulsos para observar a circulação; ela parecia bem.

– Você está comigo, Dylan?

– Sim, bem aqui – ela disse, com um tom de voz quase infantil, como se imaginasse que ele não podia vê-la nem senti-la em seu colo.

Ele riu suavemente.

– Ah... você está longe, lá no subespaço. Mas eu gosto de vê-la assim. Está pronta para transar comigo agora, minha garota? Porque não posso esperar. Estou aqui, completamente excitado por você.

– Sim. Por favor...

Ela estava alheia, profundamente mergulhada no subespaço. Mas ele podia sentir o desejo irradiando de sua pele, em ondas de puro calor. Derretido. E, quando introduziu a mão sob o cobertor macio, ele encontrou-a completamente molhada. Ainda. De novo.

– Ah, Alec... por favor... agora – ela murmurou.

Ele levantou-se, com ela em seus braços e foi até uma das alcovas protegidas por cortinas, nas paredes externas do clube. Lá, deitou-a sobre a mesa alta e acolchoada, desenrolou o cobertor que a envolvia, colocando-o sob o corpo dela, e ficou ali, em pé, apenas olhando para a maravilha que era seu corpo nu. Desperto. Liberado. Bem tratado.

Mas não o bastante. Ainda não.

Ele tirou as botas, as calças jeans, a camiseta e manuseou seu pênis teso e dolorido. Subiu na mesa, ajoelhando-se entre as pernas abertas de Dylan.

O sexo dela estava rosado, brilhante. Ele inclinou-se para sentir o sabor da mulher. Era doce e salgado o gosto de seu gozo na língua dele. Alec lambeu aquela entrada, passando a língua por toda a fenda, que depois percorreu a parte externa daqueles lábios macios e seu interior.

– Ah... nossa... Alec.

Seu pênis latejava, dolorido. Mesmo assim, ele não conseguia parar de provocar-se e de provocá-la.

Aprofundou mais ainda a língua, e ela ofegava, gemia. Quando usou os dedos para abrir os lábios do sexo dela, massageando-os, ela contorceu-se, arqueando os quadris, em movimentos que extrapolavam a beirada da mesa.

Ele afastou-se. Tinha de ver o rosto dela, o brilho das faces, seus maravilhosos lábios vermelhos levemente abertos, deixando entrever a ponta de sua língua rosada entre os dentes. Totalmente excitada, por razões que ele mal conseguia entender.

Seu pênis deu um salto, a camisinha apertando aquela circunferência intumescida. Ele não podia mais aguentar.

Olhou o rosto dela enquanto enfiava dois dedos em seu interior. Os longos cílios dela vibraram, as maçãs do rosto tensas.

– Alec... preciso... gozar de novo.

– Sim. Mas desta vez meu pênis é que vai fazer você gozar... quando eu penetrar em você.

– Sim. Depressa, Alec.

Ah, sim... ele seria rápido. Não podia esperar nem mais um segundo.

Ainda ajoelhado e abrindo bem os lábios da vagina dela, introduziu o pênis em uma única e suave penetração.

– Ah... – os olhos dela se abriram, como um par de cristais escuros, penetrando até o âmago dele.

O prazer foi agudo, desesperador. Os joelhos dele tremeram. Respirando fundo, ele envolveu os delgados quadris de Dylan, trazendo-a para mais perto, até que seu pequeno monte de vênus ficou pressionado contra o corpo dele. Alec podia ver a pontinha de seu clitóris. Lembrou-se da textura dele em sua língua.

Outro surto de prazer só de pensar no gosto dela, vendo seu corpo entregando-se ao gozo, curvando-se em suas mãos. Os cabelos dela pareciam chamas espalhadas por toda parte. E o tom de seus mamilos era de um vermelho-escuro, ambos tão duros e inchados como seu clitóris. Deliciosos.

Ele inclinou-se e envolveu um deles com a boca, e ela veio em sua direção, fazendo mais pressão contra seus lábios. Ele chupou e começou a fazer movimentos de vaivém, enterrando-se cada vez mais fundo nela para em seguida retirar, devagarinho, um angustiante centímetro por vez.

O sexo dela era como uma luva úmida e sedosa envolvendo Alec. O corpo dele, tenso, estava concentrado em possuí-la, em golpes lentos, tentando evitar o orgasmo rápido, como um adolescente.

Ele sentia-se assim, mergulhado em prazer. Perdido na sensação. No corpo dela.

Dylan era perfeita demais. Ele sentiu-se maravilhado: por sua beleza, desejo e confiança nele. Mais ainda porque tinha alguma noção de quanto aquilo fora difícil para ela.

Dylan fitava-o com aqueles dois pontos de cristal cinza, brilhando à luz esmaecida do ambiente. Ele sentiu que ela estava *bem ali*, com ele, de um jeito que nenhuma outra mulher estivera antes. E, quando o prazer aumentou, mais e mais, pulsando em suas veias como um raio, algo em seu peito disparou.

As mãos dele envolveram seus cabelos, os dedos enroscando-se nos cachos selvagens. As pernas dela envolveram a cintura dele, as coxas tensas atraindo o corpo e Alec. Ele percebeu que ela tremia toda, seu sexo cada vez mais estreito, apertando-o.

– Alec.

Ela gozou, tremendo, agarrando os ombros dele, enterrando as unhas em sua carne. E aquele raio fluindo nas veias dele para sua barriga, púbis, até o pênis. Ele explodiu em um orgasmo que o incendiou, deixando-o cego.

Alec sacudiu-se por uma eternidade. E, quando aquilo acabou, abraçou-a fortemente, seu rosto enterrado no pescoço dela. Ela estava agarrada a ele, os braços esbeltos enrolados em seu pescoço, os seios amassados contra seu peito. O perfume dela envolvia-o completamente, tomava conta de sua mente.

Aquela onda em seu peito não tinha ido embora. Ao contrário, havia crescido e se espalhado.

Pare com isso. Você está bem. Muito bem.

Mas seu pulso estava martelando de um jeito que não podia ser explicado apenas pelo imenso esforço. Era diferente. Mais quente. Uma suave fusão. Ele não sabia que diabos era aquilo. Nem tinha certeza de que gostava da sensação. Mas gostava.

– Alec.

– Você está bem, Dylan?

– Sim. Sim.

– O que é, então?

– Eu... não sei.

Nem eu.

Mas ele não disse em voz alta. Não podia admitir que havia algo errado. Para nenhuma outra pessoa. Sequer para si mesmo. Mas alguma coisa estava se passando com ele. E talvez com ela também.

Não sabia o que aquilo significava. Toda aquela palpitação cardíaca, a sensação de estar explodindo, como se quisesse... o quê? Ele não sabia. Não tinha a menor ideia, porra!

Ele apenas a apertou mais, aspirou fundo, sentindo aquele cheiro sombrio de baunilha da terra misturado com o sal de sua pele.

Os braços dela estavam enrolados em seu pescoço, a face ainda pressionada no seu peito. Sua respiração era quente e entrecortada. Ele esperou que a calma chegasse para ambos: seu pulso rápido, as batidas do coração de Dylan irradiando-se nos lábios dele pelo pescoço dela. Mas ele parecia não se aquietar. Aquele trovejar no peito não queria parar.

A pulsação de Dylan também não diminuía, e logo sentiu lágrimas em sua pele.

– Dylan, o que é isso? Pode me dizer?

Havia real preocupação em sua voz. Não apenas aquela inerente a um bom dominador. Ele ouviu a própria voz como se viesse de outra pessoa, parecia tão estranha. Essencialmente pessoal.

– Não é nada – ela sussurrou.

– É *sim*. Você está entrando em pânico?

– Não. Não é pânico.

– O que é, então?

Ele *tinha* de saber. E isso ia muito além de seu trabalho, de sentir-se responsável.

– Alec, eu... eu apenas estou sentindo demais. Não estou acostumada a isso.

– Nem eu – ele sussurrou.

– O quê?

– Nada. Nada. O que você quer de mim?

– Só... isso. Ficar aqui sentada, envolvida em seus braços. Ou que você me deixe ir embora e me mande para casa agora mesmo.

– Você sabe que isso não vai acontecer, Dylan.

– Sim.

Ele enlaçou-a mais forte ainda, quase esmagando-a em seus braços. Mas pareceu que era aquilo mesmo de que ela precisava. Do que *ele* necessitava, maldição!

– Alec?

– O quê?

– Estou feliz que você não vai me mandar para casa.

A respiração dele ficou suspensa, como se tivesse recebido um soco no estômago. Ele estava feliz também. Não conseguia, porém, dizer isso. Jamais havia ficado sem palavras em sua vida. Até agora.

Até Dylan.

Simplesmente respire.

Ele inspirou profunda e longamente, depois expirou e voltou a fazer esse movimento. E, como as lágrimas dela haviam secado, ele podia respirar normalmente outra vez, sem aquela estranha dor no estômago, no peito.

Dylan tinha relaxado um pouco. Ele levantou as mãos e desenroscou os braços dela de seu pescoço.

– Alec?

– Não se preocupe.Vou levá-la para minha casa. Agora mesmo.

Ela assentiu com a cabeça.

Alec ajudou-a a descer da mesa, vestiu-se e caminhou com ela de volta à área de jogos que haviam usado. Auxiliou-a a colocar a roupa, e era como lidar com uma boneca, de tão quieta e totalmente indefesa que ela estava.

Ele desejou abraçá-la de novo.

Basta levá-la para casa, colocá-la na cama. Deitar-se com ela.

Ele guardou seus instrumentos e eles voltaram ao veículo, onde ele ligou o motor e os aquecedores de assentos. Ela estava lânguida, quieta. Alec colocou um CD de música clássica, alguma peça suave de Chopin, mantendo o volume baixo.

A essa hora tardia da noite, não levaria muito tempo para ir do centro da cidade às cercanias de Beacon Hill. Ele desceu diante de sua casa e ajudou Dylan a sair do carro. Ela ainda estava meio mole, quieta, o rosto com uma expressão perdida, atordoada. Ele também se sentia um pouco zonzo.

Entraram, subiram as escadas até o quarto dele, onde Alec desnudou-a cuidadosamente e colocou-a em sua cama.

Ela parecia frágil deitada ali; o rosto pálido contra os lençóis brancos, os travesseiros de plumas.

– Alec, estou com frio.

– Já estou indo.

Ele tirou as roupas e deslizou para a cama, ao lado dela. Dylan enroscou-se nele de um jeito que jamais fizera antes. Como uma criança, procurando o calor do corpo dele. O dela estava quente e suave, e ele sentia-se melhor do que nunca na vida. Nem mesmo conduzindo sua motocicleta. Ou jogando escravidão e sadomasoquismo. Fazendo sexo.

Estava ficando excitado de novo, mas não era aquela faísca com o desejo que ele sempre sentia por ela. Era uma inevitável reação ao corpo, à presença dela.

Dylan sentia-se incrivelmente bem nos braços, na cama dele. Alec não queria se questionar a respeito. Não iria gostar de nenhuma das respostas. E gostava demais disso.

Demais.

Podia lutar contra essa sensação, mas não naquela noite. Estava ali com ela. E isso bastava. Era mais do que suficiente. Era exatamente o que ele queria.

TREZE

*D*YLAN ABRIU OS OLHOS. *A* LUZ DO SOL DERRAMAVA-SE PELAS frestas das persianas, os raios capturando as partículas de poeira. Ela olhou para o relógio e ficou surpresa ao constatar que tinha dormido até quase o meio-dia.

Alec, a seu lado, ainda não acordara; estava de bruços, os amplos músculos de suas costas à mostra porque os lençóis estavam amontoados junto à sua cintura. A simples visão daquela pele lisa fez com que tivesse vontade de tocar nele, e seu corpo se acendeu de desejo. Mas ela precisava de um tempo para pôr a cabeça no lugar. Porque realmente estava desnorteada naquela manhã.

Engraçado que ele usasse lençóis brancos, exatamente como ela. Muitos homens que conhecera preferiam cores escuras. Mas ele era incomum, de várias formas. Talvez a pureza das linhas brancas o atraísse, como acontecia com ela.

Eles tinham mais em comum do que ela havia imaginado inicialmente. Ambos eram escritores, sim, mas por alguma razão ela não havia esperado nada mais que isso. Ela não sabia por que, agora. Eram pessoas sexualmente abertas, mentes liberais. Pareciam concordar em vários assuntos. Pareciam sintonizados no mesmo canal.

Ou talvez ela estivesse apenas sendo excessivamente romântica de novo.

Mas definitivamente algo havia acontecido entre eles na noite passada. Uma coisa intensa. Ele havia sentido também. Sua lembrança dos acontecimentos era um pouco vaga, mas o único detalhe de que se recordava, de maneira clara como o dia, era a expressão do olhar dele. Conexão. Encantamento.

Ela também sentira. Essa parte – tudo que ela *sentiu*, que ainda estava sentindo – ardia através da neblina do subespaço em que estivera na noite anterior. Em que ainda talvez permanecesse um pouco nessa manhã.

Ela estava assustada. Querendo fugir de novo.

Acalme-se. Tente encarar isso de uma forma racional.

Mas ela não estava se sentindo nada racional. Sentiu vontade de chorar. Isso não tinha nada a ver com seu jeito de ser, e ela ficou impressionada com a urgência da necessidade. Ela não era chorona. Nem sentimentaloide. Mas, como havia dito a Mischa, estava se abrindo por causa de suas experiências com Alec. Ou talvez fosse apenas por causa dele mesmo.

Alec.

Ela virou-se para olhá-lo. O rosto dele estava enterrado em um dos grandes travesseiros de plumas, mas dava para ver a sombra escura da barba por fazer em sua face e pescoço. Seus cabelos estavam emaranhados, as ondas negras com reflexos azuis, onde a luz os tocava. Parecia tão tranquilo. Ela jamais o vira daquele jeito. Mas mesmo agora ele irradiava poder, quem sabe apenas por causa de seu tamanho. E ela gostava desse detalhe nele – de um jeito puramente feminino e que a diminuía, fazia com que se sentisse pequena e mulher. Frágil, como se ele pudesse esmagá-la se quisesse.

Deus do céu, ela estava realmente pensando nessas coisas? O que havia acontecido com a mulher independente que ela tanto se orgulhara de ser ao longo de toda sua vida adulta? Inferno, isso vinha desde que completou os 10 anos de idade, quando sua mãe realmente perdera o rumo, deixando Dylan para cuidar de sua pequena família! Sempre era ela a estar no controle, a dirigir as coisas. Aquela era sua vida.

Quem ela era. E agora aquele homem estava fazendo com que questionasse *tudo*.

Sua respiração ficou presa na garganta, um soluço querendo escapar. Mordeu o lábio, engoliu o soluço.

Tenha calma. Está tudo bem.

Enrolou os dedos na barra da colcha vermelha, esforçando-se para respirar com regularidade.

Assim era melhor.

Ela não estava sendo razoável. Tratava-se apenas da intensidade da noite com ele, isso era tudo. Eles só se conheciam há duas semanas. O que realmente sabia sobre ele?

Sabia, ao olhar para aquele quarto, que Alec era organizado e cuidadoso. O fato de gostar de móveis pesados de madeira, antiguidades parecia implicar que era ligado à terra. Indicava que era realista e prático, apesar de sua sofisticação sexual e de quão viajado era. Pelos livros que havia na prateleira da mesa de cabeceira, observou que ele gostava de ler clássicos, ficção científica e livros de suspense, como os que ele mesmo escrevia. Ela já sabia que ele gostava de viajar, mas perto dos livros havia uma pilha de revistas de viagem. Na parte de cima da alta cômoda de madeira, havia fotos emolduradas: Alec e outros homens no topo de uma montanha. Alec e alguns integrantes do mesmo grupo, de novo, com equipamentos de mergulho em um bote flutuando em águas tropicais de um turquesa brilhante. Alec e um daqueles companheiros sentados em grandes e luzidias motocicletas em alguma estrada cheia de curvas, ostentando largos sorrisos.

O interessante era que não havia imagens de família. Mas talvez ele tivesse algumas no andar de baixo.

Ele não havia falado sobre sua família, exceto em uma só conversa. Parecia que a única pessoa de quem fora muito próximo tinha sido seu pai. Mas ela entendia isso. Só se relacionava mais com sua avó. Como não é possível escolher familiares, ter laços de parentesco com alguém não significa, automaticamente, maior proximidade. Sabia de tudo isso muito bem.

Ela jamais pudera escolher. Nem sobre sua mãe. Ou a respeito de tomar conta de seu irmão. Nem pôde, ao menos, tentar. E ela havia estragado tudo. Terrivelmente. E agora Quinn estava morto. Por isso ela merecia estar sozinha.

Dylan balançou a cabeça. Estava sendo mórbida naquela manhã. Será que realmente pensava merecer a solidão? Simplesmente preferira ficar assim. Não é mesmo?

Mas, no final das contas, tratou de se distrair bastante para não se sentir mais tão assustada. Só não devia pensar demais na questão de se derreter como manteiga nos braços de Alec.

Ele movimentou-se e suspirou em seu sono, e ela concentrou-se nele outra vez. Sua musculatura era, de fato, sólida; seu corpo, absolutamente descomunal, como o de um jogador de futebol americano. Ele estava virado de lado, o que deixava à vista seu rosto adormecido. O cavanhaque negro sempre lhe dera um ar malvado, mas sua boca estava relaxada e exuberante, mais ou menos do jeito que ficava quando eles estavam fazendo sexo.

Uma onda de prazer percorreu sua pele. Ela lembrava-se claramente da maneira como o pênis dele penetrava em seu corpo. Da maneira como seus olhos brilhavam com uma expressão essencialmente animal quando ele se erguia sobre ela.

Deus do céu, ela era louca por Alec. Por seu corpo e tudo o que podia causar nela. E, talvez, por algo mais.

Não.

Mas ela não podia negar aquilo.

Era só sexo, tratava de se assegurar pela enésima vez. Ótimo sexo. Mas só sexo. Já tivera sexo muito bom antes. Entendia perfeitamente a intensidade a que uma química sexual forte pode levar uma pessoa.

Você está com muita merda na cabeça.

Suspirou, passou a mão nos cabelos, seus dedos se enroscando nos longos cachos.

Talvez devesse ir embora antes que tivesse mais alguma daquelas ideias ridículas. Como, por exemplo, continuar a encontrá-lo quando tivesse acabado de aprender o suficiente para seu livro.

Ela já havia absorvido abundante conhecimento. Se fosse bem honesta consigo mesma, admitiria que agora o via e se submetia a ele essencialmente porque desejava.

Droga!

Ela afastou as cobertas e estendeu as pernas para o lado da grande cama.

– Ah, não... nada disso – Alec rosnou, com a voz rouca de sono.

– Alec...

– Onde você pensa que vai?

O braço dele enlaçou sua cintura, e ele puxou-a para os lençóis macios até que seu corpo nu foi pressionado contra o dele, também despido. Dylan podia sentir o calor dele em suas costas e nádegas. Aquela pele sedosa.

– Alec, preciso levantar. Tenho de ir embora. Por favor.

– De novo não. Esqueça, Dylan, você já deveria ter se habituado. Você só vai embora quando eu lhe disser que pode.

– Caramba, Alec! Quantas vezes tenho de lembrar a você que não sou uma de suas garotas submissas?

– Não estou dizendo que seja. Mas você ainda pode estar fora do ritmo normal e não vai sair até que eu ache isso seguro.

– Posso garantir a você que é perfeitamente seguro. Nem sequer estou de carro. Terei de chamar um táxi, portanto não há o menor perigo de que eu possa dirigir. Quero ir embora.

– Não.

Ah... diante disso ela ficou brava.

– Não me venha com essa viagem de poder para cima de mim, Alec.

– É o que você acha que é? Uma viagem de poder?

– Você está me restringindo fisicamente.

– Na noite passada você aceitou muito bem isso – os olhos dele estavam escuros, fuzilando. Expressavam irritação.

– Isso foi na noite passada.

Ele soltou-a tão rápido que ela cairia se não estivesse deitada.

– Tudo bem – ele disse, cerrando os dentes. – Eu não faço nada não consensual.

– Eu não quis dizer isso.

Ele sentou-se. Ela sentiu a mudança do peso dele na cama. Mas não podia encará-lo. Se o fitasse, tinha medo de que ele a dominasse.

– Dylan, que diabos estamos fazendo aqui, hein? Você está lutando contra o que combinamos?

– Nunca prometi que pudesse fazer isso, Alec. Que eu realmente me submeteria.

– E mesmo assim tem se submetido, todas as vezes.

Ela ficou em silêncio por um instante. Sentia-se confusa.

– E... – ele continuou – você só entra em pânico no dia seguinte, quando tem oportunidade de pensar a respeito. Pare de pensar tanto, Dylan!

– Não posso – ela então se virou para Alec, ardendo de fúria. – O problema é esse. Não posso parar de pensar. É assim que eu funciono. É como tenho vivido.

– Talvez seja tempo de aprender outra forma de viver.

– Não acho.

Ele inclinou-se para ela, com aquela envergadura um pouco assustadora.

– Mas isso não levou você muito longe, não é? Está certo que tem uma carreira e conseguiu superar essa coisa de cuidar de sua família, mas o que sobrou para você, Dylan?

– Olhe quem está falando! Como se tivesse mais ligações pessoais do que eu.

– No meu caso, é diferente.

– Está brincando comigo? É assim que você acha que é? Essa é uma desculpa esfarrapada, Alec! Ao menos eu consigo ser honesta comigo. Tenho uma vida vazia por minha própria escolha. Não estou disposta a lidar com as consequências emocionais de um relacionamento. É isso que você quer que eu diga? Tudo bem, eu disse. Mas você não é diferente de mim. Isso que falou é bobagem. Você é quem quer me manter aqui. Pode até ser presunçoso de minha parte, mas não acho que seja apenas porque esteja sendo um dominante responsável.

Ele sentou olhando para ela. *Através* dela. A expressão de seu olhar era de um azul brilhante, ardente de raiva. E, enquanto ela o observava, a ira se desvaneceu – sua mandíbula e seus ombros se relaxaram.

– Você tem razão – ele falou.

Ela estava pronta para continuar argumentando. Mas aquele comentário lhe tirou todo o ar. Tirou seu fôlego.

– O quê?

– Eu disse que você está certa. Quero você aqui porque eu apenas... quero você aqui.

– Maldição, Alec!

Ela não queria ouvir aquilo. Ainda assim, era tudo que queria ouvir. Sua cabeça estava girando.

– Venha aqui – ele a procurou, pegou sua mão e ela tentou se esquivar.

– Alec, eu tenho de pensar...

– Eu disse: chega de pensar. Cristo, Dylan! Pare de lutar contra mim e venha aqui. Eu sei que você quer, então não me venha com qualquer merda não consensual. Não use meu código de moral contra mim, Dylan.

– Alec...

Mas ele a segurava, puxou-a para perto, até que seus seios foram pressionados contra a forte musculatura do peito dele, e, subitamente, ela já quase em seu colo.

O pênis dele estava rígido sob ela, e ele inclinou-se para beijá-la, esmagando seus lábios de um jeito tão violento que podia causar hematomas. Dominando-a mais uma vez.

Ela quis resistir. Lutar. Mas ele tinha o gosto certo. O perfume certo. E o *sentimento* certo.

Ele continuou beijando Dylan, até que o sangue dela fluiu com desejo, seu sexo ficou ardente. Quando ele virou seu corpo e agarrou suas coxas, movimentando-a até que ficasse montada nele, Dylan não argumentou. Não podia. Era um poço de puro prazer, indefesa diante de Alec. Indefesa frente a ele.

Ele afastou-se, descolando sua boca da de Dylan, e remexeu na mesinha de cabeceira com uma das mãos, voltando com um preservativo. Abriu o envelope com os dentes e ela ajudou-o a colocá-lo em seu pênis duro.

E em seguida voltou a beijá-la, com urgência, devorando-a. Levantou-a e, arqueando os quadris, a penetrou.

Ela gemeu em sua boca. Ele, na dela. E continuou com movimentos de vaivém, sempre dentro dela, enquanto o prazer se espalhava como uma corrente elétrica pelo corpo de Dylan: seios, sexo.

A mão dele deslizou bem ali, entre os lábios, os dedos provocando o clitóris, e ela começou a gozar quase instantaneamente, chegando ao clímax forte, rápida e brilhantemente. Deixou a cabeça pender para trás, afastando-se da boca dele, murmurando seu nome.

– Alec, Alec, Alec...

Ele ainda a penetrava incessantemente, o pênis mergulhando nela, muitas e muitas vezes, ardente, grosso e pulsante.

– Dylan – ele suspirou.

Ela abriu os olhos, mirando diretamente os dele.

– Sim. Preciso que olhe para mim. Você é tão extraordinariamente bela, minha garota. *Minha* garota.

A pele de ambos brilhava de suor. Ela não se importava. Agarrou os largos ombros dele, o prazer aumentando mais e mais, com uma intensidade quase impossível.

– Dylan... querida... vou gozar.

Mais algumas estocadas e ela sentiu o calor do clímax dele fazendo com que Alec se arrepiasse todo. E sentir o prazer dele a acendeu novamente; veio um outro orgasmo se expandindo leve, em ondas contínuas e demoradas.

– Ah, céus, Alec...

Ele mordiscou o pescoço dela, a língua lambendo a pele. E ela estava tendo um orgasmo atrás do outro.

Os braços dele a seguraram forte, pela cintura, apertando-a tanto que ela mal podia respirar, até que ambos pararam de se movimentar.

– Foda, Dylan.

– Ahhh...

Eles ficaram assim durante um longo tempo. Assim ela pensou. Para ela, o tempo ficou suspenso. Tudo que sentia era o corpo dele pressionado contra o dela, a sensação da carne dele, seu cheiro.

– Dylan – a voz dele estava abafada, sua face ainda enterrada no pescoço de Dylan. Aquela respiração quente na pele dela.

– Hum?

– Não pense.

– Não estou pensando. Ainda.

Ele ergueu o rosto dela, mas não o suficiente para que pudesse vê-lo.

– O que vai acontecer quando você começar a pensar de novo?

– Eu... eu não sei.

– Então não pense.

– Vou tentar – ela falou, querendo que fosse verdade, mas ainda sem certeza de que seria capaz.

– Não, é sério – ele insistiu. – Vamos, nós dois, apenas... não pensar. Vamos fazer isso. Estar juntos. Sem analisar a coisa.

– O que isso quer dizer, Alec?

– Não sei. Tem de ter algum significado?

– Talvez não...

– Você está pensando novamente, Dylan.

– Sim.

– Não faça isso. Sim? Simplesmente não faça. Vamos ver o que acontece.

Ela riu baixinho.

– Realmente, não somos pessoas do tipo "seguir o fluxo", Alec.

– Como assim? Eu estou totalmente descontraído.

Ela sorriu, apoiada em seu ombro.

– Certo. Essa é a definição exata que eu usaria para você.

Ela ouviu a risada de Alec, baixa, como um ronco profundo em seu peito, aliviando um pouco a intensidade do momento, tornando-o mais simples e leve.

Talvez ele tivesse razão. Talvez eles apenas devessem *relaxar* por ora, estivesse acontecendo o que fosse entre eles. Talvez eles não tivessem de definir nada, nem dissecar ou analisar.

Ela nunca havia vivido daquele jeito. Nem ele. De qualquer forma, parecia mais fácil saber que aquilo seria um desafio para ele também. E que ela não estava sozinha.

Alec afrouxou o abraço o suficiente para que pudesse se inclinar. Queria olhar para ela. Erguendo-se, afastou uma mecha de cabelo do rosto dela. Dylan estava se derretendo outra vez. Mas simplesmente deixou acontecer.

– Temos um acordo? – ele perguntou, com uma expressão totalmente séria no rosto.

– Sim, temos um acordo.

– Ótimo. Porque eu preciso foder você de novo. E isso seria impossível se você se levantasse e fosse embora.

– Você é insaciável.

– Sim. Com você, eu sou.

Ele foi endurecendo dentro dela de novo, seu pênis começou a pulsar. E ela estava pronta. Com o corpo sempre pronto para ele. Sua mente, seu coração... Isso podia ser uma outra história. Uma de que ela não sabia o final.

Se ao menos ela mesma pudesse criar o final! Escolher, como quando fazia ao escrever. Mas sequer tinha ideia de que final desejava para aquilo.

Não tinha nenhuma certeza de que queria um fim.

Sim, tinha de parar de pensar em tudo ou ia acabar enlouquecendo.

Estava absolutamente certa de que perdera o juízo já no momento em que conheceu Alec.

Apenas tinha de se assegurar de que não perdera seu coração.

Dylan empurrou a porta da frente de seu apartamento e entrou, com um estrondo às suas costas, deixou a bolsa cair no chão e pegou o celular a tempo de atender a chamada.

– Alô?

– Oi. Tenho ligado para você o fim de semana inteiro.

– Ainda estamos no fim de semana, Mischa.

– São nove horas da noite de domingo – o tom de voz de sua amiga era petulante.

– E? – Dylan perguntou, tirando o casaco e depositando-o no armário laqueado, alto e elegante, que havia ao lado da entrada.

– E... acho que não estou acostumada com você inacessível para mim.

– Eu estava com Alec.

– Imaginei.

Dylan abaixou-se, tirou os sapatos de salto alto, deixando os pés descalços. O piso de madeira era liso e frio. Ligou o aquecedor quando cruzou o apartamento, foi para a cozinha e serviu-se de uma taça de *cabernet*. Ela sentia-se bem. Preguiçosa. Saciada.

Quase.

Não lhe parecia que se fartasse dele.

Alec.

– Dylan?

– O quê? Desculpe, Mischa.

– Perguntei como foi seu fim de semana. Deus do céu, você realmente está caída por esse cara, não é?

– Sim, estou... nem me reconheço.

– Mas as coisas estão indo bem? Você está um pouco menos confusa do que da última vez que conversamos?

– As coisas estão indo bem. Porque nós fizemos um ajuste – ela sorriu, tomou um gole de vinho enquanto se recostava no balcão.

– Ajuste?

– Sim. Fiz um acordo para parar de pensar. Deixar de analisar profundamente cada movimento que ele faz e tudo que eu penso ou alguma vez pensei sobre mim, relacionamentos, sexo, homens...

– Você está brincando.

– Não, de jeito nenhum – ela ergueu a taça em um pequeno brinde e tomou outro gole. – Estou formalmente cansada de lutar contra mim mesma, Mischa. É ridículo.

– Eu mesma poderia ter-lhe dito isso – Mischa brincou.

– Então por que não o fez? – Dylan foi até a sala de estar, depositou o copo na mesinha de café e acomodou-se no sofá, com as pernas dobradas sob seu corpo, e colocou um pequeno e macio cobertor sobre elas. Disse baixinho:

– Estou apenas observando como... foi danoso para mim. Não deixar que ninguém se aproximasse mais, por encontrar sempre alguma falha em todo mundo. Porque, se você cava bem fundo, todos têm uma. E eu ia justamente procurar por isso. Mantinha cada homem longe de mim, com uma pá.

– Dylan, não seja tão dura consigo.

– Isso também faz parte. Eu me despedaço, pedacinho por pedacinho, da mesma forma que faço com outras pessoas.

– Sim, é verdade.

– Bem, quero parar. E Alec está me ajudando.

– O que está acontecendo de verdade, Dylan? – Mischa fez a pergunta com uma entonação gentil.

– Finalmente estou me abrindo. Toda essa coisa de jogo de poder com Alec está me abrindo. E eu não gosto de tudo que vejo, mas estou percebendo que sou... humana.

– Amo você de qualquer jeito, sabe muito bem. E sempre amei.

– Eu sei. Finalmente estou entendendo isso.

A campainha tocou, ela levantou-se e foi até o interfone.

– Espere um segundo, Mischa. Quem é?

– Dylan... – a voz de Alec era profunda, suavizada pelo desejo.

– Alec, você me trouxe faz só uns dez minutos.

– Eu sei. Mudei de ideia. Ainda não estou pronto para deixar você.

– Ah...

– Deixe-me subir.

– Sim... venha.

Só depois de alguns instantes é que ela notou que ainda estava com o celular na mão.

– Mischa? Desculpe, mas Alec... Ele está aqui.

– Eu ouvi. Não tem problema. Mas me ligue logo que puder.

– Vou fazer isso.

Quando desligaram, ela ouviu o ruído do freio do elevador e, em instantes, Alec estava batendo em sua porta. Ela abriu.

Ela sentia o cheiro de sua jaqueta de couro preta e de sua pele quente antes que pudesse notar qualquer outra coisa. Então olhou para cima e viu aquele sorriso enviesado.

Ela retribuiu. Não podia evitar. Ele era tão bonito, tão sombrio e com uma expressão malvada com aquela jaqueta, ostentando o cavanhaque; e ainda havia a expressão de seus olhos... como se ele quisesse devorá-la.

Ficou mole, excitada, quando ele cruzou a porta e a tomou nos braços. Inclinou-se para beijá-la com a boca faminta, doce. Exigente.

Beijou-a até que ela começou a tremer, o sexo ardente e cheio de desejo. Encharcado.

Ele deu um passo atrás, tirou a jaqueta, que deixou cair no chão.

– Preciso de você, Dylan. Não consegui nem chegar em casa. Tive de retornar.

Ela assentiu, o desejo travando sua garganta.

– Tenho de estar dentro de você agora. Neste mesmo instante.

– Sim...

Ele virou-a, empurrando-a contra a porta da frente, em que ela apoiou as mãos, com o rosto a apenas poucos centímetros da madeira lisa e pintada. Então ele baixou o zíper de seu vestido, o mesmo que ela havia usado para o encontro no Pleasure Dome na noite de sexta-feira. E que ele tirou, em seguida. Ela estava nua por baixo.

– Ah... exatamente do jeito que eu gosto, minha garota – ele deslizou as mãos pelos lados do corpo dela, fazendo com que sua pele se arrepiasse. E foi descendo para os quadris, as nádegas. – Abra as pernas para mim, Dylan. Vou foder você aqui mesmo.

Ela sentiu-se descendo em direção àquele lugar adorável e nebuloso enquanto se oferecia. Entregava-se.

Dylan abriu as coxas, ouviu o barulho do botão do jeans, aberto com urgência, e o ruído de uma embalagem de alumínio. E então um dos braços dele se enroscou em sua cintura, enquanto o outro afastava os cabelos do pescoço dela para o lado. Ele depositou um pequeno beijo bem ali, fazendo com que ela tremesse de desejo. Puro calor. Urgência quase insuportável.

Usando a mão, conduziu seu pênis entre as coxas dela, que se inclinou, abrindo-se mais, deixando que ele deslizasse para dentro.

– Ah... isso é bom, Alec... bom demais.

Seu sexo estava molhado, apertado. E ele começou a se mover. Profundos, diretos golpes, tão duros e rápidos que ela mal podia respirar. As palmas de suas mãos estavam espalmadas na plana superfície de madeira, e ela encostou a face ali, com certa pressão. Os quadris dele iam e vinham, levando prazer ao corpo dela, e o pênis se enterrava o mais fundo possível.

Alec mantinha a boca na parte de trás do pescoço dela, beijando, mordiscando e descendo pela espinha, percorrendo a linha do ombro. Depois ele diminuiu o ritmo, parou, e tudo que ela conseguia ouvir era a respiração ofegante de ambos. Só sentia o grande corpo dele atrás do seu, os lábios de Alec descansando contra seus ombros, seu pênis intumescido dentro dela. O prazer era uma respiração segura, suspensa, envolta em expectativa. E então a mão dele deu um forte tapa em uma de suas nádegas, fazendo seu corpo ondular de desejo contra a porta.

– Sim, Alec...

Ele bateu de novo, o som reverberando nos ouvidos de Dylan, o prazer como um profundo eco em seu corpo. Então continuava batendo nela, fodendo, tudo ao mesmo tempo, com a respiração arfante junto a seu ouvido. A sensação fluiu como água pelo seu corpo, encharcando sua barriga, seu sexo, seus seios doloridos. E ampliou-se, brilhou, resplandeceu nela. E, quando ela gozou, sua visão esmaeceu, o som se apagou. Ela era um ser de pura sensação, absoluto prazer, em uma espiral ascendente. Afogada nos sentidos.

Ele parou.

Dylan ofegava. Ele também.

– Alec?

– Querida. Não quero acabar tão rápido. Me dê um minuto... espere um pouco.

Ele deslizou para fora dela, puxando-a mais para perto. Assim, contra o corpo dele, Dylan podia sentir o áspero tecido do jeans de Alec roçando em suas coxas, o zíper arranhando sua pele. E a maciez da malha que ele usava. Adorável no contato com sua pele nua. Aquilo e as mãos dele alisando sua barriga, beliscando seus mamilos. Depois, descendo para suas coxas, pressionando para penetrá-la.

– Você está tão molhada. Tão pronta.

– Sim.

– Mesmo que eu esteja fodendo você assim tão forte...

– Sim...

– Você precisa gozar outra vez, querida? – ele enfiou os dedos dentro dela.

– Sim!

– Bom. Quero que goze. Vem.

A essa altura, ela já sabia não fazer perguntas. E era realmente maravilhoso não ter de pensar.

Ela o seguiu quando ele a levou ao banheiro. Ficou quieta enquanto ele se despia, retirava o preservativo e abria a água antes de entrar no boxe de azulejos brancos com ela.

Ele ajustou o registro do chuveiro e a água cascateava sobre ambos, exatamente como uma chuva quente, incessante. Para suavizar a pele ferida da bunda de Dylan. Alec a puxou para si, fechando os braços ao seu redor, e ela se abandonou àquele contato, deixando que ele a sustentasse.

Ela ainda estava cheia de desejo. Ele também; ela percebia pelo grande pênis, duro e pronto, pressionado contra sua barriga. Mas era bom ficar assim, juntos, pele contra pele, a água quente caindo sobre eles, o vapor subindo.

A janela alta e em arco existente em uma das paredes do chuveiro deixava entrar a luz das ruas lá embaixo; uma aquarela com o âmbar das luzes da rua e um pouco de rosa e azul dos luminosos das vitrines das lojas. Lançava sombras coloridas no teto e na parte superior do boxe. A luz, a água e o corpo enorme de Alec a seu lado fizeram com que ela se sentisse em um casulo, como se o resto do mundo já não existisse. Como se houvesse apenas eles dois naquele momento.

Ele segurou-a assim por muito tempo. E então começou a acariciar sua pele.

Longas e suaves carícias sobre as costas dela, as nádegas, por todo lado. E em seguida começou uma série de pequenos tapas. As mãos dele eram mais contundentes em sua pele molhada, e, imediatamente, a dor começou. Da mesma forma, o prazer, seu corpo facilmente convertendo as sensações. E era adorável ter os mamilos dela pressionados contra seu peito, seu pênis agora aninhado entre as coxas dela, crescendo mais a cada segundo. Dylan abriu-se para ele, que introduziu o pênis entre os lábios da vagina, deslizando em seus fluidos sem penetrá-la.

– Oh, Deus, Alec. Por favor.

– Sim, você precisa gozar, não é, querida? Então venha. Sente aqui.

Ele virou-se, sentando-a na beirada do banco de azulejos que havia na parede atrás dela.

– Abra as pernas para mim. Ah... muito bom. Linda.

Ela deixou as coxas bem separadas, o mais que pôde, observando enquanto ele pegava o chuveirinho do gancho e dirigia o jorro para o sexo dela.

– Hum...

Ele segurou-o contra o clitóris dela, depois foi descendo até a fenda, para subir novamente, provocando-a. Não demorou para que ela ficasse ofegante, ardendo por ele.

– Isso é bom, minha menina?

– Sim... é bom.

– Mas você precisa de mais, não é?

Ela não respondeu. Não conseguia.

Quando ele se ajoelhou entre suas coxas, ela prendeu a respiração. E, no momento em que ele se inclinou, a língua lambendo sua dolorida fenda, ela gemeu alto. O prazer inundou-a, uma onda de calor e desejo. E ele continuava a lamber, a língua subindo e descendo na abertura de seu sexo, depois penetrando-a. E ele, de novo, dirigiu o chuveirinho ao clitóris dela, fazendo a água pulsar contra a sedenta abertura de carne.

– Alec... ah, céus... é demais...

Foi o suficiente. Em poucos instantes ela estava gozando outra vez. Desfazendo-se.

Por ele.

Com ele.

– Alec!

Quando ela parou de tremer, ele afastou-se, ajeitando o corpo entre as coxas dela, inclinando-se para beijá-la. A água estava escorrendo sobre ambos, mas ela ainda conseguia sentir o gosto de seus fluidos nos lábios dele. Sabia que ele a fizera gozar. *Fizera*. E ela adorava isso.

O pênis dele a pressionava outra vez, uma rígida verga de carne. Ela abaixou-se e tomou-o na mão, sentiu sua pulsação, sua força. Desejava aquilo. Desejava o homem. Desejava agradar.

– Alec... deixe-me...

Ela caiu de joelhos e ele levantou-se, ao mesmo tempo. As mãos dela envolveram as coxas dele, com o rígido pênis bem diante dela. Linda.

Ela inclinou-se e deslizou a língua ao redor da ponta arredondada, sorrindo quando ele gemeu.

– Céus, você vai me matar, Dylan.

Ela lambeu de novo, pressionando a língua dentro do buraquinho da cabeça intumescida, sentindo o gosto dele, o sal que vem antes do gozo. Ela não podia esperar nem mais um minuto.

Abrindo a boca, envolveu-o inteiramente, até que o pênis inchado a fizesse engasgar e seus olhos se enchessem de lágrimas. Mas ela queria, precisava daquilo por alguma razão. Deslizou a boca de volta até a cabeça do pênis, lambendo-a em movimentos circulares, muitas e muitas vezes.

Alec estava se contorcendo, os quadris arqueados. Quando ela olhou para cima, viu que a cabeça dele estava tombada para trás, as mãos apoiadas na parede do chuveiro, no lado oposto ao dele. Seu rosto era um estudo artístico de expressões de êxtase. Masculino. Sensual. Maravilhoso.

Ela chupou mais, direcionando o pênis para sua garganta, deixando que ele deslizasse. Começou a bombear cada vez mais rápido, cravando as mãos nas coxas dele, as unhas ferindo a pele, fazendo com que ele gemesse.

– Céus, Dylan. Dylan...

O pênis dele pulsava, duro e rápido, e a boca de Dylan se encheu de um líquido escaldante. Ele continuou a se movimentar, cada vez mais devagar. Finalmente, afastou os cabelos molhados do rosto dela, ajudando-a a se levantar. Ela inclinou a cabeça para o jato do chuveiro, deixando que a água lavasse o sêmen dele.

– Dylan... isso foi incrível. Você é incrível.

As mãos dele envolveram os cabelos dela, segurando as mechas molhadas, esperando que ela se aproximasse. Ela inclinou-se para ele, descansando a cabeça em seu peito, ouvindo as lentas e compassadas batidas de seu coração.

Ele abaixou-se na direção do rosto dela e foi distribuindo longos, lentos e doces beijos na face, no queixo, na testa e nas pálpebras. Beijos que a deixaram tremendo. Não de desejo. Mas de algo mais. O que seria?

Não pense. Pare. Apenas seja.

Mas ela sabia. Sentiu o arrepio na barriga, no peito, no pulso acelerado. Não tinha a ver com sexo, embora tivesse sido incrível, como disse o próprio Alec. Significava mais. Era algo mais profundo.

Algo em que ela não iria pensar, como prometera a si mesma.

Apoiou-se nele, as mãos agarrando seus ombros largos. Ele era sólido. Precisava concentrar-se nisso, na sensação de segurança que sentia nos braços dele. Mas tudo parecia voltar para a mesma coisa: algo mais estava acontecendo além do sexo e da abertura. E ela não sabia quanto tempo mais podia fingir que não estava se apaixonando. E apaixonando-se profundamente.

Dylan apertou as pálpebras, fechando-as com força, e mordeu o lábio contra uma onda de tontura. Jamais estivera tão fora de controle em sua vida, nem mesmo quando Alec a amarrou e a deixou fisicamente indefesa. Aquilo era nada comparado ao que sentia agora.

Ela estava se apaixonando, apesar de todos os esforços para não sentir aquilo. Não havia absolutamente nada que pudesse fazer a respeito. E, quando ela pusesse os pés na terra, iria ser uma confusão danada.

QUATORZE

*D*URANTE TRÊS SEMANAS, ELA FOI MUITO BOA NESSA COISA DE não pensar durante. Depois da noite com Alec no chuveiro, fez um novo trato consigo mesma: uma vez que estava indefesa sobre como se sentia, iria simplesmente aceitar isso. Não tinha de mudar nada. Os sentimentos estavam apenas *ali*. Ela podia escolher o que faria – ou não – a respeito.

Houve outras noites no chuveiro. E dias. Tornou-se um de seus lugares favoritos para fazer sexo. E ela adorava a aspereza dos tapas em sua carne molhada, os sons, dela ou dele, ecoando nas rígidas paredes de azulejo do boxe.

Alec sentia-se em casa no apartamento dela e até havia levado para lá uma escova de dentes e uma camiseta extra. Não que isso significasse alguma coisa. Simples conveniência. A residência dela ficava muito mais perto do Pleasure Dome do que a dele; ficava ali, quase virando a esquina. E o fato de o *notebook* dele ficar ali no canto da sala de jantar era outra comodidade, nada mais.

De qualquer forma, ela gostava quando escreviam juntos durante as tardes: Alec em sua mesa de vidro, ela sentada na área do escritório, poucos metros adiante. Era bem agradável.

E, se um deles precisasse discutir um ponto importante, o outro estava bem ali. Obviamente, isso com frequência levava a mais sexo. Mas, uma vez que ela era uma autora erótica, considerava aquilo inspiração. Seu livro estava começando a tomar forma, o enredo e a dinâmica dos personagens amoldando-se, em grande parte graças a Alec. Era sempre um bom sinal quando sua escrita ia bem.

Mischa havia ligado novamente, perguntado como ia tudo. Dylan não mencionara a maioria dessas coisas para ela. Não sabia muito bem por quê. Talvez quisesse manter o que estava acontecendo apenas entre eles dois. Privadamente. Ou quem sabe tivesse medo de que falar a respeito tornasse aquilo muito real, destruindo sua capacidade de negar o que poderia significar para eles. Para ela. E seria melhor se deixasse esses pensamentos distantes do limite de sua consciência. Era uma estranha espécie de seminegação, mas tornava tudo administrável. Mantinha aquela pequena distância de que ela precisava para manter um senso de equilíbrio. De controle.

Ela não havia deixado nenhuma de suas coisas na casa dele, não obstante quanto tempo passasse lá.

Aquele era um dos poucos dias em que estava sozinha em casa por um tempo, sentada à mesa de jantar, tomando uma caneca de seu chá favorito, com um prato de torradas com manteiga perto de seu cotovelo.

Estava olhando para a paisagem além das janelas, como sempre fazia. O sol tentava forçar seu caminho através do nevoeiro matinal de Seattle, sua luz como ouro nebuloso formando pontos quentes sobre o piso de madeira lisa, fazendo com que brilhasse com um tom dourado acolhedor. Ela lembrou-se, como se fosse o presente, de outra manhã em que estava na cama com Alec. O sol incidia sobre os pelos macios do antebraço dele, produzindo reflexos dourados e âmbar. Ela se levantara, tocando aquela superfície com a ponta dos dedos. E ele acordara, sorrindo para ela, os olhos daquele impossível azul e que pareciam mirar através dela. *Dentro* dela.

Estava quase escurecendo quando Alec se despediu com um beijo, uma hora atrás, saindo para encontrar seu amigo Dante para um passeio em algum lugar. Eles jantariam com ele, mais tarde.

Ela envolveu a caneca de chá com as mãos, levantou-a e tomou o líquido quente.

Não estava bem certa de como se sentiria quando conhecesse os amigos dele. Parecia ser o curso natural das coisas, ela supôs. Mas o curso natural de um relacionamento. E não era o que estava acontecendo ali. Ou era?

Será que era um sinal de que ele desejava que as coisas ficassem mais sérias? Ele era contra relacionamentos, como ela. Era o que a mantinha segura. Não importa quão próxima se sentia dele.

Eles estavam mais íntimos. Contaram um ao outro quase todos os segredos mais profundos e sombrios. Com certeza, cada uma das fantasias sexuais. Ele ainda a espancava usando sua jaqueta de couro algumas vezes depois que ela lhe confidenciara quanto aquilo a excitava: o cheiro do couro, a *malvadeza*. Nada que ela falava sobre sexualidade o chocava. Era libertador. Excitante. Ela jamais conhecera alguém como ele. Tão liberal. Inteligente, estivessem discutindo sexo ou qualquer outro tema.

Ela adorava que pudessem conversar sobre arte e literatura, algo de que ela sempre sentira falta nos homens com quem tivera encontros. Suspeitava que ele era até mais sagaz do que ela, mas considerava isso uma boa coisa. Fazia com que o respeitasse mais. Percebeu que havia um pouco de esnobismo ao sentir-se daquela forma, mas não podia evitar. E achava que, para que fosse respeitado, um homem deveria merecer a mulher com quem estivesse, mesmo para um encontro – ou sexo – casual.

Alec era também gentil. Em qualquer lugar que fossem, as pessoas imediatamente gostavam dele. Notava, agora, que sua teimosia é que a fizera ser tão agressiva com ele quando se conheceram. Ele encantava a todos: garçons, balconistas de livrarias. E o charme não era apenas fachada, como acontecia com muitos outros homens.

Notou que não havia pensado ou olhado para outro homem desde que conhecera Alec, cinco semanas antes. Tinha a impressão de que o conhecia há muito tempo. Sempre.

Sempre... com ele...

Seu pulso vibrou, e ela sorriu para si mesma. E então foi tomada pelo pânico. Era como estar levando um soco no estômago.

O que é que ela estava pensando?

Não haveria sempre nenhum. Não com Alec. Nem com qualquer outro homem. Não para ela.

O telefone celular tocou e ela o alcançou para ver de quem se tratava no identificador de chamadas.

Alec.

Apenas respire.

O pânico atenuou-se e sua pulsação fluiu com aquele calor tão habitual, bastou ver o nome dele na telinha.

Ela atendeu.

– Oi.

– Oi, Dylan.

A voz dele a fez sorrir, aquele tom suave e profundo, mistura de uísque e mel. O pânico reduziu-se um pouco mais.

– Alec, já acabou o passeio?

– Nem saímos ainda. Dante teve uma emergência no escritório, então ainda tenho um pouco de tempo. Na verdade, estou aqui embaixo.

– O quê?

– Vai me deixar entrar?

Ela riu.

– Acha que eu não deixaria?

– Boa menina.

Ela tremeu quando foi apertar o botão para liberar a entrada, o coração disparando no peito, o sexo aquecido por saber que ele estava chegando.

Abriu a porta da frente e esperou pelo elevador. Ele chegou, as portas se abriram e ali estava Alec. Ele estava elegante e integralmente um mau rapaz, em seu jeans e camiseta preta, com uma jaqueta de couro escuro pendendo dos ombros. Sorriu quando se deparou com ela.

– Você não está vestida – resmungou; a admiração iluminando seus olhos.

– Você mal me deu tempo. Saiu faz uma hora.

Ele deixou a jaqueta cair no chão e bateu a porta atrás de si.

– Gosto de manter você alerta. Em pé. De costas. De joelhos.

Alguns passos e ele a conduziu para dentro do apartamento, deixando a jaqueta onde caíra.

Em poucos segundos, as mãos dele estavam sobre ela, desatando seu robe e deixando que resvalasse para o chão, mexendo em seus mamilos, que endureceram, o prazer cintilando sobre a pele de Dylan. Ele abaixou-se para beijá-la com força, provocando hematomas, sua língua doce e úmida. Ele cheirava a menta. Ele cheirava a Alec.

Ela gemeu quando ele a fez caminhar de trás para frente, na direção da sala de jantar, depois a ergueu, sentando-a na grande mesa de vidro. Sentiu frio em suas partes baixas, nos lados posteriores das coxas.

Ele parou de beijá-la.

– É bonita, mas vamos nos livrar dela por ora.

Tirou sua calcinha, sem pressa, uma perna de cada vez, parando para dar-lhe beijos ardentes nos joelhos, no alto de suas coxas, fazendo com que tremesse. Em seguida, colocou os dedos direto em seu sexo encharcado.

– Ah... nossa... Alec. Só... me dê um momento para pensar.

– Não há nada para pensar. Ah... você tem um gosto bom, querida...

Ele manteve o olhar fixo no dela enquanto erguia seus dedos, levando-os aos lábios para lambê-los. Ela tremeu, o desejo se espalhando por todo seu corpo.

– Alec...

– O que você quer, minha menina?

– Você sabe o que eu quero.

– Diga.

– Quero sua boca em mim.

Ele sorriu e a empurrou para trás, na direção do tampo da mesa, deitando-a. O vidro frio contra suas costas era um contrapeso ao calor de seu sexo. O corpo dela estava ficando cada vez mais excitado a cada segundo. Alec abriu bem suas coxas, e, quando inclinou a cabeça para sentir o gosto dela, Dylan ofegou.

– Ah... sim...

Ele mergulhou ali, trabalhando com a língua, os lábios, os dedos. Lambeu seu clitóris enrijecido, sugando-o cada vez mais forte. Com os dedos, massageou os lábios do sexo dela, depois os introduziu na vagina, curvando-os para atingir o ponto G.

– Deus do céu, Alec. Vou gozar.

Ele continuou. O prazer era como fogo iluminando o corpo dela, as paredes de sua vagina começando a pulsar. E a sedosa cabeça dele entre suas coxas, com os ondulados e escuros cabelos roçando sua pele, ampliavam as sensações.

Ele sugou mais forte seu clitóris, pressionando os dedos mais fundo. Luzes explodiram atrás dos olhos fechados de Dylan. O corpo dela arqueou na mesa, o calor escaldava-a, provocando ondas e ondas de calafrios.

Ela mal se acalmara e seu sexo ainda pulsava quando ele baixou o zíper de sua calça, pegou um preservativo do bolso e colocou-o em seu pênis ereto. Ela enroscou as pernas na cintura dele e ele ergueu os braços sobre a cabeça, segurando os pulsos dela com sua mão enorme antes de penetrá-la apenas com a ponta inchada de seu pau, que manteve ali na entrada. Adorável. Alucinante.

– Você está tão molhada, querida. Tão molhada para mim. Eu só preciso foder você. Só foder... você, minha menina.

Seus quadris tomaram um rápido impulso, o pênis entrou fundo de uma vez só e ela gritou. Em seguida, nada além de pura fúria animal, seus corpos unidos em ardor, desejo e urgência, quando ele começou a fazer movimentos incessantes de vaivém. E foi como se ela ainda estivesse gozando em pequenas rajadas de sensação, seu sexo apertando compassadamente o pênis em riste que se movimentava dentro dela.

Ele movia-se mais depressa, mais fundo. Seu peito batia com muita força nos dela, a dura mesa machucando a espinha de Dylan. Ela não se importava. Adorava tudo: o prazer, os pulsos que ele prendia, a sensação de estar sendo dominada.

– Venha, Alec. Por favor.

– Estou gozando... querida...

O rosto dele era puro êxtase, e ele chegou ao clímax, tremendo, ainda em riste, dentro dela. Gemendo, ele ainda meteu de novo e mais uma vez.

– Dylan... – caiu em cima dela, respirando com dificuldade, ofegante. – Ah... isso foi bom.

– Hum...

Ele beijou o lóbulo da orelha de Dylan e depois deu uma pequena e suave mordida.

– Vou me atrasar para o passeio.

– Sim. O que vai dizer a Dante?

– Nada. Ele vai perceber.

Ela apenas sorriu. Sentia-se bem demais para se incomodar.

Alec puxou-a, ajudando-a a ficar em pé.

Deu um passo atrás, segurando a mão dela.

– Gosto desse seu olhar.

Ele alcançou as coxas dela e introduziu dois dedos naquela umidade quente. Ela inclinou-se para ele – o prazer, agudo e elétrico, fazendo um arco em seu corpo.

– Jesus, Alec! Você nunca vai conseguir sair daqui se não parar com isso.

– Não me tente, mulher. Não quero deixar Dante esperando muito, senão iria pegar você no meu colo e espancar sua maravilhosa bunda até que ficasse com aquele tom rosado de que eu tanto gosto. Eu posso até ficar excitado de novo só de pensar nisso.

Ela estremeceu, imaginando o que ele acabava de descrever.

– Tem certeza de que não temos tempo?

Ele riu.

– Teremos todo o tempo do mundo depois do jantar desta noite. Talvez seja uma espera longa demais.

– Muito tempo mesmo.

– Venha comigo.

– O quê?

– Venha passear comigo hoje. Conosco. Dante não vai se importar. Você gosta de passear?

– Sim. Mas, Alec, não vou subir em sua moto.

O peito dela começou a ficar desagradavelmente apertado só de pensar naquilo.

– É um pequeno trajeto.

– A questão não é essa.

– Achei que você confiava em mim.

– Confio. E eu farei quase qualquer coisa, Alec, na cama, no clube. Vou me submeter a você de praticamente todas as formas, mas nada de subir em uma moto. Nem com você nem com nenhuma outra pessoa. Não é pessoal.

– Apenas pensei que seria bom para você vir conosco. Para ver essa parte de minha vida.

Será que ele estava magoado? Seja como for, ela não estava disposta a ir.

– Lamento. Não posso fazer isso.

Ele encolheu os ombros. Mas ela ainda não sabia se ele estava chateado.

– Está bem – ele acariciou seus cabelos, afastando-os de seu rosto.

– Está mesmo, Alec?

– Sim.

Ele inclinou-se, beijou sua boca e ela relaxou ao toque dele: a mão em seu queixo, seus lábios nos dela.

– Tenho de ir. Mas você vem nos encontrar à noite, no Wild Ginger, às oito?

– Sim, com certeza.

Ele sorriu para ela.

– Não foi uma ordem, Dylan.

Ela corou, pensando na possibilidade de Dante ouvir aquela conversa; depois se deu conta de que ele deveria estar acostumado com aquele tipo de diálogo, pois Alec havia mencionado que ele também era um dominante.

– Tudo bem. Mesmo assim, posso estar lá às oito da noite.

– Ótimo.

Ele fechou o zíper de seu jeans e ela percebeu que ele nem sequer havia se despido, apenas a possuiu, tudo puro sexo animal. E ela ainda estava nua. Um tremor de desejo percorreu seu corpo.

– Lamento ter de ir – ele lhe disse, pegando-lhe a mão e roçando seus lábios sobre os nós dos dedos dela.

– Está bem.

– Ótimo. Tenha um bom dia. Vejo você à noite, querida.

Um leve arrepio quando ouviu o tratamento carinhoso.

Pare de ser tão criança.

– Estarei pronta.

Ele deslizou um braço ao redor da cintura dela, puxando-a para perto mais uma vez, e murmurou em seu ouvido:

– Você sempre está pronta. Já lhe disse como adoro isso, Dylan?

Ela estava molhada de novo, os membros ficando quentes e soltos.

– Melhor ir embora ou eu realmente não vou deixar você sair daqui.

– Menina mandona – ele riu.

– Estou aprendendo com o melhor. Vá. Bom passeio. Vejo você à noite.

Ela estava sorrindo quando ele fechou a porta pegou o robe e colocou-o nos ombros. Deus do céu, ela estava se transformando em uma garota. Tinha de se lembrar que isso não iria enfraquecê-la. Mas ela *era* uma garota. Alec era apenas o primeiro homem que conseguiura quebrar a dura fachada que ela achava que tinha de mostrar ao mundo. Não que tudo houvesse desmoronado, mas ele certamente havia rachado a armadura e olhado lá dentro.

E ainda estava lá. Com ela.

Ela não queria pensar muito sobre o que isso significava. Melhor acalmar-se e concentrar-se nas coisas femininas, deleitando-se um pouco com o que vivenciava.

A única coisa sobre a qual ela não queria refletir era aquela conversa sobre a moto. Ainda não estava certa sobre o que sentia quanto à sua inflexível recusa a passear de moto com ele, mas era uma possibilidade impensável. Ficava apavorada até mesmo se imaginasse que ele poderia ser lançado para fora da estrada naquela coisa.

Não pense nisso. Concentre-se no jantar de hoje à noite, em estar com ele de novo.

Foi tomar um banho e pensar o que vestiria para o programa noturno. No espelho, seus olhos estavam luminosos, as pupilas dilatadas. As maçãs do rosto, rosadas. E seus lábios pareciam ter sido mordidos. Sorriu diante de seu próprio reflexo.

Tudo estava bem. Alec também. Ela precisava controlar um pouco seus medos. Afinal, fazia muito tempo que os abrigava.

Agora só tinha de se preocupar com o vestido que ia usar à noite. Talvez fosse um pouco mais feminina do que imaginava.

O dia passou depressa, e ela conseguiu escrever uma dúzia de páginas, além de editar outras tantas. Mesmo que estivesse tão ocupada, Alec permanecera em sua mente durante o dia inteiro. Não podia parar de pensar nele.

Em pé, diante do grande espelho da porta de seu guarda-roupa, com a calcinha preta e o sutiã com acabamento de uma bela renda roxa, ficou pensando em que vestido deveria usar. Tinha de encontrar Alec e Dante em menos de uma hora e precisava resolver logo. Por que estava sendo tão difícil decidir?

O vestido envelope roxo, macio e envolvente, ou a malha de caxemira cinza e a saia preta? Ambos lhe caíam muito bem, destacando a silhueta. Ela colocou o vestido diante do corpo. O decote era pronunciado, a saia evasê. Pendurou a roupa na porta e pegou a saia. Ambas as opções eram sensuais, mas sofisticadas.

Ela sempre preferia usar roupas mais provocantes quando saía com ele. Supunha que isso fizesse sentido, uma vez que estavam dormindo juntos. Mas nunca tinha se importado tanto com isso antes.

Deixou a saia de lado. Talvez devesse optar pelo vestido roxo... Ela gostava da forma como as camadas de tecido se cruzavam sobre seus seios, formando um V profundo. Apreciava a maciez do tecido sobre sua pele sensível, a forma como roçava em suas pernas.

Há semanas estava ultrassensível, como se cada nervo estivesse regulado no volume máximo. Sensações, gostos, cheiros, sons, tudo amplificado, como se Alec a tivesse despertado de todas as formas.

Alec.

Ela colocou o vestido, fazendo com que deslizasse pelos ombros, amarrando-o com firmeza na cintura. Não quis colocar meia-calça, apesar do frio lá fora, e calçou longas botas de camurça com saltos altíssimos. Acrescentou um colar de anéis de prata e um par de delicados brincos de argola.

Olhou seu reflexo no espelho satisfeita com o que via, sabendo que Alec ia gostar. Sentiu um calor irradiar-se pelo corpo.

Sorriu quando o telefone tocou e viu o nome no mostrador.

– Alec.

– Dylan, é Dante. Estou usando o telefone de Alec.

– Ah... Olá, Dante.

– Olhe, não quero que se preocupe. Estou ligando só porque vamos nos atrasar um pouco para o jantar.

Ela sentiu arrepios na espinha.

– Preocupar-me com o quê?

– Alec sofreu um acidente leve, mas está bem...

– Um acidente?

– Ele está realmente bem, eu juro.

– Onde ele está?

– Estamos no pronto-socorro do Hospital Virginia Mason.

– Ai, meu Deus! Já estou chegando.

– Não há necessidade de vir. Mesmo.

– Estou indo.

Desligou o telefone com o pulso vibrando, quente e forte de preocupação. E medo.

Pegou o casaco e a bolsa e saiu, batendo a porta de entrada. O elevador pareceu demorar uma eternidade, mas finalmente ela desembarcou no térreo, entrou no carro e cruzou a cidade ao volante.

Aquelas malditas motocicletas. Por que os homens eram tão obsecados por elas? Deus do céu, se alguma coisa tivesse acontecido com Alec ela jamais o perdoaria.

Chegou rapidamente ao hospital, estacionou e saiu. Foi até o pronto-socorro e entrou.

Aquele cheiro... Ela odiava aquilo – uma mistura de desinfetante, álcool esfregado e preocupação. Detestava o barulho de seus saltos no piso de linóleo pálido. A frieza das pinturas florais na parede da recepção não ajudavam em nada. Tudo lembrava demais a perda de Quinn. Ela mal se sustentava em pé. Mas Alec estava ali, em algum lugar. Engoliu a náusea e aproximou-se do balcão. Uma enfermeira levantou os olhos.

– Estou procurando por um... amigo.

– Nome? – a mulher perguntou.

– Alec Walker.

– Dylan.

Ela virou-se, deparando-se com Alec e um homem alto e magro, que deveria ser Dante, cruzando as portas duplas. O braço esquerdo de Dante estava em uma tipoia. O pânico espalhou-se pela superfície de sua pele como um calafrio.

– Alec!

– Dylan, você não precisava vir até aqui!

– Você está brincando? Dante ligou e disse-me que você estava ferido.

– Estou bem. Machuquei um pouco meu ombro e Dante insistiu para que viéssemos fazer uma consulta.

– Você não está bem. Caiu da moto? O que aconteceu?

– Não foi nada. Fiz uma curva rápido demais e havia uma pilha de folhas na estrada. Eu deveria ter tido mais cuidado.

Ela queria lhe dizer que ele não deveria estar andando naquela maldita moto. Mas não iria constrangê-lo diante de seu amigo. E sabia que não estava sendo completamente racional. Mas não podia evitar. Só conseguia pensar no rosto inerte de Quinn. Na morte de Quinn.

Sua garganta começou a fechar, e sentiu lágrimas quentes e ardidas no fundo de seus olhos.

Pare com isso. Acalme-se.

Alec aproximou-se, pegou as mãos dela nas dele. Estavam quentes. Era uma atitude tranquilizadora. Se ao menos eles pudessem sair dali, afastar-se daquele cheiro...

– Juro que estou perfeitamente bem, Dylan. Um pouco machucado, mas nada quebrou.

– Tudo bem. Tudo bem – ela respirou fundo duas vezes, tentando evitar que ele percebesse.

– Sinto muito se a assustei – Dante falou. Seus olhos eram de um luminoso castanho-dourado, e sua expressão, amável. – Alec me pediu para ligar.

– Não, eu... lhe agradeço. Sei que estavam sendo gentis. Eu fiquei apenas... preocupada.

– Não há nada com que se preocupar – Alec insistiu. – Já fiz coisas piores em minha própria cozinha. E me machuquei bem mais na quadra de basquete.

– É porque você é muito grandalhão para jogar bola – Dante provocou.

– Eu arraso com você no futebol, meu amigo – Alec disse, sua boca abrindo-se em um sorriso.

– Só porque você é um tremendo gigante – Dante retrucou.

Dylan observava aquelas brincadeiras entre eles ainda tentando fazer com que sua pulsação voltasse ao normal.

– Podemos... Você está pronto para ir embora?

– Sim, com certeza. Estávamos saindo quando você chegou. Íamos para a casa de Dante trocar de roupa – Alec a espreitava, seu olhar azul fixo no dela. – Você está bem? Não está pensando em nos dar um bolo, não é?

– O quê? Com certeza estou bem. Apenas não gosto muito de hospitais.

Ele colocou a mão nas costas dela, fazendo pequenos movimentos circulares. Isso fez com que tivesse vontade de chorar, de novo. Não conseguia entender o que era aquilo.

– Então vamos sair daqui.

– Você não pode dirigir sua moto do jeito que está.

– Nós fomos até minha casa e levamos a moto com meu carro – Dante lhe contou.

– Podemos encontrá-la no restaurante em meia hora – Alec disse. – Você pode ir na frente e tomar um drinque.

Ela assentiu, balançando a cabeça. Beber algo parecia perfeito naquele momento.

– Tudo bem.

Ele puxou-a para perto, deu um leve beijo em seus cabelos. Dylan ainda tinha vontade de chorar, mas o apertado nó de medo em sua garganta estava se desfazendo, pouco a pouco.

Caminharam todos juntos até o estacionamento, e Alec deu outro beijo em seus cabelos, antes de conduzi-la ao carro. Ela colocou um CD clássico; a música e a direção ajudaram-na a tranquilizar-se, acalmando seus nervos. Ela parou o carro na rua, no lado oposto ao Wild Ginger.

Era o mesmo restaurante onde eles tiveram seu primeiro jantar de namoro. Era isso mesmo que estavam fazendo? Namorando?

Supôs que estivesse namorando aquele homem.

Apenas namorando.

Apenas sexo.

Respirou fundo. E agora ele queria que ela encontrasse com seu melhor amigo, para que pudesse conhecê-lo. Será que isso significava algo ou ela estaria exagerando na análise da coisa?

Uma noite dessas ela perguntara a ele como Dante era, e Alec lhe disse que era ótimo, inteligente, divertido. E que ela iria gostar dele, como ele, dela. E, quando ela lhe perguntou porque ele achava isso, Alec respondeu:

– Que homem não amaria você?

Seu peito apertou-se.

Que homem não a amaria?

Alec, talvez?

Não seja tonta. Isso não é o que você deseja.

Mas o que ela queria? Não tinha mais certeza.

Suspirou quando saiu do carro e entrou no restaurante, dirigindo-se ao bar. Pediu uma vodca com tônica, sedenta pelo calor do álcool na tentativa de não pensar enquanto esperava pela chegada dos dois homens.

Não se passaram mais do que vinte minutos para que eles chegassem, ambos vestidos com calças e camisas escuras. Alec e seus largos, imensos ombros; Dante e suas longas pernas, cabelos escuros, curtos e espetados.

Ela viu, enquanto eles se aproximavam, que ele era quase tão bonito quanto Alec, com um maravilhoso sorriso branco e covinhas piscando em ambas as bochechas.

Alec inclinou-se e beijou-a, aquecendo sua face.

– Hum... eu esqueci de lhe dizer como está maravilhosa – sussurrou perto de seus cabelos.

– Lamento que nossa saída tenha tido um mau começo – Dante acrescentou, pegando sua mão. – Geralmente sou mais suave – ele sorriu, e ela não pôde evitar de se encantar um pouco com ele.

– Está tudo bem, realmente.

– Nossa mesa estará pronta logo. Posso pedir outro drinque para você?

– Todo cheio de maneiras encantadoras, Dante? – Alec perguntou, com uma nota de provocação na voz.

– Como sempre, Alec.

– Esta é minha, meu amigo.

Dele?

Ela olhou para Alec, mas ele estava sorrindo para Dante, aparentemente sem se dar conta do que acabara de dizer. O que significava? Ou será que era apenas uma maneira de dizer, alguma brincadeira entre amigos e que não queria dizer nada?

– Acho que gostaria de outro drinque, obrigada – ela disse.

– Uma taça de vinho? – Alec perguntou.

– Outra vodca com tônica, por favor.

Alec ergueu a sobrancelha, mas fez o pedido, solicitando outro igual para ele. Sabia muito bem, e Dylan lembrava bem, que ela não costumava tomar bebidas com alto teor de álcool. Melhor deixar que creditasse ao nervosismo de estar conhecendo Dante.

Alec deslizou para um banco ao lado dela, mantendo a mão em suas costas. Ela amava o calor da mão dele quando pousava nela, mas estava ansiosa. Estava se esforçando muito para ignorar a tipoia branca em seu braço esquerdo e a razão pela qual se machucara. O desejo de pensar a respeito era quase insuportável.

– Então... – Dante lhe disse quando se sentou do seu outro lado – Alec me disse que você escreve literatura erótica?

– Sim.

– E que vocês se conheceram para que você possa pesquisar sobre... práticas radicais.

– Sim, isso mesmo – o garçom entregou seu drinque e ela tomou um longo gole, que desceu ardendo por sua garganta, mas tanto a vodca quanto a presença de Alec ajudaram a relaxá-la. – Eu pensava que a maioria das pessoas envolvidas em submissão e sadomasoquismo considerava isso um estilo de vida.

Dante encolheu os ombros.

– Não vejo a coisa como um estilo de vida. Não define minha vida. Apenas minhas práticas sexuais, e sensuais. E trato de praticar com a maior frequência possível.

Sorriu. Era encantador. Caloroso. Dylan gostou dele, como Alec previra.

– Você é advogado, como Alec me disse?

– Sim, um advogado especializado em divórcios. Trabalhei durante alguns anos em uma grande companhia, mas acabo de saber que consegui emprego em uma empresa menor, aqui mesmo na cidade, algo que estava querendo há meses, então estou muito satisfeito com isso.

– Parabéns pela conquista.

– Obrigado.

– Mas essa especialização em divórcios deve ser algo bem intenso.

– Sim, é. Muito intenso.

Ele sorriu de novo, seus olhos castanho-dourados brilhando.

– Você gosta dessas pequenas insinuações, não é Dante? – Alec perguntou, falando pelas costas dela.

Será que havia mesmo uma ponta de genuíno ciúme na voz dele ou se tratava apenas de uma brincadeira com seu amigo?

– Gosto de tudo, Alec. Mas você já me conhece. Olhe... parece que a recepcionista já tem nossa mesa. Podemos ir?

Dante ofereceu o braço a Dylan, e ela achou que seria indelicado recusar. Sorriu ligeiramente quando percebeu o olhar contrariado de Alec.

Reservaram uma cabine para eles. Dante sentou de um lado, ela e Alec do outro. Dylan deu uma olhada no cardápio, mas sabia que Alec faria o pedido por ela. Uma pequena parte dela queria discutir a respeito, mas tinha resolvido abrir mão disso semanas atrás. Então recostou-se e fechou o menu sobre a mesa.

Dante olhou para ela e depois para Alec. Não disse nada. Mas ela pôde sentir que ele analisava a situação. Ela achava que, como dominante, ele estava habituado a observar os fatos, da mesma maneira que Alec. E que isso acontecia automaticamente para eles. E, de alguma forma, ela não se importava, embora uma parte de sua psique estivesse convencida do contrário.

O garçom chegou, e os homens fizeram seus pedidos – Alec havia feito por ela, como esperava. Aquilo fez com que se sentisse uma pouco excitada, algo que ela odiava admitir até para si mesma. Mas estava acontecendo sempre a mesma coisa.

– Conte-me como vocês dois se conheceram – ela disse, olhando de Alec para Dante.

Não podia evitar de notar que belo par eles faziam. Aqueles dois homens deviam fazer com que a cabeça das mulheres se virasse em qualquer lugar que entrassem, especialmente se estivessem juntos.

– Nós nos conhecemos no Pleasure Dome. Faz... quanto? Uns três anos? – Dante perguntou a Alec.

– Sim, mais ou menos isso.

– Logo descobrimos que tínhamos muito em comum – Dante falou – além das coisas que aconteciam no clube. Ambos gostamos de viajar, embora Alec tenha estado em mais lugares do que eu. Entre a faculdade de Direito e o início de minha carreira, não tive muito tempo livre. Mas o que realmente nos uniu foram as motocicletas. Embora ele tenha um péssimo gosto para marcas de máquinas.

– As Ducatis são clássicas. Perfeição mecânica – Alec comentou.

– Continuo lhe dizendo que não há nada melhor que uma BMW – insistiu Dante. – São as melhores motos do mundo para viagens. Ninguém supera a engenharia alemã.

– Posso afirmar que vocês dois já tiveram essa mesma discussão antes – Dylan falou, fingindo que a simples menção às motos não estivesse dando um nó em seu peito, atingindo-a como se fosse um soco no estômago.

Alec riu.

– Talvez uma ou duas vezes.

Virou-se para ela e sorriu, com a mão apertando sua coxa. E, não obstante a confusa mistura de emoções que ela estava sentindo, uma leve sensação a invadiu. Isso acontecia cada vez que ele a tocava. Embora Dante fosse muito bonito e tão inteligente e encantador quanto Alec dissera, ele não tinha o menor efeito sobre ela. Nem mesmo uma faísca. Era como se, agora, ela olhasse para os homens a distância, sempre comparando-os com Alec. E eles sempre levavam a pior.

Ela sempre teve uma libido saudável e apreciava bastante um belo homem. Por que, subitamente, só tinha olhos para aquele?

Olhou para Alec e ele a estava fitando, aquele brilhante olhar azul fixo diretamente nela, dentro dela, fazendo com que seu pulso se acelerasse, quente.

Ah... você está em apuros.

O jantar chegou, e ela tomou sua sopa de missô, com o intenso sabor de *curry* do macarrão que se vendia nas ruas de Cingapura, e degustou o *sushi* maravilhosamente preparado, tentando ignorar os pensamentos sobre motos que invadiam sua mente a centenas de quilômetros por hora.

Por que ela estava mais consciente do que nunca sobre o efeito de Alec nela? Talvez porque sua reação a ele estivesse em nítido contraste com sua indiferença em relação ao belo Dante. Ou mesmo porque seu corpo ainda estivesse meio zonzo por causa do sexo na mesa de jantar, naquela manhã. Ou, ainda, a atração e a ligação misturadas com a preocupação por causa do acidente que ele sofrera. Mas o que realmente faria sua cabeça girar, se ela insistisse naquele pensamento, era o fato de que, sem nenhuma dúvida, ela só tinha olhos para Alec.

O desejo nunca a fizera olhar para somente um homem. Nunca. Mas o fato era que ela não queria ninguém mais. Apenas Alec.

Queria ser *dele.*

Deus do céu...

Colocou os *hashis* sobre a mesa, pois de repente a comida parecia cair como chumbo em seu estômago. Depois dos drinques, haviam bebido saquê durante a refeição, e ela tomou mais um gole. Na verdade, precisava mesmo era de mais vodca. Ou, quem sabe, não deveria estar bebendo nada de álcool. Só iria amortecer seus sentidos. Ela havia passado muito tempo naquele estado, sem pensar. Em consequência, as coisas estavam ficando apavorantes agora. Ela permitira que muita coisa acontecesse. Deixara que fossem longe demais.

Virou-se para observar Alec enquanto ele falava com seu amigo, gesticulando animadamente numa discussão sobre basquete. Ele ficou quieto e olhou para ela, com aquele sorriso sincero, lindo e que a desarmava. E refletindo... o quê? Orgulho?

Ela estava se sentindo insegura. Demais. Tinha de se acalmar.

– Vocês dois podem me dar licença por um minuto?

– Claro – Alec disse levantando-se e colocando a mão na cintura dela para que pudesse ficar em pé.

Ela foi o mais rápido que pôde ao banheiro feminino. Havia uma funcionária perto da pia. Balançava a cabeça e sorria. Dylan correu até uma das cabines, batendo a porta atrás de si.

Tirou os cabelos da face com as mãos trêmulas e então suas pernas fraquejaram e ela teve de se apoiar na porta com uma das mãos.

Precisava se acalmar. Aquilo não deveria significar nada.

Mas significava, sim.

Era tarde demais. Muito tarde.

Como é que ela havia deixado aquilo acontecer?

Pegou o telefone celular da bolsa e discou o número de Mischa.

– Alô, aqui é Mischa. Deixe uma mensagem e vou ligar de volta assim que puder. Se quiser marcar uma sessão de tatuagem, por favor ligue para minha loja, Thirteen Roses. Grata.

– Mischa, sou eu, Dylan. Realmente preciso falar com você. Estou quase perdendo a cabeça. Estou ligando de uma cabine de banheiro, por Deus do céu. Estou aqui, como uma doida varrida, torcendo as mãos. Ou estava, antes de ter de usar uma delas para segurar o maldito telefone. Acontece, Mischa, que eu tive uma queda por Alec. É mais do que uma simples queda. Eu... estou apaixonada por ele. Ah... Deus do céu, eu disse isso mesmo? Não posso acreditar que disse. Não posso acreditar que isso está acontecendo comigo. *Eu*, entre todas as pessoas! Não posso amá-lo. Não sei como fazer isso. Preciso de sua ajuda. Tenho de me acalmar. Necessito...

Click.

– Sua mensagem terminou. Se quiser apagá-la e gravá-la de novo, por favor digite um.

– Maldição!

Encerrou a ligação sem nem mesmo saber se a mensagem tinha seguido. Por que ela tinha ficado ali, balbuciando por tanto tempo?

Tinha de se recompor, voltar lá para fora e fingir que nada havia mudado.

Mas tudo mudara naquele breve instante em que ela descobrira a verdade.

Ela estava amando Alec Walker.

Até mesmo deixar que aquelas palavras rolassem em sua mente era apavorante. Esmagador. Impossível.

Mas era verdade.

Sua mão apertou o celular, até que os nós dos dedos ficaram brancos.

Maldito fosse seu coração traidor. Ela estava apaixonada por ele. E não havia nada que pudesse fazer a respeito.

QUINZE

Precisou de alguns minutos para respirar, retocar o batom, lavar as mãos, deixar que a água fria escorresse em seus pulsos. Suas maçãs do rosto ainda estavam coradas quando ela saiu do banheiro, mas ela não queria deixar os rapazes esperando mais tempo. Não queria que ninguém fizesse perguntas. Felizmente eles estavam profundamente envolvidos em uma conversa quando ela retornou à mesa.

Alec levantou-se para que ela entrasse na cabine, mal olhando para ela, embora tenha estendido o braço sobre seus ombros quando ambos estavam sentados. Ele inclinou-se para frente, falando com Dante.

– Descobri alguns ótimos lugares para ficar quando formos para lá. Uma bela mistura. Há aquele extraordinário espaço sobre o qual me falou um amigo, bem na praia. Apenas grama sobre a areia, realmente primitivo, mas eu achei que você não se importaria.

– Não, de jeito nenhum. Você me conhece. Posso dormir em uma cama de pregos se for preciso.

– Dizem que a comida é incrível e que lá tem uma das melhores praias. E, no caminho, podemos parar em São Francisco, no primeiro dia, e depois talvez em Santa Bárbara.

– Gosto de Santa Bárbara – Dante falou, tomando seu saquê. – Há uma pequena galeria com uma coleção de antigas esculturas eróticas japonesas de marfim e osso. Espere até vê-las. Você vai ficar louco por elas. Onde quer parar em São Francisco?

– Vocês irão para São Francisco? – Dylan perguntou, pegando sua comida com os *hashis*, na tentativa de agir normalmente. Na esperança de evitar que sua cabeça girasse. E de não se lançar sobre o grande corpo de Alec, ali a seu lado, simplesmente desistindo de lutar e derretendo-se nele.

– Não. Vamos para a Baixa Califórnia dentro de poucas semanas. São Francisco será apenas uma parada de uma noite.

– Baixa Califórnia? México?

– Sim – Dante respondeu. – Uma viagem de moto. Temos planejado isso há muito tempo. Finalmente conseguimos uma pausa no trabalho, tenho um período aberto em minha agenda no tribunal. Você já esteve lá?

– Eu... não – seu estômago deu um nó, que foi ficando cada vez mais apertado.

Alec. Em sua moto. Viajando para o outro lado do país. Ou pelo menos até o extremo sul, em direção ao México. Quantos dias na estrada, na moto? Quantas chances de ele sofrer um acidente de novo? Desafiando as probabilidades. Naquele dia, ele se saíra bem. Mas da próxima vez...

Imagens de Quinn, seu corpo massacrado. Seu irmão caçula. Ela que teve de ir ao hospital. Sua mãe não tinha condições de enfrentar aquilo. Ela teve de identificar o corpo. Seu pobre e lindo corpo irremediavelmente ferido. Ela jamais conseguiria tirar aquela imagem de sua cabeça. Nem de seu coração.

Seu coração também ficara danificado e sem cura.

De novo não!

Como é que ele podia fazer isso? Não agora. Não quando tinha seu amor. Era tremendamente perigoso. Ela poderia perdê-lo.

Você vai perdê-lo de qualquer jeito. Na verdade, não ia mesmo ficar com ele. Não agora, que o ama. Porque você não pode amar ninguém.

Ela colocou a mão na cabeça, subitamente dolorida.

– Dylan? – havia preocupação na voz de Alec. Ela não conseguia nem olhar para ele. – Você está bem? A comida não está assentando bem?

– Eu estou... Não, eu estou bem. Muito bem.

– Você não parece bem. Dá a impressão de que acabou de ver um fantasma.

É porque eu vi mesmo.

Ela afastou a mão dele quando Alec tentou lhe oferecer um gole de água.

– Que tal se eu a levar para casa? Dante, nos encontramos na próxima semana para concluir nossos planos.

– Sim, está bem. Dylan, lamento que não esteja se sentindo bem. Foi um prazer. Vamos nos ver de novo, tenho certeza.

– Sim. Desculpe.

Ela balançou a cabeça. Não sabia o que dizer.

Calada, seguiu Alec pelo restaurante, pegou seu casaco, jogando-o sobre os ombros. Não disse uma só palavra enquanto cruzavam a rua nem quando ele a conduziu ao banco do passageiro de seu próprio carro. Ele estava cortês como sempre, preocupado, o que fez seu coração doer mais ainda.

A chuva começou quando eles saíram pela rua. Batia forte contra as janelas.

– Você vai ficar bem? – ele perguntou.

Ela assentiu com a cabeça.

– Sim. Com certeza.

Não podia olhar para ele. Não podia suportar aquela onda de emoção sempre que o via. Mal podia respirar porque isso a faria mergulhar no perfume dele. Mas, obviamente, tinha de respirar. No carro estava espalhando-se aquele cheiro de floresta e oceano. Seco e masculino e terreno e Alec. *Ah, meu Deus!*

Não queria pensar nisso até que estivesse em casa, sozinha. Não podia fazer isso diante dele. Porque, se fizesse, teria de admitir o motivo.

Impossível.

Mordeu o lábio, apertou os dedos até que as unhas se enterrassem em suas palmas, forte e ferindo o suficiente para distraí-la.

Ela ficou olhando em frente, deixando que sua visão ficasse embaçada, até que a chuva e as luzes das ruas se misturassem completamente em um tipo de mancha aquarelada. Alec se aproximou e tentou pegar sua mão, porém ela o evitou, fingindo que precisava pegar algo na bolsa, limpou a garganta.

Surpreendentemente, ele não tentou mais falar com ela nem fez nenhuma pergunta. Enfim, fez uma manobra alguns prédios depois do apartamento dela e estacionou. Ela começou a abrir a porta, mas ele segurou seu braço.

– Olhe só, Dylan. Você vai me dizer agora o que está acontecendo. – A voz dele ela firme, autoritária. Obviamente, sabia que algo estava errado e que ela não estava se sentindo mal.

– Alec...

– Não, Dylan. Conte-me.

– Não posso.

– Ao menos pode olhar para mim?

Ela balançou a cabeça, olhando para frente.

– Não.

– Vai ser outra cena, como aquela em que você se recusou a me contar sobre sua mãe?

– Não haverá cena nenhuma. E, por favor, não mencione minha mãe agora. Não é justo.

– Por que não? Não vou saber, a menos que você me conte, Dylan. Que diabos é isso? Eu disse algo que a ofendeu? E Dante?

Ela riu um pouco, um riso curto e cortante que feriu sua garganta ao sair.

– Não. Você não me ofendeu, Alec. Posso ir agora?

– Não, de jeito nenhum. A menos que eu suba com você. E pressinto que isso não vai acontecer.

– Não, não vai – ela disse baixinho. – Terei de pedir um táxi para levá-lo em casa. Pode me dar minhas chaves?

– Porra, Dylan! – ele as estendeu e ela tremeu ao sentir o calor dos dedos dele quando pressionou as chaves em sua mão.

Ele ficou quieto por um instante, mas ela podia ouvir sua respiração em meio ao tamborilar da chuva no teto do carro. Ela queria sair do carro, correr, mas não tinha bastante fôlego nem força para se mover.

Talvez porque você saiba que é isso. A última vez que vai vê-lo.

Um soluço escapou... assim, de repente, inesperadamente. Ela não teve nem tempo para tentar engolir.

– Jesus, Dylan!

Ele a puxou para seus braços – seu braço bom, pelo menos –, mas ela resistiu, afastando-o o mais que podia.

– Pare, Alec. Pare! Agora não se trata de seu trabalho. Não é uma cena de submissão e sadomasoquismo. Você não é o dominante.

– O quê? Não pensei que fosse, neste momento. Trata-se, apenas, de *nós*.

Ela, então, olhou para ele, viu o choque em seu rosto. E uma ponta de pura raiva.

– Não, não é, Alec. Não existe essa coisa de "nós". Tenho de ir. Por favor, deixe-me ir.

– E não vai me dizer por quê?

– Por quê? Porque você não é o tipo de cara de relacionamentos, Alec. E eu também não sou o tipo de garota que tem relacionamentos. O que torna isso impossível, de cara. Mas agora... é mais impossível do que nunca. E eu não posso fazer isso.

Lágrimas escorriam por seu rosto. Ela nem se preocupava em secá-las. Era tarde demais para isso. Tarde demais para tudo.

– Dylan, é disso que se trata, do estado de nosso relacionamento? Olhe, temos de falar sobre isso.

– Chega de conversa – ela disse em voz baixa, a garganta apertada. Estrangulando-a.

Os olhos dele estavam cintilando. Parecia atordoado. Bem do jeito como ela se sentia. Era doloroso vê-lo assim.

Ela virou-se. Abriu a porta. Parou um instante; o suficiente para descer, os pés batendo no chão molhado.

Desceu a rua o mais rápido que pôde em suas botas de salto alto, indo na direção de seu prédio. A chuva encharcou seus cabelos em poucos segundos, escorrendo pela gola do casaco.

Ele não veio atrás, senão ela teria ouvido a batida da porta do carro e o barulho de seus passos. E, com aquelas pernas longas, ele a teria alcançado facilmente.

Venha atrás de mim, maldição!

Não venha atrás de mim.

Maldição!

Passaram-se três ou quatro dias. Ela perdeu a noção. Ficou dormindo a maior parte do tempo, acordando para fazer uma caneca de chá, uma torrada; depois voltava para a cama, aninhava-se embaixo das cobertas, umas mantas a mais, empilhadas. Entretanto, não conseguia se esquentar, não importava o que fizesse.

Não tinha lido nenhum livro nem visto televisão ou falado com alguém ao telefone. E, certamente, não trabalhara... Estava sem escrever uma só palavra. Não conseguia cair em si nem ficar fora de si. E falar sobre aquilo com alguém, até mesmo com Mischa... Era impossível dizer as palavras em voz alta.

Sentou-se na cama enrolada no edredom branco, os travesseiros empilhados em torno dela, como uma fortaleza macia. Havia uma caneca de chá na mesa de cabeceira, uma caixa de lenços de papel. E uma pilha deles amassados e amontoados no chão como flocos de neve.

Ela havia aberto as cortinas naquela primeira noite e nem se incomodara em fechá-las. Tinha ficado olhando o céu, enquanto este passava do negro profundo da meia-noite à névoa da cor do arco-íris da manhã, e desta ao cinza pálido do meio-dia. Mas sempre havia sombras escuras no céu, exatamente como ela se sentia interiormente. Escura e parcialmente entorpecida, quando não estava dormindo ou chorando como um bebê.

Os piores momentos eram aqueles em que os soluços saíam em golfadas, agoniando-a, ferindo sua garganta, até que ela era obrigada a envolver seu corpo com os braços, tratando de manter-se fisicamente íntegra. Ela nunca deveria ter deixado aquilo ir tão longe. Estava muito envergonhada. Desgostosa com sua própria fraqueza. Era tão... óbvio. Tão literal. Tão horrível. Mas continuou acontecendo, muitas e muitas vezes, como se nunca fosse suficiente. Ela parecia não conseguir se esvaziar do luto.

Pensava nele continuamente. Suas mãos fortes, sua bela face masculina. Seus incríveis ombros largos. O contraste de sua rudeza com a gentileza que lhe destinava. Sua risada, sempre tingida com uma ponta de maldade. Seu perfume.

Ela jurava que ainda podia senti-lo por todo o apartamento. Em sua própria pele. Como algo que se integrara profundamente à sua cama, suas paredes, seu corpo e jamais iria embora. Talvez ela pensasse que era verdade.

Quem sabe ela realmente estivesse perdendo a cabeça.

Quase desejava que pudesse enlouquecer. Talvez assim não fosse devastada pela dor em cada momento em que permanecia acordada, seu peito se contorcendo como um nó apertado que não parecia se desatar.

Dormir não era muito melhor. Sonhava continuamente com ele. Sonhos eróticos em que ele a tocava, beijava, espancava. Sonhos terríveis em que estavam discutindo ou em que ele a segurava e gritava que era louca e que iria deixá-la. Ou, pior ainda, sonhos em que alguém sem face chegava a ela para dizer que Alec estava morto, em que ela via seu corpo inerte e pálido, exatamente como vira o de seu irmão.

Ela não sabia o que era pior: acordar desejando-o ou chorar porque ele havia ido embora. De qualquer forma, sentia-se absolutamente à deriva. Perdida. Abandonada, mesmo tendo sido ela a deixá-lo.

Iria acontecer, mais cedo ou mais tarde. Fosse como fosse, ele a deixaria. E ela não poderia aguentar isso. Melhor acabar logo com tudo.

Para viver o luto ao perdê-lo e encerrar a coisa toda, porque, quanto mais longe fosse, quanto mais o amasse, mais havia de se machucar.

Pegou o telefone dezenas de vezes para ligar-lhe, mas recolocou no gancho em seguida. O que havia para dizer? Nenhum dos dois ficou diferente apenas porque ela o amava. Não, isso era mentira. *Ela* era diferente. Estava em frangalhos. Fora de controle. Chorona. Paralisada como não se sentia desde que perdera Quinn. E, mesmo naquela ocasião, ela agira, mesmo que de algum jeito mínimo, porque era obrigada, pelo bem de sua mãe. Alguém tinha de ajeitar as coisas.

Mas desta vez não. Não havia ninguém para cuidar, exceto ela mesma.

Jamais se sentira tão só em sua vida.

Ele não havia ligado. Não que ela fosse atendê-lo. Mas o fato é que ele não tentara falar com ela, parar o que estava fazendo, nem procurou vê-la. O que apenas aprofundava sua convicção de que tinha feito a coisa certa, de que havia feito o que era necessário.

Isso, porém, não fazia com que se sentisse melhor. Nada faria.

Pegou o chá e tomou um gole, mas estava frio. Repousou a caneca na mesa. Estava letárgica demais para se levantar e preparar mais.

Eles beberam chá na primeira vez que se viram, no café do Museu de Arte Asiática. Foi incrível quanto ele havia revelado sobre si mesmo naquela primeira entrevista. Como tinha sido natural. Ele sempre era, tanto no nível mental como psicológico. A única coisa que se recusou a discutir com ela foi emoção.

Não que ela fosse ótima nisso. Normalmente evitava emoções como se fossem uma praga. Sabia que era um defeito de caráter. Mas que a tinha mantido a salvo. Até agora.

Seus olhos marejaram outra vez, e ela fungou, secou o rosto com um lenço limpo. Seus olhos e seu nariz estavam ardendo. E ela sentia-se uma idiota por ter deixado aquilo acontecer.

Recostou-se nos travesseiros, deixou seu corpo afundar, lembrando como eram macios e brancos os travesseiros na casa de Alec. E como ela se sentia segura e protegida lá. Com ele.

As lágrimas transbordaram, rolando em sua face, e ela deixou que caíssem enquanto observava o céu da tarde escurecer, o começo da chuva. Via as gotas baterem nas janelas, escorregarem pelo vidro em longos filetes líquidos. Deixou que seus soluços se misturassem com o som da chuva batendo na vidraça, fortes e ritmados como granizos. Quase dolorosos de ouvir: a chuva e os sons que Dylan estava produzindo.

A chuva caiu mais forte, transformando-se em um pesado aguaceiro, e ela chorou mais, em profundos e aflitivos surtos.

Sentia-se desesperada. Desamparada. Vazia. E, naquele momentou, sentia que jamais iria se recuperar. Nem se sentiria melhor. Estava condenada ao imenso sofrimento que havia evitado a vida inteira. E que havia causado a si mesma.

Alec andava de um lado para outro em seu escritório, cheio de impaciência e fúria, como um animal enjaulado. Seu computador estava ligado, o cursor aguardando em seu documento aberto, como uma voz intermitente e irritante. Mas ele não conseguia se sentar nem escrever. Parecia que estava prestes a se desintegrar.

Não conseguira escrever desde que Dylan o deixara sentado no carro naquela noite de sábado. Até agora, quinta-feira à tarde, ele não havia trabalhado, embora estivesse pressionado por um prazo urgente.

Tinha saído em longos passeios em sua moto, malhado como louco na academia. Fora até Granite Mountain e fizera oito quilômetros de árdua caminhada, mas mesmo assim não conseguia pôr a cabeça no lugar. No dia seguinte, iria até o acampamento Muir, no Mount Rainier; soube que era um duro trajeto de muitos quilômetros. Um exercício como aquele certamente serviria para desgastá-lo até os ossos. Talvez fosse o que estava precisando...

Mas precisava mesmo era de Dylan.

Maldição!

Sentou-se em sua cadeira, ficou olhando para o monitor, acessou seu *e-mail* e encontrou o endereço dela. Começou a digitar. Mas o que poderia dizer? Que sentia falta dela? De fato. Sentia tanta falta que era como se tivesse um buraco no peito que jamais se fecharia nem deixaria de doer. Que ele queria vê-la? Não era possível. Ela havia deixado bem claro. E ele não fazia nada que não fosse consensual. Se ela não o queria lá, ele não a forçaria a vê-lo.

Covarde!

Ele suspirou, passando a mão no cavanhaque.

Ele era um covarde maldito. A merda não consensual era bem isso: uma merda. Era uma grande desculpa para não mergulhar de cabeça.

Isso era merda também. Ele já havia mergulhado de cabeça. Sem volta. Como se estivesse se afogando.

Ele amava aquela mulher.

– Ah... Cristo!

Levantou-se e andou de um lado para outro, de novo.

Ele já havia admitido isso para si mesmo?

Adiantava que jamais tivesse contado a ninguém?

Mas ele queria contar a alguém. Queria dizer a *ela*. Se ao menos não tivesse estragado tudo com aquele tipo "Senhor Antirrelacionamento". Ele sempre pensou que estava sendo simplesmente honesto com as mulheres com quem se encontrava. Gostava de manter a porta de saída sempre aberta. Mas nada mais era do que um recurso defensivo. Assim se mantinha à distância. E agora encontrara alguém de quem queria ficar bem perto... Mas como é que ela seria capaz de confiar em seus sentimentos depois das coisas que ele lhe dissera?

Ele mal confiava em seus sentimentos por ela e sentia como se houvesse uma faca em seu peito: aquela intensidade, aquela sensação cortante, profunda.

Ele a amava.

Dylan.

Imaginou seu rosto, aquelas maçãs altas, arredondadas, aquela boca lasciva, seus imensos olhos cinza, tão claros como se fossem puro quartzo. Aqueles cabelos como chamas emoldurando sua face, selvagens e com um perfume tão bom que ele sentia vontade de saboreá-los, tocar aquelas ondas sedosas com a língua. E um corpo fluido, flexível pecado.

Reagia como uma submissa natural. Mas sob a superfície era puro fogo, muita inteligência, com um toque de raiva persistente para desafiá-lo de um jeito como ele jamais fora desafiado antes.

Não queria nunca mais sentir aquilo de novo. Não com outra pessoa. Era só com ela.

Dylan.

Ele queria montar na moto e sair sem rumo diante daquela percepção. Daquela verdade. Sentia-se atordoado por ela. Assombrado. Mas a chuva estava muito forte lá fora. E sua moto não resolveria nada, por mais longo que fosse o passeio.

Ele a amava.

Seu coração martelava. De amor. Com um medo estranho, agudo. E ele percebeu, subitamente, que tinha sentido exatamente medo e por isso passara sua vida inteira correndo. Que, por causa do amor, tinha tido de mudar suas ideias sobre o próprio amor, as ideias que aprendera com seu pai, que ele tanto adorava. Talvez demasiadamente, percebia agora. Teve de tirar o pai do pedestal onde o colocara desde que era uma criança. Um pedestal que foi ficando cada vez mais alto, desde que seu pai morreu, até se transformar em uma espécie de imponente e irreal monumento.

Depois que seus pais se divorciaram, seu pai permaneceu sozinho pelo resto da vida. Ficou concentrado no trabalho, excluindo tudo mais, exceto o tempo que passava com o filho. E Alec percebia, agora, que esse tipo de comportamento devia ter sido a causa do fim do casamento.

Tinha sido um bom pai. Ele o levou a algumas de suas primeiras viagens, a sítios arqueológicos amadores no México e também para estudar os vulcões no Havaí. Mas, ao contrário de Alec, o homem jamais havia amado realmente alguém. Seu amor era devotado exclusivamente à ciência pura. Tinha dito muitas vezes que precisava apenas de seu filho e de sua ciência e que nada mais lhe importava. Alec precisou de trinta e seis anos para perceber que havia algo errado com aquilo.

Só porque seu pai vivera sem amor não significava que isso fosse o ideal ou mesmo o desejável. Tinha de admitir pela primeira vez que seu pai, mesmo brilhante como era, não sabia tudo.

Essa percepção foi como um chute no estômago. Forte e doloroso. Mas, afinal, era a verdade.

Seu pai nunca soube que o amor também era importante. E Alec, apesar de todas as suas buscas espirituais, nunca havia questionado a aleatoriedade do universo que seu pai tanto pregava. As viagens de Alec em missões para o Nepal, a Tailândia e por toda a Europa nada haviam lhe ensinado no final das contas. Nada do que era realmente importante. Tinham feito com que ele se enchesse do falso orgulho de ter realizado todas aquelas coisas extraordinárias, dedicadas à abertura de sua visão. Suas idas ao Tibete, à Índia e a Israel, aos centros espirituais do mundo. Procurou aquelas intensas e iluminadoras experiências: excursões ao Himalaia ou mergulhos com tubarões próximos dos recifes, encarando a morte por algum estranho tipo de necessidade de provar que a aleatoriedade do universo não o venceria, tal como ocorrera com seu pai. Mas ele jamais chegara à raiz da autoconsciência. Agora, subitamente, percebia, e com dolorosa clareza, que a verdadeira raiz era o amor.

Ele amava Dylan Ivory.

Tinha de contar a ela.

Sua cabeça estava girando, repleta de revelações, quando ele pegou suas chaves e saiu na chuva.

O telefone de Dylan tocou. Ela olhou e viu que as luzes de chamada estavam acesas. Seu coração disparou, a respiração ficou suspensa: queria – *desejava* – que fosse ele.

Mas o nome que aparecia no mostrador do aparelho era o de Mischa. Naquele momento não conseguia se lembrar por que evitara ligar-lhe. E percebeu que tinha de falar com sua melhor amiga. *Precisava.*

Apertou o botão com o polegar, aceitando a chamada.

– Mischa, graças a Deus é você! Não sabia que precisava... precisava de você até você ligar, agora mesmo. Quero dizer... Deixei uma mensagem ridícula na outra noite...

– Mensagem? Não recebi nenhuma mensagem sua, Dylan. Nada sei a seu respeito há dias. Você está bem? O que está acontecendo? Você parece muito mal.

Dylan engoliu um soluço.

– Estou muito mal.

– Conte o que foi que houve.

– Eu o deixei. Não que houvesse realmente uma razão para isso. Jamais falamos a respeito. Não demos um nome para a coisa. Mas eu... eu saí do carro na outra noite e simplesmente... terminei com ele.

– Você não está mais vendo Alec? É isso que está querendo dizer?

Ela sentiu uma dor aguda ao ouvir o nome dele.

– Sim. Não, não estou mais. Nunca mais.

Sua amiga ficou quieta do outro lado da linha.

– Você tem certeza, querida? Porque não parece convencida disso.

– Sim, estou certa. É para o bem... – lágrimas escorriam sobre sua face, sufocando-a de tal maneira que ela mal conseguia falar. – É isso.

– Lamento, Dylan.

Ela assoou o nariz, secou os olhos, porém mais lágrimas surgiam tão logo acabava de passar o lenço.

– Desculpe... Eu estou tão confusa. Não acredito que estou desse jeito. Chorando que nem uma criancinha.

– Isso é normal depois de um rompimento. Não que eu queira dizer com isso que você não era normal antes.

– Ah... eu não era. Sei disso. Mas é que isso é muito diferente para mim. Não sou *eu*.

– Talvez seja agora. E não é uma coisa ruim. Sentir faz bem, querida. Você não pode manter tudo trancado em seu interior a vida inteira.

– Tinha funcionado muito bem até agora.

Mischa fez uma pausa e depois perguntou baixinho:

– É mesmo? De verdade?

Dylan soluçou.

– Talvez. Não sei. Deus... Talvez não. Porque até conhecer você, há alguns anos, eu sequer tinha tido verdadeiros amigos. Nem mesmo quando era criança. Estava ocupada demais tomando conta de minha mãe e de meu irmão. E muito envergonhada por causa de Darcy. Minha situação. Depois eu conheci você e... Como foi triste esperar tanto tempo para ter uma amiga, não é? E mesmo agora eu só tenho você. Isso nunca tinha sido um problema até agora. Nunca percebi que precisava... de alguém.

– Você tem outros amigos escritores. Você me conheceu, e também C. J. e Jade, no mesmo congresso do qual todos participamos.

– Não foi a mesma coisa com eles. Não ficamos tão amigos.

– Acho que eles gostariam, se você permitisse. Eu *sei* que eles apreciariam. E, Dylan, o fato de ter pessoas em sua vida agora *é* diferente, como você mesma disse. Demonstra que você quer isso. Revela mudança. Crescimento. Não fique presa ao passado. Concentre-se no que está acontecendo agora. Na pessoa em que você se transformou.

– Já nem sei mais quem eu sou. Não sou essa pessoa fraca...

– Por que acha que seja fraca?

– Porque... porque eu me deixei apaixonar por ele.

As lágrimas viraram profundos soluços, que ela só conseguiu engolir alguns instantes depois.

Mischa falou delicadamente:

– Dylan, não sei como você conseguiu ir tão longe em sua carreira de escritora falando sobre relacionamentos e sexo e mesmo assim acredite que amar alguém é um sinal de fraqueza. Simplesmente é algo que fazemos. Faz parte da condição humana. O amor não é algo que você possa controlar. Já deveria saber disso.

– Eu sei. E é por isso que é tão terrível para mim.

– Bem-vinda ao gênero humano, querida – Mischa disse, mas não havia sarcasmo em sua voz, apenas preocupação.

– Deus do céu... Sou tão patética.

– Não é. Só está amando.

Dylan balançou a cabeça. Era inteiramente diferente ouvir alguém mais dizer aquilo. Tornava a coisa mais verdadeira.

– Eu também estou... morta de medo. Mischa, ele teve um acidente com a moto. Nada grave, mas foi para o pronto-socorro, e isso me derrubou. Quero dizer que, de fato, confundiu minha cabeça. E naquela mesma noite ele me contou que está indo para uma longa viagem de moto rumo à Baixa Califórnia... Não consigo lidar com isso. Não posso enfrentar uma coisa que me deixa tão apavorada.

– Por Deus, querida, eu lamento. Deve ter sido horrível para você.

– Foi muito mais que horrível. Mischa, o que vou fazer agora?

– Tem certeza de que vocês dois não podem resolver isso?

– Sim, tenho. Se ele quisesse, teria entrado em contato, mas não fez nada. E não espero que venha a fazer.

– Os homens, às vezes, são teimosos. Têm todo aquele ego masculino.

– Mas... se ele sentisse a mesma coisa que eu não iria deixar a coisa ficar assim e... Deus do céu... isso é tão estúpido. Eu sou tão idiota. Eu o amo e mesmo assim fui embora. Sem lhe dar a menor chance. Porque estou muito apavorada.

– O medo pode ser uma coisa poderosa. Mas você não pode deixar que ele a domine, Dylan.

Ela concordou com a cabeça, soluçando.

– E, de fato, dominou. Por toda a minha vida. A necessidade de controle tem tudo a ver com o medo. Se eu não cuidasse de tudo, quem cuidaria?

– Talvez você precise dar a ele a oportunidade de fazer isso. E, por causa daquele ego masculino ao qual me referi, é possível que você tenha de dar o primeiro passo para dizer a ele como se sente. Se você o ama, vale a pena correr o risco, não é mesmo?

Ela precisou de alguns instantes para absorver o que Mischa estava dizendo. Mas, bem lá no fundo, sentia que era verdade.

– Você tem razão. Tenho sido muito teimosa. Presa a essas velhas concepções apenas porque eram familiares. Recusando-me a aceitar que minha vida mudou. Como eu simplesmente mudei. Como ele me mudou – passou a mãos nos cabelos, seus dedos se enroscando nos cachos. – Preciso falar com ele. Preciso mostrar a ele. Preciso correr o risco de que ele me rejeite totalmente. De que ele vá embora. E na certa vai, especialmente depois da forma como eu o abandonei na outra noite. Mas tenho de fazer isso. É melhor do que ficar aqui sentada, sentindo pena de mim. Já me entreguei suficientemente a isso nos últimos dias, e isso valeu para o resto de minha vida. Já está bem na hora de parar de deixar que o medo controle tudo.

– Bom para você, Dylan. Você vai conseguir. E eu estou aqui, não importa o que aconteça. Se você precisar que eu tome um avião e vá até aí, eu irei. Seja para celebrar ou ajudá-la a superar isso. Não importa. Apenas me avise.

– Obrigada, Mischa. Você é uma mulher muito sábia.

– Provavelmente não. Mas sou uma autora de romances. Presume-se que deva saber sobre amor. Da mesma forma que você. Já é hora de você ter sua própria experiência a respeito. Você merece e sabe disso.

– Vou levantar, me recompor e sair para encontrá-lo. Sei o que devo fazer.

– Ótimo. Ligue para me dizer como foi. E... Dylan? Você vai ficar bem, de qualquer forma.

– Talvez. Honestamente, não acho que possa ficar bem sem Alec. Mas tenho de tentar para ver o que acontece. Obrigada, Mischa.

Elas desligaram, e Dylan deu um pulo e foi até o banheiro, abriu o chuveiro, deixando fluir aquele jato de água quente. Entrou e saiu o mais rápido que pôde.

Olhou seu reflexo no espelho enquanto se secava com uma daquelas toalhas brancas tão macias. Parecia pálida, e havia círculos escuros sob seus olhos avermelhados de tanto chorar. Parecia horrível. Mas não havia tempo para fazer muita coisa a respeito. Estava com medo de que, se esperasse muito, mesmo só o suficiente para se maquiar, perdesse a coragem. E, se Alec ainda a quisesse, teria de tê-la tal como era.

Ela ainda estava lutando. Mas parou de resistir ao inevitável. A luta foi canalizada para fazer alguma coisa acontecer em vez de teimar em fugir. E parecia uma coisa boa. Ela se sentiu mais forte do que de costume. Talvez mais forte do que nunca!

Penteou os cabelos, deixando que secassem livremente, e foi até o quarto para vestir um par de calças jeans, botas e uma malha macia de caxemira, colocando um lenço em volta do pescoço para se proteger do frio e da umidade.

Pegou seu casaco de lã, sua carteira e as chaves. Seu pulso estava acelerado. Com ansiedade. Com medo. Com a absoluta necessidade de dizer a Alec que o amava.

Ele poderia ou não amá-la. E não havia nada que ela pudesse fazer a respeito.

Mesmo assim, tinha de fazer aquilo.

Pegou o grande elevador do antigo armazém para descer, e o trajeto pareceu demorar uma eternidade, as engrenagens se movimentando, o velho ruído metálico. Ela já podia sentir o cheiro das calçadas molhadas e do mofo espalhado sobre o concreto e as antigas madeiras do próprio prédio. Os aromas da passagem do tempo, da história.

Ela havia deixado passar muito de sua vida sem realmente apreciar tudo. Tinha se preocupado em correr, ignorando a história, as pessoas, a *vida*.

Acabou. Sua vida começava agora. Boa ou ruim.

O elevador chegou ao térreo e, com o coração martelando na garganta, esperou que as portas se abrissem. O que finalmente aconteceu, e ela se precipitou em direção à larga porta de entrada, que tratou de abrir para chegar à rua. Para o que quer que a vida lhe reservasse. Não estava mais fugindo. Não, estava indo diretamente no rumo que a vida lhe reservara.

DEZESSEIS

A CHUVA ESTAVA TÃO PESADA QUE ELA MAL CONSEGUIA ENXERGAR quando chegou à casa de Alec. Havia deixado o guarda-chuva em casa. Mas não importava. Ela estava exatamente onde desejava. Pegou o capacete que havia parado para comprar no caminho, colocou-o embaixo do braço, abaixou a cabeça e correu para a calçada – batendo direto em algo duro. Tropeçou e quase caiu. Depois, sentiu a mão em seu braço, um forte e firme aperto, seguido da voz de Alec.

– Dylan. Você está bem? O que está fazendo aqui?

– Alec! Estava à sua procura. O que está fazendo aqui fora?

– Saindo para vê-la. Tenho uma coisa importante para lhe dizer.

Mesmo através da chuva ela podia ver seu olhar sério, brilhantemente azul, e suas sobrancelhas cerradas. Ele também estava sem guarda-chuva, seus cabelos molhados, o rosto pingando. Ela sentiu um arrepio. Em parte por causa da presença dele, de suas mãos largas pousadas nos ombros dela. Em parte porque não sabia o que ele queria lhe dizer, se era bom ou ruim.

– Alec, eu também tenho de lhe falar uma coisa.

– Dylan, deixe-me dizer isso.

Ele a apertou mais, porém não tinha nada a ver com domínio, apenas urgência. A respiração dela saía com dificuldade, o corpo estava tenso, esperando pelo que viria, fosse o que fosse.

– Dylan – ele a sacudiu levemente, com o olhar fixo no dela, que estava com o coração aos saltos. – Cristo, não me olhe desse jeito! Como se fosse chorar.

Ela balançou a cabeça, sem falar nada. O que podia dizer? Ia mesmo começar a chorar de novo, caramba!

– Dylan...

O céu se abalou com o súbito estrondo de um imenso trovão. Ela sentia como se aquilo tivesse vindo de dentro de seu próprio corpo. Começou a tremer.

– Alec, por favor, me diga – fechou os olhos, bem apertados.

– Dylan... estou apaixonado por você.

– O quê?

Seus olhos se abriram. Ela não tinha certeza de que ouvira o que ele disse, por causa do barulho da chuva e dos pneus dos carros passando sobre o asfalto molhado.

– Eu amo você – ele a sacudiu delicadamente de novo. – Por favor, diga alguma coisa.

O rosto dele parecia torturado; os olhos, sombrios, preocupados.

– Eu também amo você, Alec.

– Mesmo?

– Vim aqui para lhe dizer isso. – As lágrimas estavam chegando, seu coração abrindo-se, inundando-a de carinho e alívio, apesar de um ligeiro pânico, porque ainda não havia realmente ouvido Alec dizer aquilo.

– Você tem certeza?

– Claro que tenho certeza. Não faço nada até que esteja seguro.

Ele a puxou para si, apertando-a com tanta força que ela mal conseguia respirar. Mas, de qualquer forma, estava mesmo sem fôlego, tentando absorver o que ele acabara de lhe falar. Ele *tinha* dito mesmo.

Ele a amava!

Ela afundou o rosto na jaqueta de couro dele, respirando aquele perfume denso e limpo, o cheiro de terra do couro velho com o da chuva. Estava ficando molhada até os ossos. Mas não se importava.

– Dylan? O que é isso aqui? – ele puxou o capacete de sua mão.

– Eu ia lhe pedir para me levar para passear.

– O quê? Santo Deus! Preciso que você me explique isso. Mas vamos sair dessa chuva.

Ele enroscou um braço ao redor da cintura dela e a empurrou em direção à sua casa, para dentro da varanda. Ela o seguiu meio atordoada, o coração disparado. Alec repousou o capacete em uma pequena mesa de ferro, depois colocou as mãos nos ombros dela, o olhar azul penetrando-a.

– Muito bem. Conte do que se trata. Você disse que jamais subiria em minha moto, nem que se passassem milhões de anos.

– Alec, essa coisa toda com a moto e você me apavorou completamente. E, quando sofreu aquele acidente, quando falou que iria para a Baixa Califórnia com Dante... eu não pude suportar. Não pude aguentar o fato de amar você e me arriscar a perdê-lo, da mesma forma que aconteceu com meu irmão. Foi por isso que fugi de você. Mas eu o amo. Tinha de encarar isso. O fato de que eu precisava estar com você mesmo com medo de perdê-lo em um acidente com sua moto ou de... não poder amar mais ninguém. Estava morta de medo e tentando fingir que não. Agora eu só tenho de trabalhar esse medo e ficar com você.

– Você ao menos tentou. O que é bem mais do que posso dizer a meu respeito.

– Como assim?

– Passei minha vida inteira fugindo, dizendo a mim mesmo que estava procurando algo. Mas então eu conheci você. Encontrei o que eu realmente estava procurando. E não pude reconhecer, a princípio. Porque passei todos aqueles anos me enganando ao pensar que não tinha alternativa senão me manter livre de uma ligação com qualquer pessoa. Porque tudo o que não se pode controlar é aleatório. O amor é aleatório. E eu passei toda a minha vida lutando contra essa lei universal. Vivi tentando ser meu pai. Pensava que era o ideal. Pensava que *ele* era. Mas ele era um homem concentrado em si mesmo. E provavelmente um solitário. Por sua própria escolha. Mas eu posso fazer outras escolhas.

Diferentes. Tive de amar você para compreender isso. Fui tão teimoso, preso àquelas concepções mesmo depois de suspeitar que estavam erradas.

– Eu também fui teimosa – ela admitiu, engolindo as lágrimas. – Orgulhava-me de ser tão independente. Tão corajosa, capaz de aguentar qualquer coisa. Mas a única coisa que não pude suportar foi amar alguém. Eu fugi de você porque tinha medo de perdê-lo.

– Não vou para nenhum lugar.

– Vai, sim. Está se preparando para uma viagem de moto para a Baixa Califórnia, com Dante. E depois disso você irá para algum outro lugar. E fazer suas loucas excursões e mergulhar e sabe Deus o que mais. E eu posso perder você. Posso perdê-lo de alguma forma terrível e trágica.

As últimas palavras vieram em um soluço, e ele a abraçou, beijando seus cabelos.

– Você não vai me perder. Não vai. Fiz um monte de coisas loucas e ainda estou aqui, não?

– Até agora.

Ele a manteve bem junto de si, e ambos ficaram silenciosos por alguns momentos. A chuva estava cada vez mais forte. Mas não importava.

Finalmente, ela disse:

– Alec, uma parte de mim quer desesperadamente que você me diga que vai abandonar tudo isso, livrar-se da moto e parar de fazer essas viagens radicais. Mas sei que não é justo.

– Não posso lhe prometer isso. Eu a amo, mas não posso. Seria uma mentira. Eu ficaria inquieto. Ressentido. Uma das coisas que amo em você é sua tremenda independência. Sei que, se viajar para algum lugar sem você, não ficará sentada em casa, sozinha, murchando, como fariam algumas mulheres. Você não é indefesa sem um homem a seu lado.

– Não. Mas mesmo assim ficaria apavorada.

– Entendo a razão. Captei bem. E, querida, eu desejo que você nunca tenha de enfrentar esse tipo de perda. Mas tenho de ser realista com você. Tenho de ser *real* – ele beijou o alto de sua cabeça, apertando-a tanto que quase a esmagava. – Então, que diabos vamos fazer sem que nenhum de nós mude quem somos?

– Alec, sou eu que tenho de aprender a me adaptar aqui. Não posso fazê-lo pagar pelo fato de eu ter perdido meu irmão. Já paguei por isso durante muito tempo. Não desejo o mesmo para você. Foi por isso que comprei o capacete.

– Você não tem de me provar nada.

Ela balançou a cabela.

– Tenho, sim. Talvez para mim mesma, tanto quanto para você.

– Para mim não, Dylan. Eu a amo exatamente como é – ele fez uma pausa, segurou a mão dela, beijou-a, fazendo com que seu coração disparasse. – Mas preciso que pergunte a si mesma se realmente pode ficar comigo – afastou-se, segurando-a com os braços estendidos e olhando em seus olhos – Diga-me, Dylan. Diga a verdade. Não quero que viva com medo.

– Eu também não quero. Mas você é o homem que eu amo. E admiro seu destemor – ela parou para assoar o nariz, e ele se aproximou para secar suas lágrimas com o polegar – trata-se de uma grande parte de quem você é. Se vou amá-lo, tenho de aceitar tudo. Eu amo quem você é – seus olhos marejaram de lágrimas outra vez. Ela as enxugou com a mão, em um gesto impaciente. – E... Alec...

– O que é? –, ele perguntou baixinho.

– Por que diabos você ainda não me beijou?

Ele sorriu, puxou-a para perto e esmagou seus lábios nos dela.

Foi um beijo violento, cheio de intensidade, emoção. Seus braços nunca estiveram mais fortes em torno dela, tão sólidos. Sua língua estava úmida quando ele a introduziu entre seus lábios, abrindo-os. Como ele sempre fizera. E, como de costume, ela se derreteu completamente. Com desejo. Com amor desabrochando em seu peito, abrindo-a ainda mais. E era tão bom!

Ele se afastou para murmurar em sua boca:

– Eu a amo, Dylan.

– Eu amo você. Mas, Alec, ainda vou ficar amedrontada por algum tempo. Vai levar algum tempo para me acostumar a essa coisa de amor. E para aprender que você não vai se afastar de mim... Talvez eu nem supere isso completamente. Não sei. Mas estou disposta a tentar. Amo você demais para não experimentar.

– Boa menina.

Ao ouvir essas palavras, um arrepio de prazer percorreu sua espinha.

– Alec...

Ele afastou os cabelos do rosto dela. Estava linda, as sombras haviam desaparecido de seus olhos.

– Shh... Não vamos mais falar agora. Vamos ficar juntos. Temos tempo para descobrir coisas. Deixe-me levá-la para cima e mostrar quanto a amo.

Ela assentiu com a cabeça. Ele a enlaçou pela cintura e entraram, juntos. Ele a beijou durante todo o trajeto enquanto subiam as escadas, e seus beijos foram ficando cada vez mais ardentes, até que tiveram de parar ao chegar no andar de cima para que ele pudesse tomá-la nos braços e carregá-la no colo o resto do caminho até seu quarto. Ela estava ofegante, carente, seu corpo ansiando por ele, quando Alec chutou a porta para abri-la.

Ele a colocou em pé, e, sem pararem de se beijar, trataram de se livrar dos casacos molhados, jogando-os no chão. Depois foi a vez das malhas de ambos, das botas, das calças jeans, até que ficaram nus aos pés da cama.

Ele não parava de beijá-la. Suas mãos passeavam pelo corpo de Dylan, provocando, acariciando; as pontas dos dedos, as palmas das mãos eram como beijos onde quer que tocassem, aquecendo sua pele fria.

Ele era gentil e duro ao mesmo tempo: sua boca, suas mãos, sua respiração ofegante. E tudo parecia diferente para ela. Mais terno. Mais urgente. Não fazia sentido. Mas o amor não fazia sentido, não é?

Ele deslizou devagar pelo corpo dela até ficar de joelhos, depois de passar os lábios em seu pescoço, barriga e mais embaixo. A respiração de Alec estava quente no alto das coxas dela. Suas mãos acariciavam a parte inferior de suas costas, suas nádegas, a curva dos quadris. Ela tremia toda, o desejo fluindo em seu interior em sucessivas ondas quentes. E, quando ele se inclinou e depositou um suave beijo em sua fenda, ela suspirou, a onda girando em espiral, as mãos de Dylan procurando os cabelos molhados dele.

– Ah... Alec...

Ele a beijou de novo; apenas aquela breve pressão de seus lábios e ela estava ansiando, encharcada, pulsando.

Enlaçando o corpo dela com as mãos, ainda com aquele suave toque, capaz de levá-la à loucura, ele usou os polegares para abrir os lábios de seu sexo. E, inclinando-se, passou a língua do outro lado da ponta de seu clitóris.

– Oh....

Ele fez de novo, o prazer escoando nela como um fluxo quente: seu sexo, seus seios, suas coxas.

Ele começou, então, intensamente, a lamber, lamber, com os toques mais delicados de sua úmida e quente língua. E a introduziu naquela fenda, levando-a ao limite do orgasmo, o corpo tremendo de puro prazer.

Ela gritou, agitando as pernas. Mas ele as segurou com suas mãos fortes. E não parou até que o último sinal de agitação sumisse.

Levantou-se, ergueu-a em seus braços e deitou-a na cama. Ficou ali por alguns minutos, simplesmente olhando para ela. E o que ela viu em seu rosto era de tirar o fôlego: desejo e admiração e amor cintilando em tudo.

Ela procurou por ele, que se aproximou, cobrindo o corpo dela com o seu. Mesmo com sua força descomunal, ainda era gentil com ela. Terno. Não havia mais jogo de poder entre eles agora, pois cada toque, cada sussuro, cada sensação era puramente sensual, a experiência mais erótica de suas vidas.

Ela deslizou as mãos pelas costas dele, amando seu tamanho, os músculos rígidos como aço curvando-se sob a pele macia. E, quando escorregou a mão entre as pernas dele e curvou os dedos ao redor de seu pênis duro, ele respirou fundo e sussurrou seu nome.

– Ah, Dylan... o que você faz comigo. Preciso estar dentro de você...

– Sim.

Ele se esticou e pegou um preservativo na mesinha de cabeceira, colocando-o rapidamente.

– Alec, rápido. Preciso de você. Preciso de você...

– Querida...

Ali, aninhado sobre o corpo dela, passou a mão em seu queixo, desceu pelo pescoço ao longo da clavícula, até que, finalmente, segurou seu seio com a palma da mão quente. O desejo a percorreu em longos e doces arrepios, seus mamilos foram ficando duros, seu sexo ardendo, inchado outra vez.

Enquanto olhava o rosto dela, ele a penetrou. Uma longa, adorável penetração, enterrando-se profundamente. Os olhos dele estavam brilhando, aquele azul cintilante enquanto olhava para ela, *dentro* dela de um jeito como ninguém jamais fizera.

Ela sabia que ele podia vê-la por inteiro. E a amava. Uma parte dela ainda não conseguia acreditar. Mas ele estava ali, de um jeito que nunca havia estado antes. Talvez porque ela estava permitindo, finalmente. Talvez porque houvessem dito aquelas palavras um para o outro. Pela primeira vez, para ambos. Havia mágica naquilo. E, mesmo sendo prática como era, podia acreditar naquele tipo de mágica.

Ele pressionou mais fundo, fazendo com que ela gemesse e, com as mãos, agarrasse seus ombros largos.

– Alec, me beije.

Ele sorriu aquele sorriso deslumbrante e inclinou a cabeça para ela. Ela se ergueu, tomando aquela boca, abrindo os lábios dele com a língua, penetrando lá dentro. Tudo era doçura e línguas escorregadias. A paixão era mais intensa quando seus corpos se moviam no mesmo ritmo. As mãos dele foram escorregando no corpo dela, e ele a enlaçou pela cintura, abraçando-a forte. As mãos dela se afundaram nos cabelos dele, ainda molhados de chuva. Ela sentiu o cheiro, aquela mistura de chuva e terra e coisa elementar que ele, e só ele, era.

Alec.

Dela.

– Querida – ele respirou, sua voz repleta de névoa. – Eu amo você.

– Eu amo você, Alec. Muito.

Ele enterrou mais, o prazer brilhando sobre sua pele, sobre cada nervo de seu corpo.

– Fale, Dylan. Diga que você é minha.

– Sim. Sou sua.

Ela era. Eles pertenciam um ao outro. E ela enfrentaria o que quer que fosse, seus medos e os dele, para não perdê-lo.

Ele lhe ensinara a ser corajosa, *verdadeiramente* corajosa, não simplesmente a criar uma fachada e correr em outra direção. O amor a ensinara.

Foi uma lição que chegou muito tarde. Mas isso não importava agora.

Ele apertou mais ainda o corpo dela, o dele, tenso. E, enquanto ele a penetrava incessantemente, ela segurou seu rosto, olhando aquelas feições mergulhadas em êxtase quando ele gozou. Seu próprio corpo tremeu com vertiginoso prazer, e, quando ela gozou, ele ainda estava tremendo, sem afrouxar o abraço.

Ficaram assim durante muito tempo, respirando em sintonia, seus corpos bem juntos, carne contra carne. Coração contra coração.

E ela soube, pela primeira vez, que aquilo é que era importante. Era o que vinha procurando. Ambos viviam suas vidas no limite, de diferentes formas. Ambos fugiram muito. Mas de alguma forma terminaram juntos, haviam se estatelado um contra o outro, cheios de medo e fúria. E, não obstante, acabaram se amando.

– Dylan... – a voz dele ainda estava áspera de paixão.

– O que é?

– Não posso suportar que você esteja com medo, querida. Como posso ajudá-la? Como posso fazer com que não fique tão assustada?

O coração dela derreteu diante dessa preocupação. Ninguém jamais se importara com ela como ele.

– Eu tenho de encontrar meu caminho. Mas vou conseguir. Apenas... me ame, Alec. É como posso fazer isso. É o que vai me recuperar. E me tornará tão corajosa quanto eu imaginava ser durante todos esses anos.

– Você é mais corajosa do que pensa, Dylan. Corajosa e bela e surpreendente.

Como era possível que aquele homem pensasse essas coisas sobre ela? Seria possível porque era verdade?

A ideia lhe surgiu como um sopro suave. E, pela primeira vez, foi capaz de acreditar nisso, de saber que havia verdade no que ele dizia.

– Aprendi muito com você, Alec.

Ele passou as mãos nos cabelos dela, acariciando em seguida seu rosto e segurando-o com sua grande mão.

– Você também me ensinou muito. Talvez seja por isso que estamos aqui, juntos.

– Mischa me disse algo semelhante uma vez, quando eu estava falando com ela sobre você. Eu não acreditei, naquele momento.

– E acredita agora?

– Sim. Posso acreditar porque eu amo você. E talvez mais ainda porque você me ama.

Ele a beijou, e seus lábios eram um suave carinho contra os dela. Quando ela se afastou ligeiramente para olhá-lo, viu tudo que ele sentia expresso em seus olhos. Era extraordinário. Lindo. Verdadeiro.

A chave era o amor. O amor era a força que ela sempre temera que lhe faltasse.

Não tinha mais de ter medo. O amor a manteria a salvo como ninguém conseguiria nesse mundo. Alec a manteria a salvo.

Suspirou longa e profundamente, um suspiro que havia guardado por toda a sua vida.

Segura.

Amada.

Finalmente.

Este livro foi composto em Sabon MT
para Texto Editores Ltda.
em setembro/2012